Sonja Kaiblinger
Verliebt in Serie
Rosen und Seifenblasen

DIE AUTORIN

Sonja Kaiblinger wurde 1985 in Krems geboren. Sie hat als Eisverkäuferin, Museumsführerin, Werbetexterin, Nachtwächterin, Flughafen-Mitarbeiterin und Werbespot-Darstellerin gearbeitet, bevor sie als Lehrerin ihre Brötchen verdiente. In jeder freien Minute brachte sie die Geschichten zu Papier, die ihr im Kopf herumspukten, bis sie den Sprung ins Dasein als freie Autorin wagte. Sie lebt zusammen mit ihrem Freund in Wien.

Sonja Kaiblinger

Verliebt in Serie

Rosen und Seifenblasen

cbt

Für meine Eltern

MIX
Papier aus verantwortungsvollen Quellen
FSC® C014496

Verlagsgruppe Random House FSC® N001967

1. Auflage 2020
Erstmals als cbt Taschenbuch Februar 2020

cbj Kinder- und Jugendbuchverlag
in der Verlagsgruppe Random House GmbH,
Neumarkter Str. 28, 81673 München
Umschlaggestaltung: Kathrin Schüler, Berlin
Umschlagmotive © Shutterstock (Richard Peterson, s_maria, pyrozhenka, Tanya Sun, Masson, ravipat, Ann Haritonenko)
sh · Herstellung: UK
Satz: Uhl + Massopust, Aalen
Druck: GGP Media GmbH, Pößneck
ISBN 978-3-570-31251-3
Printed in Germany

www.cbj-verlag.de

Daily Soap ['deɪli 'soʊp]: englisch, aus: daily = täglich und soap = Seife; Ende der Vierzigerjahre begannen Waschmittelkonzerne in den USA, kleine Serien für Hausfrauen im Fernsehen auszustrahlen. In den Werbepausen bewarben die Hersteller ihre Waschmittel. Die Serien wurden täglich zu Zeiten, in denen Frauen der Hausarbeit nachgingen, ausgestrahlt. So entstand die Bezeichnung »Daily Soap« oder »Soap Opera«, zu Deutsch »Seifenoper« – ein Format, das sich bis heute großer Beliebtheit erfreut.
In den Geschichten geht es meist um Liebe, Familienprobleme, Geheimnisse und Intrigen. Wichtigstes Merkmal einer Daily Soap ist, dass sie im Prinzip unendlich ist. Ein häufiges Stilmittel, durch das die Zuschauer animiert werden sollen, bei der nächsten Folge wieder einzuschalten, ist der Cliffhanger, bei dem die Handlung an einer spannenden Stelle unterbrochen wird.

1

Gnade! Nicht schon wieder diese Serie! Alles, nur das nicht! Bitte, Deborah, schalt um.« Ich hielt mir die Hände vor die Augen und ließ mich rücklings auf unser altes, verknautschtes Sofa fallen. Es war auch wirklich nicht auszuhalten: diese superkitschigen Geigenklänge im Vorspann. Die eingeblendeten Bilder der Hauptdarsteller mit ihren Föhnfrisuren. Dazu die schnörkelige Schrift, die sich wie ein unheilvolles Versprechen über den ganzen Bildschirm spannte: *Ashworth Park*. Diese Serie war nichts weniger als eine Heimsuchung.

Und tatsächlich mehr, als ich an einem Tag wie heute ertragen konnte. Die letzten zwölf Stunden hatten sich vor allem dadurch ausgezeichnet, dass ich a) eine Matheklausur komplett verhauen hatte, b) in einem dunklen U-Bahn-Tunnel in Manhattan zusammen mit gefühlten 1573 anderen Menschen (und ohne den süßen Trevor Parker, der eine Station vorher aussteigen musste) stecken geblieben war und c) von einem Regenguss auf der Manhattan Bridge überrascht worden war, der meine dunkelbraunen Locken in eine Frisur Marke »nasser Langhaar-Pudel« verwandelt hatte.

Inzwischen war es fast neunzehn Uhr, und ich sehnte mich nur noch nach meinem Allheilmittel für mies gelaufene Tage: mich mit einem Riesenbecher Banana-Brownie-Split auf dem Schoß und der Fernbedienung in der Hand vor den Fernseher zu knallen und besinnungslos vor mich hin zu zappen.

Allerdings hatte ich nicht damit gerechnet, dass meine ältere Schwester Deborah schon dort saß. Mit *meinem* Becher Banana-Brownie-Split auf dem Schoß und der Fernbedienung in der Hand – und Letztere verteidigte sie wie unsere Dackelhündin Pebbles ihr Lieblingsspielzeug.

»Vergiss es!«, knurrte sie und funkelte mich durch ihre viel zu große Brille an, die sie als eine Art Modestatement trug, obwohl ihr Sehvermögen absolut einwandfrei war. »Ich habe extra den Debattierkurs ausfallen lassen, um mir Ashworth Park anzusehen. Ich schalte um nichts in der Welt um. Verstanden?«

Ich seufzte tief und massierte meine Schläfen. Die Titelmelodie zerrte an meinen Nerven, aber dieses Mal verkniff ich es mir, sie mit verstellter Stimme nachzusingen. Mit meiner Schwester war es zum Mäusemelken. Seit Monaten war sie süchtig nach dieser unsagbar schmalzigen Serie, die Abend für Abend auf einem britischen Sender lief. Die Geschichten rund um die Adelsfamilie Ashworth auf der Kanalinsel »Isle of Roses« waren so fernab der Realität, dass man es kaum aushielt. Jedenfalls bei eingeschaltetem Verstand. Schon allein der lächerliche Vorspann, in dem eine Herde Schafe vor dem herrschaftlichen englischen Gutshaus graste und Rosen im Zeitraffer verblühten, ließ mich würgen.

Ashworth Park war einfach jenseits des guten Geschmacks.

Das einzig Gute an dieser Serie war, dass man super über sie lästern konnte. Am besten ging das eindeutig mit meiner Freundin Morgan, aber die hütete wegen Grippe heute das Bett – was wiederum bestens ins Gesamtbild dieses verkorksten Tages passte.

Zumindest starrte Deborah jetzt so konzentriert auf den Bildschirm, dass ich mir den Eisbecher schnappen konnte, ohne dass sie etwas merkte. Ich ließ mich zurücksinken und tauchte den Löffel in die cremig kalte Masse.

»Wird dir der Mist denn nie zu blöd?«, erkundigte ich mich nach einer Weile, als der Adelsspross, auf den Deborah so stand, zum dritten Mal sein blondes Haar im Wind flattern ließ. Dabei merkte ich, wie meine Lieblingseiscreme mich langsam entspannte. »Was gefällt dir nur an diesen Snobs mit ihren endlosen Streitigkeiten?« Ich hob meinen Löffel, neigte das Kinn, spitzte die Lippen und imitierte den britischen Akzent von Lady Ashworth. »Haben Sie denn komplett Ihren Verstand verloren, junge Lady? Das ist unter Ihrem Niveau.«

»Jetzt reicht's aber!«, empörte sich Deborah. »Die Ashworths sind nicht blöd. Sie sind ein historisches Adelsgeschlecht mit bedeutendem Namen. Sir Ashworths Stammbaum geht sogar auf Wilhelm den Eroberer zurück.«

»Da bleibt mir glatt die Spucke weg«, staunte ich geküntelt und unterdrückte ein Kichern. »Na, meinetwegen, dann sind sie eben altehrwürdig. Und dabei so steif und spießig, dass es ihnen aus den Ohren staubt. Sieh dir doch nur diesen Lackaffen von Sohn an.« Ein Windstoß hatte soeben seine Mähne durchweht, obwohl er sich in einem fensterlosen Raum befand. Wie war denn das bitte möglich? Schleppte er etwa heimlich eine Windmaschine mit sich herum? Und dazu dieses Strahlelächeln. »Meinst du, sie haben diesen Julius aus einer Zahnpastawerbung gecastet?«

»Er heißt JuliAN!«, korrigierte Deborah. Sie sah aus, als hätte ich den Präsidenten beleidigt, und ich spürte, wie ihre Schmollmiene meine gute Laune langsam zurückbrachte. Es machte einfach Spaß, Deborah mit dieser Serie aufzuziehen.

»Genauer gesagt lautet sein voller Name Lord Julian James Llewelin Ashworth.« Damit nahm es Deborah genau. »Den walisischen Zweitnamen hat er von seiner Mutter, Lady Ashworth. Sie ist Waliserin.«

Ich kicherte. Jetzt hatte dieser Kerl auch noch eine ganze Wagenladung an belämmerten Vornamen. Diese Serie war derart mit Klischees beladen, dass man sich schon fast fremdschämen musste. Bestimmt waren meine Aufsätze besser als deren Drehbuch.

»Ja, genau, und der Hund hat einen mindestens ebenso noblen Stammbaum, nicht wahr?«, grinste ich und stupste Deborah neckisch in die Seite. »Wie heißt das riesige Zottelviech noch gleich? Gatsby?«

»Gatsby ist kein Zottelviech!«, giftete Deborah zurück.

»Er ist ein reinrassiger Irischer Wolfshund und zudem äußerst nützlich für die Treibjagd.«

Jetzt war es um mich geschehen. Ich konnte nicht mehr. Während ich mit meinem Lachanfall kämpfte, schoss mir der Gedanke durch den Kopf, dass ich vielleicht auch Drehbuchautorin werden konnte, falls ich wegen Mathe die neunte Klasse nicht schaffte. Ich meine, so eine holprige Dialogführung wie die in der Serie würde ich allemal hinbekommen.

»Jetzt hör endlich auf zu kichern!«, motzte Deborah. »Ich verstehe nicht, was Julian sagt. Außerdem ist es gerade spannend. Ein fremder Mann namens DeWitt und seine Tochter sind neu in die Nachbarschaft von Ashworth Park gezogen. Ich glaube, dieses Mädchen hat ein Auge auf Julian geworfen.«

Ich riss mich zusammen, aber lange schaffte ich es nicht, das Lachen zu unterdrücken. Schuld daran war dieser Julius, äh, Julian, der gerade schwungvoll ein Ross bestieg und dabei abermals eitel sein Haar schüttelte. »Ich kann nicht anders, Deborah. Julians Haar stellt sogar die prachtvolle Mähne seines Pferdes in den Schatten«, japste ich. »Und dieses Gefiedel da im Hintergrund gibt mir den Rest.«

»Okay, Abby!« Für einen Moment ließ Deborah den Fernseher aus den Augen, richtete sich auf und starrte mich mit eisigem Blick an. Dann hob sie die Fernbedienung und drückte auf Stumm, vermutlich damit ich ihr auch wirklich ganz genau zuhörte.

»Ein für alle Mal, lass mich jetzt in Ruhe Ashworth Park

sehen. Sonst erzähle ich Mum, dass du des Öfteren übers Dach in dein Zimmer einsteigst, wenn du wieder mal mit deiner hyperaktiven japanischen Freundin bis Mitternacht in diesem gammeligen Donutladen herumgehangen hast. Mum müsste sich nur mal die verbogene Feuerleiter ansehen.«

Das saß. Wenn es eins gab, das unsere Mutter nicht wissen sollte, dann war es das.

»Sie heißt Morgan, okay? Und ja, ja, ich gehe schon«, sagte ich und hob beschwichtigend die Hände. »Hoffentlich fallen dir nicht irgendwann die Ohren ab von diesen furchtbaren Geigenklängen. Hörst du, das ist doch pure Folter.«

Ich rappelte mich vom Sofa auf und sah aus den Augenwinkeln, dass Deborah mich anglotzte, als hätte ich den Verstand verloren. »Was meinst du mit Geigenklängen? Der Fernseher ist auf Stumm geschaltet.«

Oh! Richtig! Wie merkwürdig. Warum hatte ich mir eben Musik eingebildet, die es gar nicht gab? Machte mich diese Serie etwa langsam verrückt? Ich musste schleunigst Land gewinnen und mich in mein Zimmer verziehen. Und so schnappte ich mir den Becher mit dem letzten Rest Banana-Brownie-Split, schulterte meine Umhängetasche und griff soeben nach meiner Jeansjacke, als ich spürte, dass etwas nicht stimmte. Mein Arm begann plötzlich wild zu kribbeln, als würde ein ganzer Schwarm Käfer bis zu meiner Schulter laufen.

Wie vom Donner gerührt ließ ich den Becher fallen. Die Reste der zerronnenen Eiscreme tropften auf Mums Teppich.

»Mann, Abby, du Dussel, kannst du nicht aufpassen?«, murrte Deborah, ohne den Blick von der Mattscheibe zu nehmen, die jetzt wieder mit Ton lief. »Wir haben kein Putzpersonal wie die Ashworths.«

»Sorry, ich, äh …«, murmelte ich, vollkommen perplex, während ich entsetzt auf meinen Arm starrte. Dann, so schnell, dass ich es kaum mitbekam, schien er sich, begleitet von einem hellen Blitzen, in Luft aufzulösen, nur um gleich wieder aufzutauchen.

Vor Schreck machte ich einen Sprung.

»Wuaaaah!«, schrie ich. »Deborah! Mein Arm! Hast du das eben gesehen?«

»Was denn? Zeig mal her«, brummte Deborah genervt und zog unsanft meinen Arm zu sich heran. Jetzt hatte es wieder aufgehört. »Was ist denn damit? Dein Nagellack ist abgesplittert, na und? Sieht echt scheußlich aus. Kannst du jetzt bitte mit diesen Scherzen aufhören und mich *endlich* in Frieden lassen?«

Ich antwortete nicht sofort. Was war denn plötzlich mit mir los? Erst hörte ich diese imaginären Geigen, und dann begann auch noch meine Hand seltsam zu … zu flackern, wie ein gestörtes Fernsehbild?

Ich litt unter Sehstörungen, keine Frage. Deborah las ständig Wissenschaftsmagazine und hatte kürzlich in der Schule einen Erste-Hilfe-Kurs belegt. Sicher wusste sie, bei welchem Krankheitsbild Sehstörungen auftraten. Ob ich sie fragen sollte? Allerdings fühlte ich mich gar nicht schlecht. Oder konnte es sein, dass ich in der U-Bahn von besonders aggressiven Grippeviren attackiert worden war und mich mitten in einem Fiebertraum befand?

Das war ganz und gar nicht normal.

»Das ist kein Scherz. Ich –«, versuchte ich zu erklären, nur um mich sofort wieder zu unterbrechen. Denn in diesem Moment fing mein rechter Fuß an zu kribbeln. Das seltsame Gefühl wurde immer intensiver. Es kroch regelrecht aufwärts über meinen ganzen Körper, bis unter mein Kinn. Gerade als ich mich setzen wollte, war mir, als ob mir der Boden unter den Füßen weggezogen würde. Und dann war alles schwarz.

AUSSEN - EINSAMES WALDSTÜCK - TAG

JULIAN, der gut aussehende Sohn der Ashworths, reitet auf seiner schneeweißen Vollblutstute LEONDRA durch den Wald. Er trägt ein weißes Hemd, dazu polierte Reitstiefel. Optimistisch blickt er in die durch die Baumkronen schimmernde Sonne. Als er durch einen Bach reitet, stellt Leondra plötzlich ihr rechtes Ohr auf, als hätte sie etwas gehört.

JULIAN *(besorgt)*
Was ist denn los, Leondra? Was hast du denn?
LEONDRA
(wiehert)
JULIAN
Sieh mal. *(Deutet in die Ferne.)* Das sieht aus wie ein Auto, das im Schlamm stecken geblieben ist.
LEONDRA
(wiehert zustimmend)
JULIAN *(entdeckt einen Mann und ein Mädchen im Wagen)*
Sir! Sie sehen aus, als könnten Sie Hilfe gebrauchen.

DEWITT, ein attraktiver Geschäftsmann Mitte fünfzig mit frappierender Ähnlichkeit zu George Clooney, steigt aus dem Wagen, der tief im Morast steckt. Er trägt einen teuren Nadelstreifenanzug, dessen Saum mit Matsch verschmiert ist.

DEWITT *(schnippisch)*
Wie wollen Sie mir denn helfen? Hier im Wald gibt es keinen Handyempfang und Sie reiten bloß ein Pferd. Oder arbeiten Sie zufällig bei einem Abschleppdienst?

LYDIA, ein bildschönes Mädchen von etwa vierzehn Jahren, klettert vom Rücksitz. Als sie Julian erblickt, spannt sich über ihre Wangen ein leichtes Rot.

JULIAN *(immer noch charmant)*
Natürlich bin ich nicht der Abschleppdienst. *(Kramt in seiner Satteltasche.)* Aber Sie haben offensichtlich eine Autopanne und ich führe glücklicherweise einen Wagenheber mit. Darf ich mich vorstellen? Julian Ashworth, mein Vater ist der dreizehnte Earl von Rosington und lebt hier gleich um die Ecke.
DEWITT *(plötzlich freundlich)*
Julian Ashworth. Erfreut, Ihre Bekanntschaft zu machen. Mein Name ist Robert DeWitt. Das ist meine Tochter Lydia.
LYDIA *(macht einen Knicks)*
Mein Dad hat ein altes Cottage geerbt und will sich hier niederlassen. Wir werden bald Nachbarn sein.
JULIAN *(wechselt in Windeseile den Reifen)*
Nachbarn? Oh, wie oft habe ich mir Nachbarn ge-

wünscht! Im Winter kann es hier auf der Insel ziemlich trostlos sein. *(Wirft sein Haar zurück.)* Aber nun sehen wir besser zu, dass wir ins Trockene kommen. Wollt ihr euch bei uns aufwärmen?

LYDIA

Oh, ja.

JULIAN *(hängt seinen Mantel um Lydias Schultern)*

Damit du dich nicht erkältest. *(Wirft erneut sein Haar zurück, dann wendet er sich wieder DeWitt zu.)* Bitte folgen Sie mir, Sir. Bis nach Ashworth Park sind es nur ein paar Meilen.

☆☆☆

INNEN - BLAUER SALON ASHWORTH PARK - TAG.

Das Hausmädchen serviert **LORD** und **LADY ASHWORTH** Tee, als Julian hereinspaziert. Durch den Reifenwechsel am Auto der DeWitts hat seine Kleidung Schmutz abbekommen.

LADY ASHWORTH *(läuft auf ihn zu)*

Junge, wie siehst du denn aus? Was ist passiert?

JULIAN

Ich bin wohlauf. Aber ich habe Besuch mitgebracht.

TANTE GLADYS, eine exzentrisch gekleidete, huttragende Lady Anfang sechzig, rümpft die Nase.

TANTE GLADYS
Besuch? Ich kann nur hoffen, dass er den Kiesweg benutzt hat, anstatt quer über meinen Rasen zu stapfen, so wie unser letzter Besucher, dieser füllige Metzger aus Rosington. Impertinenter Mensch!

JULIAN
Das sind unsere neuen Nachbarn. *(Stellt DeWitt und Lydia vor.)* Sie werden bald in das Cottage der verstorbenen Lady DeWitt einziehen. Lydia ist die Enkelin der alten Lady und Mr DeWitt ist Vorstand eines Medienunternehmens. Er gibt unter anderem das Magazin *Rich & Royal* heraus.

LADY ASHWORTH *(sieht sich schon auf der Titelseite)*
Oh, ein Medienmogul.

TANTE GLADYS *(abschätzig)*
Oh, ein Medienmogul.

LORD ASHWORTH *(bietet die Chaiselongue an)*
Setzen Sie sich doch. Eine Familie wie wir freut sich über neue Bekanntschaften. Bei den gesellschaftlichen Events sieht man ja doch immer dieselben Gesichter. Bloß unsere beiden Söhne, Julian und Jasper, kennen viele Leute aus Rosington, dem einzigen Dorf hier.

Lord Ashworth deutet mit dem Kinn zu seinem zweiten Sohn, **JASPER**, der mit desinteressiertem Blick abseits sitzt und in einem Buch über Fotografie liest.

LORD ASHWORTH *(zu DeWitt)*
Hätten Sie Lust, heute Abend zum Dinner zu kommen? Giles, schicken Sie Mr DeWitt und seiner Tochter eine Einladung ins Cottage.
LADY ASHWORTH *(erfreut)*
Wenn wir Julian nicht hätten, müssten wir immer die gleiche Gesellschaft ertragen.
TANTE GLADYS *(versteht den Seitenhieb)*
Pff!

2

Ich wachte auf, als sich eine nasse, schlabbrige Zunge in mein Ohr bohrte.

Unsere Dackeldame Pebbles war normalerweise nicht gerade der verschmuste Typ Hund. Früher hatte sie Grandma gehört, doch als die vom kalten New York ins sonnige Florida gezogen war, hatte sie Pebbles nicht mitnehmen können, weil der Hund die Hitze nicht vertrug. Seitdem lebte der Dackel bei uns. Jetzt, fünf Jahre später, knurrte sie mich immer noch an, sobald ich unsere Wohnung betrat. Ich fühlte mich jedes Mal ein bisschen wie eine Einbrecherin. Mit einem Stück Schinken ließ sie sich üblicherweise wieder besänftigen.

Diese Schmuseattacke war ja ein komplett neuer Zug an ihr. Und das ganz ohne Schinken.

»Pebbles, weg da«, murmelte ich wie in Trance. Ich versuchte, sie von mir wegzuschieben, und ertastete ein dickes kratziges Büschel Fell.

Merkwürdig. Pebbles' Fell war doch normalerweise ganz glatt und kurz.

An dieser Stelle schlug ich meine Augen auf und blinzelte in einen wolkenverhangenen Himmel, bevor mein Blick auf das Tier neben mir fiel. Das war nicht Pebbles, die da eben hingebungsvoll mein Ohr gesäubert hatte. Das war eindeutig ein anderer Hund. Vielleicht aber auch ein mittelgroßes Pony.

Dieses Monstrum besaß etwa die doppelte Felllänge von Pebbles, dazu schätzungsweise die vierfache Größe unserer Dackelmischung. Ein so großer Hund war mir noch nie begegnet.

Ich setzte mich auf, blinzelte und rieb mir den Kopf, der mächtig dröhnte. Wo um alles in der Welt war ich eigentlich? Ich befand mich nicht mehr im Wohnzimmer, noch nicht mal in unserer Wohnung, sondern im Freien. Auf ziemlich weichem Rasen, zugegeben, trotzdem tat mir mein Po gewaltig weh. Ich musste irgendwo hinabgefallen sein und eine ganz schön harte Landung hingelegt haben.

»Wuff!«, machte das haarige Hundepony neben mir und wedelte mit dem Schwanz, bevor es um mich rotierte, nur um in mein anderes Ohr zu lecken.

Igitt, das war ja widerlich!

»Gatsby! Komm weg da, Junge!«, rief eine Stimme, und ich hörte, wie jemand über knirschenden Schotter auf mich zugelaufen kam. »Wenn meine Tante mitbekommt, dass du wieder dein Geschäft auf ihrem Rasen verrichtest, dann –« Die Stimme brach ab. »Wen hast du denn da entdeckt?«

Moment mal. Alles auf Anfang. Ich kniff die Augen zusammen und atmete tief durch, dann öffnete ich sie wieder und versuchte, mir die Umgebung genau einzuprägen. Die gepflegten Rasenflächen. Die kleinen Schildchen, die darin steckten, mit der Aufforderung, nur die Kieswege zu benutzen. Die akribisch gestutzten Buchshecken, die die Anlage bis zu einem steinernen Herrenhaus säumten, an dessen Ecken sich zwei Türme in den Himmel erhoben.

Der Anblick schnürte mir augenblicklich die Luft ab. Ich war eindeutig nicht mehr in New York.

Wo zum Geier war ich?

»Gatsby! Hörst du denn nicht?« Der Akzent klang britisch. Als das Zotteltier endlich von mir abließ, sah ich, dass die Stimme einem Jungen gehörte, der vielleicht ein oder zwei Jahre älter war als ich und mir äußerst bekannt vorkam. Er trug einen grünen Parka und Gummistiefel – angesichts des Nieselwetters wohl eine bessere Wahl als meine bunte Jeansjacke und die Stoffturnschuhe mit den Totenköpfen. Jetzt blieb er stehen und musterte mich mit hochgezogenen Brauen. »Du musst wohl die Neue sein. Ich störe nur ungern den kleinen Spaß zwischen euch beiden.« Er klang etwas spöttisch, fast so, als hätte ich den Hund angestiftet, mich zu überfallen. »Aber dürfte ich erfahren, was du auf unserem Rasen suchst? Eigentlich darf man ihn gar nicht betreten, zumindest wenn es nach meiner Tante geht.«

»Ich … also, äh, Entschuldigung«, entfuhr es mir, noch bevor mir eigentlich klar war, was ich antworten wollte. Ja, was tat ich denn eigentlich auf diesem manikürten Rasen? Ich konnte schlecht behaupten, dass ich gerade ein Picknick machte, immerhin war es für Mai ungewöhnlich kühl, und zudem sah es nach Regen aus.

Was zur Hölle war nur mit mir passiert? Wer war dieser Junge? Wie war ich hierhergekommen und warum fehlte mir jede Erinnerung daran?

»Weiß man schon, dass du angekommen bist?«, fragte der Junge jetzt mit einer Mischung aus Desinteresse und Gereiztheit. »Hast du dich an der Pforte angemeldet?«

Ohne zu antworten, guckte ich etwas belämmert zu ihm hoch. Das Letzte, woran ich mich erinnern konnte, war, dass ich mit Deborah vor dem Fernseher gesessen hatte, bevor plötzlich die Sache mit den mysteriösen Geigenklängen losgegangen war und mein Arm begonnen hatte, seltsam zu flackern. Zuvor hatte ich mich noch über diese lächerliche Serie aufgeregt. Die miesen Figuren. Das polierte Herrenhaus. Und den Schlosshund Gatsby, dessen Fell auch bei trübem Wetter so sauber strahlte, als hätte man ihn gerade in die Waschmaschine gesteckt.

Ich sah mir das haarige Tier genauer an.

»Wie ... sagtest du, heißt der Hund noch gleich?«, erkundigte ich mich, während mein Gegenüber das zottelige Riesenviech an die Leine legte und mich dabei nicht aus den Augen ließ, als führte ich etwas im Schilde. Zumindest der Hund schien mich auf Anhieb sympathisch zu finden und ich kraulte ihn noch ein wenig am Kopf.

»Gatsby«, antwortete der Junge langsam und bedächtig, als hätte ich nicht alle Tassen im Schrank. Er warf seinem Hund einen Keks hin, den das Tier mit einem Happen verschlang. »Gatsby ist ein reinrassiger Irischer Wolfshund, die größte Hunderasse dieser Welt. Der große Gatsby eben.«

Ach. Hatte ich mich also doch nicht verhört.

»Gatsby.« Ich kicherte. »Ist ja abgefahren. Meine Schwester steht nämlich total auf eine Serie, da gibt es auch so einen Hund, der genauso heißt.«

Jetzt, wo ich genauer darüber nachdachte, war es nicht nur der Hund, der mich an Deborahs Lieblingsserie erinnerte, sondern auch dieser Junge. Seine braunen zerzausten Haare. Der markante Kiefer. Die blauen Augen mit den braunen Sprenkeln, darunter leichte Augenschatten. Dazu der blasse Teint. Keine Frage, mein Gegenüber sah so aus, als könnte es ganz dringend ein paar Sonnenstunden und eine Mütze Schlaf gebrauchen. Kurz gesagt – er ähnelte beinahe bis aufs Haar diesem aufmüpfigen Sohn der Ashworths, Julians jüngerem Bruder.

Wenn ich nur wüsste, wie der hieß!

»Und es gibt da sogar einen Jungen, der dir total ähnlich sieht«, fuhr ich augenblicklich fort. »Nur kann den keiner leiden. Na ja, kein Wunder. Er ist merkwürdig.« Wie immer, wenn ich mich unwohl fühlte, plapperte ich einfach drauflos. »Richtig merkwürdig. Guckt auch immer böse und läuft rum, als würde er am liebsten jemandem an die Gurgel springen. Du weißt schon, Typ potenzieller Serienkiller. Ist sicher neidisch auf seinen älteren Bruder. Oder es liegt am englischen Wetter, das weiß man ja nie. Wenn mir doch bloß einfallen würde, wie der Typ heißt! Mist, Deborah wüsste das ganz bestimmt. Deborah ist nämlich superintelligent und saugt Informationen auf wie ein Schwamm. Vermutlich kennt sie sogar die Marke seiner Unterhosen.«

Der Junge blickte abwechselnd zu dem steinernen Brunnen neben uns und zu mir, als hätte er die dringende Vermutung, dass ich mir dort den Kopf gestoßen hatte.

»Es ist wohl besser, ich bringe dich zu meinen Eltern. Die erwarten dich bestimmt schon«, sagte er schließlich, zog an Gatsbys Leine und führte ihn in Richtung des Gutshauses. Vor der hufeisenförmigen Freitreppe, über die man zum Haupteingang gelangte, blieb er stehen. »Was ist? Kommst du mit?«

Ich stand auf, strich mir die Locken aus dem Gesicht und rückte meine Umhängetasche zurecht, die ich noch immer über der Schulter trug. Natürlich würde ich nicht mitkommen. Es war sowieso komplett irrelevant, was ich tat oder ob mich dieser Junge mochte oder nicht.

Betrachteten wir diese Sachlage mal ganz nüchtern: Es gab nur drei Möglichkeiten, was passiert sein konnte. Wie es aussah, war ich entweder a) vorhin im Wohnzimmer ohnmächtig geworden, b) einfach auf dem Fußboden eingeschlafen oder vielleicht sogar c) vergiftet worden durch das ohnehin etwas dubiose Pilzgericht heute in der Schulkantine und litt nun, bedingt durch entweder a), b) oder c), unter den wildesten Halluzinationen. In jedem Fall verramschte mein Unterbewusstsein gerade die Geschehnisse aus Deborahs TV-Serie zu meiner eigenen, noch viel schlechteren Version von Ashworth Park. Und ich befand mich auch noch mittendrin.

Ich musste bloß abwarten, bis ich aufwachte.

»Kommst du nun?«, wiederholte der Junge ungeduldig.

Er musterte mich und meine Klamotten, die wie ein Farbklecks aus der graubraunen Landschaft herausstachen. »Vielleicht putzt du dir deine Schuhe und die Jeans ab, bevor du eintrittst. Hast du kein Gepäck? Hat dir die Agentur keine Kleidung mitgegeben? Also, Clarissa hatte damals bei ihrem Einzug ihren ganzen Hausrat dabei.«

Hä? Agentur? Welche Agentur? Vielleicht war ich in dieser Traumversion tatsächlich Schauspielerin und besaß meinen eigenen Agenten. Wie cool! Allerdings hätte der mich in eine etwas hochwertigere Serie vermitteln können.

»Nein danke. Ich warte hier«, verkündete ich stattdessen und stemmte die Beine in den Boden. Jeden Moment würde ich wieder aufwachen und dann wäre alles vorbei. Es konnte sich nur um Sekunden handeln. Für gewöhnlich träumte ich nicht so lange.

»Warten? Keine so gute Idee«, rief der Junge und warf einen Blick auf seine Armbanduhr. »Mach, dass du da wegkommst. In wenigen Sekunden beginnt nämlich –«

»Was zur –«, stammelte ich noch, doch da ergoss sich bereits ein Nebel aus feinen Tropfen über meinen Kopf. Meine bunte Jeansjacke und die Hose saugten sich mit Wasser voll. So ein Mist! Dass die Sprinkleranlage gleich losgehen würde, hätte mir dieser Kerl ja wohl auch eine Sekunde früher verraten können.

Was soll's, dachte ich mir. Ich nahm also doch die Beine in die Hand und rannte dem Jungen hinterher, während mich der kühle Wind frösteln ließ und die Wassertropfen in meinen Nacken krochen. Bis ich die Treppe erreicht hatte,

hatte ich am ganzen Körper Gänsehaut. Die Sache war schon ziemlich seltsam: Sollte mir so ein geträumter Wasserguss nicht eigentlich egal sein? Stattdessen klapperten meine Zähne wie wild aneinander.

Konnte sich mein Unterbewusstsein so etwas einbilden? Oder war ich tatsächlich am Set von Ashworth Park gelandet, der schlechtesten Soap, seit die Mattscheibe erfunden wurde?

Aber wo waren dann die Kameras? Und sollte nicht irgendjemand ganz laut »Schnitt!« rufen, wenn sich eine Fremde einfach so in die Handlung schmuggelte?

»Ich hatte dich gewarnt. Der Sprinkler geht pünktlich um fünf Uhr los, Tante Gladys nimmt es damit sehr genau«, erklärte der Junge, während er die Klinke der massiven Eingangstür nach unten drückte. Er griff nach meiner Hand und zog mich ins Innere des Hauses. Dabei konnte ich die Wärme seiner Hände spüren. Auch ein ziemlich reales Empfinden.

Der Junge durchschritt eine prunkvolle Eingangshalle, an deren Längsseiten sich samtbezogene Stühle reihten, dann führte er mich durch einen Raum mit Holzvertäfelungen aus glänzendem Mahagoni in einen weiteren großen Saal. Als wir in einem Festsaal angelangt waren, blieben wir endlich stehen.

Für einen Augenblick vergaß ich, was mir eben widerfahren war, und sah mich voller Ehrfurcht um. Alles hier schien beeindrucken zu wollen. Die samtenen Vorhänge in Burgunderrot, die bis zum Boden reichten. Die Ölporträts von irgendwelchen weißhäutigen Adeligen aus vergangenen Jahrhunderten an den Wänden. Oder der riesige Kronleuchter an der Decke, der bestimmt mehr wert war, als Mum und Dad jemals besitzen würden.

Außerdem waren die Räume so hoch, dass ich mir vorkam wie ein winziger Zwerg. So etwas kannte ich höchstens aus Museen.

»Übrigens, wo bleiben meine Manieren?«, murmelte der Junge, während er aus den Gummistiefeln schlüpfte und seinen Parka an einen Garderobenhaken hängte. »Manieren wurden mir hier nämlich beigebracht, wenn auch sonst nicht viel. Mein Name ist Jasper.« Er seufzte tief. »Willkommen auf Ashworth Park.«

☆☆☆

Das war nicht gut.

Das war gar nicht gut.

Als mich Jasper durch die nächste Doppeltür in den Salon führte, blieb mir augenblicklich die Spucke weg. Sie waren alle da. Jeder Einzelne. Die ganze Besetzung von Ashworth Park, versammelt vor einem knisternden Kamin, alle in Fleisch und Blut.

Lord Ashworth hockte in Karohosen und Jackett im Ohrensessel, während er eine Zigarre paffte. Seine Gattin, Lady Cordelia Ashworth, stand neben dem Fensterbrett und goss gerade eine ihrer Topfrosen. Sie trug ihre blonde Mähne streng zurückgebunden und geflochten wie eine russische

Ballerina, dazu war ihr Gesicht so glatt gebügelt, als hätte sie sich unters Messer gelegt. Deborah hatte mir erklärt, Lady Ashworth sei eine Meisterin darin, nach außen eine makellose Fassade aufrechtzuerhalten – während sie sich hinter verschlossenen Türen in das keifende Ehemonster verwandelte, das sie in Wirklichkeit war.

Dann war da noch Tante Gladys, die Witwe von Lord Ashworths verstorbenem Bruder, Dauergast im Salon, Rasenliebhaberin und Bewohnerin des Nordflügels. Mit ihrem langen, feuerrot gefärbten Haar, ihrer ausgefallenen Garderobe und den Hüten, die sie sogar im Haus trug (Deborah meinte einmal, sie besäße ein eigenes Hutzimmer), passte sie eher in ein Varieté am Broadway als in ein versnobtes Herrenhaus.

In der Serie war sie die einzige Figur mit Ecken und Kanten. Tante Gladys besaß Temperament, eine endlos lange Liste verflossener Ehemänner, ein freches Mundwerk und nahm mit Vorliebe Lady Ashworths pikiertes Gehabe aufs Korn. Letzteres führte auf Ashworth Park zu einem nicht enden wollenden verbalen Schlagabtausch, von dem sich selbst Talkshowgäste noch etwas abschauen konnten.

Zum Schluss war da noch Giles, der schweigsame Butler mit dem zerknitterten Gesicht und der vielen Pomade im Haar, der mir gerade aus meiner Jacke half. Danach hängte er sie fein säuberlich auf einen samtenen Kleiderbügel, der teurer aussah als die Jacke selbst, und trug sie zur Garderobe.

»Ich hab das Mädchen draußen gefunden. Am Schotterweg«, erklärte Jasper mit Seitenblick auf Tante Gladys, die gerade Tee trank und die Szene mit skeptischer Miene beobachtete. Für einen kurzen Moment gewann er doch noch einen Sympathiepunkt, denn immerhin verriet er nicht, dass ich vorhin ihr Gras betreten hatte. »Der Pförtner hat sie aus irgendeinem Grund nicht angekündigt.«

»Was für ein unnützer Mensch«, echauffierte sich Tante Gladys, und ich hatte erst die Befürchtung, dass sie über mich sprach. Vor lauter Empörung rutschte ihr fast der lila Schlapphut mit der Pfauenfeder vom Kopf. »Sitzt an der Pforte und liest tagein, tagaus Klatsch über sämtliche Königshäuser in der Gazette.«

»Es sind doch immer nur die gleichen Themen in diesen Magazinen«, regte sich Lady Ashworth auf. »Warum schreibt man nicht einmal über uns? Wir sind immerhin auf Platz einhundertzweiundsechzig in der englischen Thronfolge.«

Das Grinsen in Lord Ashworths Gesicht zog sich bis zu seinem Backenbart. »Liebling, lass uns doch froh sein, dass sich die Medienberichterstattung nicht um uns dreht. Mir genügt mein simples Leben hier auf dem Lande. Die Gartenschauen. Die Pferderennen. Und die Wahl der schönsten Rose der Insel jeden Frühling.« Etwas mühsam erhob er seinen rundlichen Körper aus dem Stuhl und schüttelte mir die Hand. »Montgomery Benjamin Ashworth, dreizehnter Earl von Rosington. Als Familienoberhaupt freue ich mich, Sie hier willkommen zu heißen. Die Agentur hat uns Ihren Namen nicht verraten.« Er grinste und zwinkerte mir zu. »Oder ich habe ihn verschwitzt, kann auch sein.«

Lady Ashworth kam mit großen Schritten auf mich zu. Für den Nachmittagstee war die gute Frau mit ihrer Seidenbluse und den ganzen Perlen viel zu schick. Und warum trug sie in ihren eigenen vier Wänden eigentlich High Heels? War das nicht unbequem? »Liebling, das neue Mädchen muss nicht gleich wissen, dass du dir nicht mehr alles merken kannst«, schnaubte sie und warf Sir Ashworth einen finsteren Blick zu, was ihr aber nicht ganz gelang – wohl wegen des vielen Botox in ihrer Stirn. Dann setzte sie ein Lächeln auf und begrüßte mich. »Schön, dass Sie hier sind. Aber Sie kommen zu früh. Wir haben Sie eigentlich erst nächste Woche erwartet.«

Ich schüttelte ihre schlanke Hand, wobei sich einige ihrer wuchtigen Diamantringe in meine Haut bohrten. Was hatte das zu bedeuten? Lord und Lady Ashworth erwarteten mich? Sie konnten unmöglich wissen, was mit mir passiert war.

Und jetzt sollte ich mich offenbar auch noch vorstellen, denn alle Anwesenden starrten mich abwartend an. Mist. Bestimmt sollte ich nun irgendein höfisches Prozedere abspulen, von dem ich nicht die leiseste Ahnung hatte.

Ich beschloss, einfach zu lächeln, auch wenn ich in diesem Augenblick vermutlich dumm wie ein Schaf aussah.

»Verraten Sie uns Ihren Namen?«, bat Lord Ashworth höflich.

»Ich … bin …«, setzte ich an, doch in exakt diesem Moment betrat Julian Ashworth den Salon.

Mir war, als hätte sich das Tempo der Serie plötzlich auf Ultra-Zeitlupe verlangsamt.

Da war er, Deborahs Traumprinz. Ich erkannte ihn sofort. Und für einen klitzekleinen Moment musste ich zugeben, dass ihr Geschmack gar nicht mal so schlecht war. Unter seinen dichten blonden Locken blitzten große, strahlend blaue Augen hervor, dazu besaß er eine feine, fast griechische Nase und volle Lippen. In diesem Moment durchzog eine kleine Windböe unklaren Ursprungs den Raum und ließ sein Hemd lose um die Schultern flattern und dabei erahnen, dass er für seine noch nicht mal siebzehn Jahre schon ganz gut gebaut war. Im Fernsehen war mir das noch nie so aufgefallen.

Zugegeben, dieser Junge war ein Prachtexemplar – man hätte Julian prompt aufs Cover von einem dieser schnulzigen Liebesromane packen können, die Mum so gerne las.

»Noch ein neues, wunderschönes Gesicht, und das am selben Tag«, strahlte Julian, ging leichtfüßig auf mich zu und schüttelte mir die Hand. Sein Griff war so sanft, dass ich ihn kaum spürte, dazu schenkte er mir ein gewinnendes Lächeln. »Ich bin Julian, und wie lautet dein Name?«

»An dieser Stelle waren wir gerade, mein Junge«, unterbrach ihn Lady Ashworth und schob sich vor ihn. Dann, etwas leiser, aber doch noch laut genug, dass ich es hören konnte, zischte sie in sein Ohr: »Wie oft soll ich dir noch sagen, dass man das Personal nicht duzt. Auch wenn du mit Clarissa und dem Butler befreundet bist, es gehört sich einfach nicht.«

Wie bitte? Mir war, als hätte ich mich verhört. Personal? Sie hielten mich für ihr Personal?

Mir fiel es wie Schuppen von den Augen: Jetzt passte das mit der Agentur ins Bild. Offenbar erwarteten sie ein neues Dienstmädchen. Ach du Schande!

Julian schnaubte bloß. »Mutter, Clarissa und ich sind gleich alt, und Giles hat Jasper und mich quasi aufgezogen, während du mit deinem Wohltätigkeitskram beschäftigt warst. Die Zeiten haben sich geändert, wir leben inzwischen im einundzwanzigsten Jahrhundert.«

»Ach, im Ernst?«, brummte Jasper sarkastisch. »Man könnte nämlich meinen, Ashworth Park sei im Mittelalter stecken geblieben. Die Räume sind mindestens so kühl wie das Klima in unserer Familie. Und im gesamten Haus gibt es kein verdammtes Internet. Nur damit du weißt, worauf du dich einlässt.«

»Wirst du wohl aufhören, unserem neuen Dienstmädchen Angst zu machen, Jasper«, knurrte Lady Ashworth ihm leise zu. Sie ging wohl davon aus, dass ich nichts davon mitbekam. Vielleicht hielt sie mich aber auch für etwas beschränkt, weil ich mich immer noch nicht vorgestellt hatte. »Das Mädchen braucht seine Nerven fürs Zubereiten des Abendessens. Mr DeWitt und seine Tochter Lydia kommen heute zum Dinner vorbei. Außerdem braucht sie Kleidung. In *dem* Aufzug kann sie nicht erscheinen, wenn sie die Suppe aufträgt.«

Abendessen? Mir trat der kalte Schweiß auf die Stirn, und ich wurde noch nervöser, falls das überhaupt möglich war. Wenn ich etwas gar nicht konnte, dann war das Kochen. Wer musste denn in New York tatsächlich kochen? An jeder

Ecke bereiten Menschen unterschiedlichster Nationalitäten wohlschmeckendes, meistens auch sehr günstiges Essen zu. Und wenn man darauf mal keine Lust hatte, konnte man im Supermarkt immer noch Käsemakkaroni für die Mikrowelle kaufen. Daran konnte ich mich nicht satt essen. Ich war froh, wenn ich einen Apfel schälen konnte, ohne mich dabei erheblich zu verletzen.

»Mutter, sie bekommt das Abendessen bestimmt ausgezeichnet hin«, überschätzte mich Julian soeben heillos, während ich überlegte, wie gut wohl Fertig-Hotdogs als Dinner bei den Ashworths ankommen würden. »Und Klamotten kann sie sich fürs Erste bei Clarissa leihen.«

»Clarissa? Meinst du wirklich? Die sind ihr bestimmt zu groß«, überlegte Jasper und musterte mich. »Zumindest stellenweise.« Damit hatte er seinen Pluspunkt von vorhin glatt verspielt. Wie unverschämt!

»Unfug«, widersprach Julian seinem Bruder. »Die beiden haben exakt die gleiche Silhouette.« Dann, an mich gewandt, fragte er: »Soll ich dir deine Unterkunft zeigen? Das zweite Dienstmädchenzimmer liegt im obersten Turm an der Ostseite. Um diese Jahreszeit ist es dort noch etwas kalt, aber dafür hast du es ganz ruhig.«

Der Knoten in meinem Hals wurde dicker und dicker. Ich wollte das hier nicht durchziehen. Ich konnte es nicht durchziehen. Ich war fehl am Platz, durch irgendeinen durchgeknallten Programmierfehler im Universum in diese Serie geraten.

Ich musste hier weg. Weg aus diesem pompösen, ungemütlichen Herrenhaus. Weg von dieser seltsamen Insel im Ärmelkanal. Vielleicht musste ich mir nur irgendwo den Kopf stoßen, dann würde ich wieder in meinem realen Leben aufwachen.

Ich räusperte mich und zog Julian ein wenig zur Seite, damit mich Jasper und seine affektierte Mutter nicht hören konnten. »Ich … glaube, das ist alles nicht richtig«, flüsterte ich. »Ich kann doch gar nicht kochen.«

»Keine Sorge.« Julians Blick wurde plötzlich mitleidig, als wäre ich ein ausgesetztes Hündchen. »Das wird schon. Ich weiß, einiges hier wirkt auf den ersten Blick ziemlich einschüchternd. Das alte Haus, die vielen Zimmer. All das Personal.« Er grinste. »Und dann noch Mutter und Tante Gladys, die toppen alles.«

Ich schüttelte wild den Kopf. »Das ist es nicht«, winselte ich. Ich musste mir nur einreden, dass nichts davon real war – eine Ausgeburt meiner Fantasie. Dann brauchte ich auch keine Angst zu haben. »Das hier ist ein großer Fehler. Ich kann nicht hierbleiben. Ich bin nicht euer Hausmädchen. Ich kann bestenfalls den Müll vor die Tür bringen und schaffe es noch nicht mal, mein winziges Zimmer in New York aufgeräumt zu halten. Das ist eine ganz furchtbare Verwechslung!«

Bevor Julian antworten konnte, drehte ich mich um und nahm Reißaus. Butler Giles schien mir noch meine Jeansjacke geben zu wollen, doch ich war schneller. Als ginge es um mein Leben, stürmte ich durch die endlos lange Reihe von Festsälen nach draußen.

Ich hatte nicht die geringste Ahnung, wo es hingehen sollte. Der aufkommende Regen peitschte mir ins Gesicht, durchtränkte zum dritten Mal an diesem Tag meine Klamotten, aber das war nun auch egal. Auf Nimmerwiedersehen, Ashworth Park! Dieser Wahnsinn konnte ruhig ohne mich stattfinden.

3

Als ich endlich das Gefühl hatte, genug Abstand zwischen mich und (konnte es wirklich sein?) das Herrenhaus von Ashworth Park gebracht zu haben, blieb ich stehen, um kurz zu verschnaufen. Mein Herz klopfte wie verrückt, während ich mich um meine eigene Achse drehte und verzweifelt versuchte, mich zu orientieren. Hinter dem Herrenhaus mit seiner großen Parkanlage hatten sich schier endlose Wiesen erstreckt, bis ich an einer steilen Klippe angelangt war, unter der das Meer rauschte.

Dunkel erinnerte ich mich daran, dass dieser Klippenvorsprung einmal Schauplatz der Handlung gewesen war. Eine Maus hatte Julians Stute Leondra erschreckt, sie war hochgestiegen und beinahe mit ihm im Sattel in die Tiefe gesprungen. Deborah hatte sich am Sofa festgekrallt und einen Schreckensslaut losgelassen, während ich mich vor Lachen ausgeschüttet hatte.

Und als sei das nicht schon genug gewesen, hatte die Folge an exakt dieser Stelle mit einem fiesen Cliffhanger geendet, sodass Deborah vierundzwanzig Stunden lang nicht gewusst hatte, ob der Körper ihres Traumkerls nicht doch auf tragische Weise an den Steinklippen zerschellt war – die vermutlich härtesten vierundzwanzig Stunden meines Lebens. Ich hatte psychologische Schwerstarbeit leisten und Deborah mit einem Jahresvorrat an Banana-Brownie-Split aufheitern müssen.

In der nächsten Folge war Julian dann doch nur im Gras auf seinem adeligen Hinterteil gelandet, die Frisur noch unrealistisch perfekt in Form, während Leondra sich längst über den Huflattich hergemacht hatte. Mit einem Schlag war Deborahs Welt wieder in Ordnung gewesen.

Und nun befand ich mich plötzlich hier, an exakt derselben Stelle. Damals auf dem Sofa, als ich diese Klippen zum ersten Mal gesehen hatte, war alles so fern gewesen, und nun hörte ich plötzlich das Meer rauschen, den Wind pfeifen und die Möwen schreien. Viel zu real für einen Traum, eine Komafantasie oder eine akute Lebensmittelvergiftung.

Ich befand mich mitten in der Serienwelt – oder in einer abgedrehten Parallelwelt, in der Ashworth Park mit allem Drum und Dran real war: die pompöse Kulisse. Die völlig hanebüchene Handlung. Die übertriebenen Dialoge. Und jede der grauenhaft eindimensionalen Figuren: die snobistische Lady Ashworth, der etwas naive und gutmütige Lord Ashworth, der charmante Julian, der aufmüpfige Jasper und die durchgeknallte Tante Gladys. Nicht zu vergessen Gatsby, der mir bis jetzt am sympathischsten war.

Ich ließ mich ins nasse Gras fallen und dachte nach. Mal angenommen, ich war tatsächlich in dieser Serie gelandet: Welche Rolle spielte ich hier? War ich wirklich das neue

Hausmädchen der Ashworths? Ausgerechnet ich, ei mädchen? Abby Foster aus Brooklyn, vierzehn Jahre alt nicht mal annähernd adelig, die in ihrem Leben noch ni nach England gereist war (das hier konnte man wohl kaum zählen) und es mit Ach und Krach zustande brachte, Mums neuen Saugroboter vom Homeshoppingkanal einzuschalten? Weil meine Mum als Künstlerin meistens mit irgendeinem Projekt beschäftigt war, hatte sie es nämlich auch nicht so mit der Hausarbeit.

Blieb die Frage, warum die Ashworths nicht auch so ein praktisches Teil besaßen. Sicher war deren altes Gemäuer so verstaubt, dass ich mit dem ersten Putzdurchgang locker bis Weihnachten brauchen würde.

Weihnachten. Apathisch warf ich einen Kieselstein ins Meer und sah zu, wie er hinten in den hohen Wellen versank. Was war, wenn ich bis Weihnachten hier feststecken würde? Oder noch schlimmer – für immer?

Oh Gott. Während ich versuchte, die Panik in Schach zu halten, warf ich einen Blick in meine Umhängetasche. Was hatte ich denn aus meiner Welt mitgebracht, das mir hier helfen könnte? Leider war es nicht gerade viel: eine Packung Kaugummi, fünf amerikanische Dollar und ein paar Pennys, ein dunkelroter Lipgloss, den mir meine Freundin Morgan geschenkt hatte (passte angeblich gut zu braunen Augen), mein pinkes Tagebuch, das ich immer mit mir herumtrug, und – mein Handy.

Ein Funken Hoffnung keimte in mir auf, als ich die Tastensperre löste. Leider verlosch er gleich wieder. *Kein Netz*

… te das Display. Wäre ja auch zu schön ge-

… as Gerät zurück in die Tasche pfefferte, … Bestimmt dachte ich einfach zu rational. … agie hier gelandet, also würde auch Magie nötig sein, … eder zurückzukommen. Womöglich musste ich einfach nur fest an zu Hause denken, und flugs würde mich ein Wirbelsturm erfassen und dorthin tragen, ähnlich wie Dorothy in *Der Zauberer von Oz*. Immerhin war ich auch erst hier gelandet, nachdem ich ausgiebig an Ashworth Park gedacht (und noch ausgiebiger darüber gelästert) hatte.

Einen Versuch war es wert. So verbissen ich nur konnte, kniff ich die Augen zusammen und stellte mir mein normales Leben vor. Ich versuchte es zuallererst mit unserem Loft in Brooklyn. Die Glasfronten, die offenen Räume, Mums unfertige Bilder, die überall herumstanden. In einem Loft zu wohnen, klingt zwar ganz cool, aber ich garantiere: Niemand, der bei Verstand ist, würde mit mir tauschen wollen.

Mum hatte ausgerechnet dieses Appartement gemietet, weil es hell war und sie darin gut malen konnte. Nur leider befanden sich an der Stelle von Fenstern, die man öffnen konnte, bloß riesige Glasscheiben. Abgesehen von einem schmalen Lüftungsschacht existierte keine Möglichkeit, ordentlich zu lüften, wenn Mum wieder mal das Essen hatte anbrennen lassen (was ziemlich oft geschah). Außerdem gab es mit Ausnahme von meinem und Deborahs Zimmer nirgendwo Türen – es war eine totalüberwachte Jugend.

Meine Freundin Morgan war zum Ergebnis gekommen, dass das Wort Loft eindeutig eine Abkürzung für *Leben ohne Fenster und Türen* sein musste. Aber das verrieten die Makler natürlich nie.

Himmel, wie vermisste ich Morgan! Ihr Kleiderschrank war vollgestopft mit den abgefahrensten Outfits, die ihre Mutter ihr aus Japan schicken ließ. Außerdem besaß sie einen tollen Sinn für Humor, eine vorlaute Klappe und die größte und beste Sammlung an japanischen Horrorfilmen.

Bei der Gelegenheit fiel mir ein, dass wir für übermorgen einen DVD-Abend geplant hatten. Was Morgan wohl sagen würde, wenn ich morgen nicht in der Schule aufkreuzte und auch nicht an mein Handy ging?

Ob mich jemand vermissen würde? Vielleicht würde mein Foto ja auf Milchkartons gedruckt werden. Und bestimmt würde auch die Schülerzeitung eingestellt werden, denn wenn ich nicht da war, erledigte keiner aus dem Team seine Aufgaben.

Auch wenn ich bloß unter dem Decknamen »Miss Troubleshoot« die Ratgeberkolumne für Schulstress-, Geschwisterzoff- oder Liebeskummerpatienten schrieb, hielt ich den Laden irgendwie zusammen. Zugegeben, nicht weil mir die ehrenamtliche Arbeit so großen Spaß machte oder mich die Schule nicht genug forderte, sondern wegen Trevor.

Trevor Parker war seit einiger Zeit Mitglied unseres Redaktionsteams. Seine Englischlehrerin hatte ihn dazu verdonnert, weil seine Aufsätze zu wünschen übrig ließen. Zuerst war ich nicht begeistert gewesen, Trevors Strafaufseherin zu sein, doch dann hatten wir uns angefreundet. Das wäre auch vollkommen okay gewesen, hätte ich nicht verzweifelt darauf gewartet, dass er mich zu seiner Geburtstagsparty einlud, die in der Wohnung seiner Mutter in Manhattan stattfand. Neulich, als wir uns zu zweit über einem Stapel Fotos für die neue Ausgabe gebeugt hatten, so nah, dass sich unsere Arme berührt hatten, hatte ich geglaubt, es gäbe einen Funken Hoffnung. Doch hier in Ashworth Park konnte mich Trevors Einladung ja wohl schlecht erreichen.

Was für ein Mist. Die Party mit Trevor konnte ich mir getrost abschminken, genau wie die Rückkehr in meine eigene Welt durch magische Gedankenkraft. Enttäuscht schlug ich die Augen auf und sah mich nochmals um.

Nichts hatte sich verändert. Ich befand mich immer noch auf demselben verregneten Fleckchen Gras, genau wie vorher, nur mit dem Unterschied, dass sich aus dem aufkommenden Regen inzwischen ein britischer Monsun entwickelt hatte. Das Klischee mit England und scheußlichem Wetter traf wohl auch in Soaps zu.

»So ein Glück! Da bist du ja«, ertönte eine Stimme hinter mir. Vor Schreck machte ich einen Satz und wäre um ein Haar in die Tiefe gestürzt, ähnlich wie Julian und Leondra bei diesem Mäusezwischenfall, nur ohne Cliffhanger. »Wir haben in ganz Rosington nach dir gefragt, aber wir kannten ja noch nicht mal deinen Namen.«

Julian höchstpersönlich schritt auf mich zu. Etwas abseits hatte eine schwarze Limousine geparkt, eins dieser noblen Teile mit Kühlerfigur auf der Motorhaube.

»Ich heiße Abigale. Aber alle nennen mich Abby«, antwortete ich knapp und drehte mich wieder in Richtung Meer. Was suchte Julian denn hier? Ich wünschte mir, er würde einfach wieder verschwinden. Konnte man denn nicht mal einen Augenblick seine Ruhe vor diesen lästigen Serienfiguren haben?

Julian verschwand nicht. Im strömenden Regen hockte er sich neben mich, legte mir eine leuchtend gelbe Regenjacke um die Schultern und setzte mir die Kapuze auf. Erstaunlich, dieser Junge schien stets die passenden Gegenstände dabeizuhaben. »Sei nicht traurig. Ich weiß, das ist alles ziemlich viel auf einmal«, begann er und fuhr sich nachdenklich durchs Haar. Selbst bei diesem Regenwetter saß seine blonde Mähne immer noch tadellos, so als würden die Regentropfen einfach davon abperlen. Ganz kurz überlegte ich, ob er ein Teflon-Spray für seine Haare benutzte. Julian war viel zu perfekt für die reale Welt.

»Du hast ja keine Ahnung«, erwiderte ich schließlich. Viel auf einmal? Drei Klausuren pro Woche waren viel auf einmal. Das hier war der Super-GAU, eine universelle Katastrophe.

Ich war in einer Fernsehserie gelandet!

»Du musst diesen Job ja nicht ewig machen«, antwortete Julian und suchte meinen Blick. Was für ein tiefes Meerwasserblau. Vermutlich versanken die Mädchen hier auf der Insel alle reihenweise darin. »Du kannst später immer noch … ähm, zur Schule zurück. Und deinen Abschluss nachholen. Oder?«

Ich senkte den Blick und seufzte. Na großartig. Er hielt mich also für eine Schulabbrecherin, die mit ihrem neuen Job als Hausmädchen haderte. Ich fand es überflüssig, darauf zu antworten, doch leider spornte mein Schweigen ihn an, weiterzureden.

»Und fürs Erste ist eine Serviceanstellung in einem renommierten Haushalt keine schlechte Sache. Mein Vater schreibt dir bestimmt eine Referenz, mit der du anschließend in einem guten Restaurant unterkommst. Wir hatten mal ein Mädchen, das durfte danach in der Küche des Buckingham Palace beginnen.«

»Wow«, sagte ich mit unverhohlener Ironie in der Stimme. Das englische Königshaus würde seine Freude mit mir haben.

»Siehst du«, antwortete Julian und grinste. Scheinbar hatte er es nicht so mit Ironie. »Alles wird gut. Ich verstehe dich.«

Er verstand mich? Julian Ashworth, Sohn des dreizehnten Earls von Was-auch-immer, würde dämlich aus der Wäsche gucken, wenn er plötzlich in Brooklyn zurechtkommen müsste. Ganz ohne seine Familie, dafür mit schimpfenden Taxifahrern und dauerverstopften U-Bahnen. Da würden ihm diese ultrablauen Augen und seine guten Manieren auch nicht helfen. Ha!

»Du verstehst gar nichts.« Verärgert verschränkte ich die Arme. »Ich will einfach nach Hause.«

Julian sah mich verständnisvoll an. »Du vermisst Amerika, nicht wahr? New York ist ganz schön weit weg. Aber das bedeutet nicht, dass du dich auf Ashworth Park nicht wohlfühlen kannst. Okay, hier gibt es keinen Burgerladen, aber Clarissa macht tolles Irish Stew. Ich habe zwar noch nie in meinem Leben einen Burger probiert, doch mit Clarissas Essen kann er es bestimmt nicht aufnehmen.«

Erstaunt sah ich ihn an. »Moment mal. Du warst noch nie in einem Burgerladen?« Jetzt musste ich kichern. Julian Ashworth und ein Plastiktablett mit gratis Auffüllcola passten wirklich nicht zusammen.

Julian verneinte. »Ich war noch nie weg von der Isle of Roses.«

»Nicht mal auf Schulexkursion? In London oder so?«

»Nein. Aber das ist auch nicht schlimm. Mir gefällt es hier. Ich mag meine und Jaspers Schule. Die örtliche Pferderennbahn. Und natürlich mein Zuhause, Ashworth Park.«

Julian zählte exakt die Schauplätze auf, die mir beim Gucken der Soap auch schon aufgefallen waren. Konnte es sein, dass der Horizont der Figuren tatsächlich derart beschränkt war? Hielten sie sich nirgendwo anders auf? Gab es für sie kein Leben außerhalb der Serie?

»Wo es in diesem Moment übrigens schön warm ist«, fügte Julian hinzu und grinste von einem Ohr zum anderen. Seine blendend weißen Zähne standen perfekt in Reih und Glied. »Während wir uns hier noch den Tod holen. Ich finde, du solltest mit mir nach Hause kommen. Übrigens habe ich dir bei der Herfahrt ein Gedicht geschrieben, um dich zu überreden, zurückzukehren.«

Ich wurde hellhörig. Deborah hatte mir mal erzählt, dass Julian großes poetisches Talent besaß und seine Werke überall zum Besten gab. Noch nicht mal eine Stunde in der Serie, und schon hatte ich Julian offensichtlich inspiriert. Nicht schlecht.

»Also los«, begann Julian. »Es lautet: Für xxx.«

»Hä?« Ich sah zu ihm hoch. »Das verstehe ich nicht.«

»Na ja, im Auto kannte ich ja deinen Namen noch nicht.«

»Ach so.«

»Nun denn.« Julian räusperte sich. »Rosen sind rot, Veilchen sind blau, du gehörst nach Ashworth Park, das spüre ich genau.« Er lächelte. »Es ist nur ein simpler Vierzeiler. Aber wenn du zurückkommst, könnte ich es ausweiten.«

Bitte nicht, schoss es mir durch den Kopf. Das Versmaß war ja wohl so was von daneben. Hatte Deborah tatsächlich von großem dichterischen Potenzial gesprochen? Meine Schwester musste wirklich blind vor Liebe sein.

»Schön«, lobte ich ihn, und Julian strahlte wie ein Kleinkind.

»Also, möchtest du es dir nicht doch überlegen und wieder nach Hause kommen? Du brauchst heute auch nicht zu kochen, damit ist Clarissa inzwischen fertig.«

Ich betrachtete ihn und rang mit mir selbst. So ein knisternder Kamin war doch etwas Schönes. Und wenn sich das Universum, oder wer auch immer, doch endlich dazu entschloss, mich heim nach New York zu schicken, konnte es dies ja wohl genauso gut von Ashworth Park aus tun, oder?

»Als Dessert gibt es Käsekuchen. Tante Gladys meinte, das isst man gerne in Amerika.«

Wie aufs Stichwort knurrte mein Magen. Seit der halben

Portion Eiscreme vor dem Fernseher hatte ich nichts mehr gegessen, da klang die Aussicht auf ein üppiges Festmahl schon verlockend. Inklusive dem Käsekuchen als Nachspeise.

»Na gut, überredet«, seufzte ich und stand auf.

Julian strahlte und bot mir an, mich bei ihm einzuhaken. »Tante Gladys ist übrigens sogar mitgefahren, um nach dir zu suchen«, verkündete er und führte mich zum Wagen. Ein Chauffeur mit Kappe saß am Steuer. »So viel Anteilnahme ihrerseits ist wirklich ganz und gar ungewöhnlich.« Er hielt mir die Tür auf. »Bitte, nach dir, Abigale.«

Uagh. Ich hasste es, wenn mich jemand Abigale nannte.

Hinten im Wagen wartete bereits Tante Gladys auf mich. Sogar Gatsby hatten die beiden eingepackt, er rotierte im Kofferraum herum und bellte freudig. Ich beugte mich über den Rücksitz und kraulte ihm das Fell.

»Ich habe Abigale gefunden, Tante Gladys«, verkündete Julian stolz. »Ist das nicht eine glückliche Fügung?«

Gladys rollte mit den Augen. »Das ist ja auch keine große Leistung, Julian, die Insel ist winzig«, murmelte sie, während sich der Wagen in Bewegung setzte. Sie wandte sich mir zu. »Stimmt es, was Julian vorhin gesagt hat? Du kommst aus New York?«

Ich nickte.

War Tante Gladys mitgefahren, um mir auf den Zahn zu fühlen? Mir entging nicht, dass sie sich eine rote Haarsträhne hinters Ohr legte und mich aufmerksam beobachtete. Sie schien jedes Detail aufzunehmen. Meine Figur. Meine triefenden Haare. Und die regennassen Jeans, die an mir klebten wie eine zweite Haut und wohl gerade das weiche Leder der Autositze nachhaltig schädigten.

»Erzähl mir von deiner Anreise. War der Flug nach England zu deiner Zufriedenheit?«, stocherte Gladys weiter, ohne den Blick von mir abzuwenden.

Was sollte ich denn bitte darauf antworten? Nun ja, ich habe erst noch gemütlich mein Banana-Brownie-Split gegessen, und dann habe ich mich in Luft aufgelöst und bin wenige Sekunden später in England aufgetaucht. Auf Ihrem wohlgetrimmten Rasen. Für die umgeknickten Halme bedanken Sie sich beim Universum.

»Die Landung war etwas hart«, antwortete ich stattdessen und beließ es bei der Wahrheit. Mein Po tat immer noch weh von dem Sturz, das würde bestimmt einen dicken blauen Fleck geben.

Damit schien Gladys fürs Erste zufriedengestellt. Gedankenverloren starrte ich aus dem Fenster des Wagens, während sich Gatsby schüttelte und eine ordentliche Ladung Wassertröpfchen im Innenraum verteilte.

Gladys rümpfte die Nase. »Gatsby! Ungezogener Hund!«, schimpfte sie. »Julian, ich habe doch immer gesagt, dass die Hundeschule in Rosington nichts taugt. Du hättest Nigel Stokes engagieren sollen, den besten Hundetrainer Englands. Dann würde das Tier auch nicht ständig Löcher in meinen Rasen buddeln. Ich habe überall *Bitte nicht betreten*-Schilder aufstellen lassen, aber diesem Köter ist das egal.«

»Da hast du natürlich recht, Tante Gladys«, antwortete

Julian höflich, dabei verdrehte er die Augen und zwinkerte mir zu. »Wenn Nigel Stokes am Werk gewesen wäre, wäre Gatsby jetzt besser erzogen. Und könnte lesen.«

Ich kicherte. »Wir haben zu Hause auch eine Hündin, Pebbles«, erzählte ich. »Und wenn es regnet, hüpft sie in jede Pfütze. Ich glaube, das kann Hunden niemand abtrainieren.«

Julian lachte. »Klingt nach Gatsby.«

»Nur dass Gatsby nicht furchtbar nach nasser Hund stinkt wie Pebbles«, fügte ich hinzu und schnupperte an Gatsbys Fell. Er roch ganz und gar nicht streng, ich roch nicht das Geringste. »Oder kann man Hunden etwa auch das Stinken abtrainieren?«

Ich wollte bloß lustig sein, doch Julians Reaktion verunsicherte mich. Sein Grinsen wich einer hochgezogenen Augenbraue. Einen Moment schien es, als wollte er nachfragen, doch dann schwieg er und blickte aus dem Seitenfenster.

Mist, der Witz war wohl ziemlich daneben gewesen. Aber so lief es nun mal, wenn ich mich unwohl in meiner Haut fühlte. Da brach der wortwörtliche Schwachsinn nur so aus mir heraus.

Nicht nur Julian schien von meinem Witz irritiert zu sein. Auch seine Tante sah mich nun mit einer Mischung aus Verblüffung und Neugierde an. Dabei unterzog sie mich erneut einer Ganzkörpermusterung.

Pah! Ich beschloss, gar nichts mehr zu sagen, und starrte auf die Windschutzscheibe und die Scheibenwischer, die sich im Regen hin und her bewegten. Blöde Briten. Sagte man ihnen nicht einen Sinn für Humor nach? Die beiden Exemplare neben mir fielen da wohl durch den Rost.

»Abigale, hat dir eigentlich schon mal jemand gesagt, dass du dieselben Gesichtszüge hast wie mein inzwischen verstorbener Ehemann, Gott hab ihn selig?«, begann Tante Gladys nach einem Moment des Schweigens und beugte sich nun so dicht zu mir herüber, als wollte sie jede einzelne Linie meines Gesichts inspizieren. Inklusive dem Pickel an der Wange, den ich immer bekam, wenn ich Stress hatte.

»Welcher deiner Ehemänner?«, fragte Julian.

»Der dritte. Der, mit dem ich vor deinem Onkel Lord Magnus Ashworth verheiratet war. Sein Name war Matthew Barrington-Whitley, und er war einer dieser reichen Industriellen, von denen man nie wirklich weiß, was sie tun. Aber angeblich hatte Matthew eine Vielzahl von Neffen und Nichten in Manhattan und den Hamptons. Und sie trugen alle einen kleinen Leberfleck über der Lippe. Das sogenannte Mal der Barrington-Whitleys.«

Julian stutzte. »Davon hast du uns noch nie erzählt.«

»Zeig mir mal dein Muttermal über der Lippe«, verlangte Gladys, schnappte sich mein Kinn und drehte es zu sich. »Dein Mal hat exakt die gleiche Form wie das meines Mannes. Dazu die kleine Stupsnase und deine Augenfarbe, dieses warme Haselnussbraun. Erstaunlich. In der Tat, erstaunlich.«

»Huuhm«, gab ich nur von mir, weil ich mit gequetschtem Kiefer nicht gut sprechen konnte.

In diesem Moment hielt der Chauffeur vor der breiten

Einfahrt von Ashworth Park und Tante Gladys ließ mein Kinn wieder los. Ich atmete innerlich auf. Mit dieser verrückten Tante im Wagen hätte ich es keine Sekunde länger ausgehalten.

Lady Ashworth eilte mit einem Schirm auf ihren Sohn zu. »Ein Glück, dass ihr da seid. Nicht auszudenken, wenn dem Mädchen etwas zugestoßen wäre. Ich wüsste nicht, ob uns die Agentur so schnell ein neues Mädchen geschickt hätte. Clarissa ist mit dem Haushalt total überfordert.«

»Mutter«, fiel ihr Julian ins Wort und trat unter ihren Schirm, bevor sein Haar ein Wassermolekül abbekommen konnte. »Lass Abigale sich erst mal umziehen und eingewöhnen. Für den Haushalt hat sie in Zukunft noch genug Zeit.«

»Haushalt?« Tante Gladys ergriff das Wort. Dabei schälte sie sich aus der Limousine und richtete ihren lila Hut. »Abby wird nicht im Haushalt arbeiten. Sie wird bei mir im Nordflügel wohnen.«

»Sie wird *was*?« So wie Lady Ashworth ihr Gesicht verzog, hatte der Schönheitschirurg wohl doch nicht alle Falten weggebügelt. »Bist du noch ganz bei Trost, Gladys? Du lädst eine Fremde in unser Schloss ein?«

»Keine Fremde. Sie ist offensichtlich Teil meiner Familie. Meine Nichte aus Manhattan«, gab Gladys bekannt und baute sich neben mir auf. Weil ich recht groß war, ging mir Tante Gladys nur bis zur Schulter, trotzdem wirkte sie ziemlich eindrucksvoll.

»Ist das wahr?«, quiekte Lady Ashworth.

Puh. Langsam wurde mir das alles zu viel. Zuerst war ich bloß das Küchenmädchen und nun hatte man mich plötzlich zur Nichte irgendeines verstorbenen Ehemannes auserkoren? Andererseits – warum wunderte ich mich eigentlich? Ich war in einer Soap gelandet. Ich sollte froh sein, dass man mir keine heimlichen Liebschaften oder andere Skandale andichtete, so wie es in Ashworth Park üblich war.

Doch nun musste ich mich entscheiden. Spielte ich dieses Spiel mit, würde ich erst mal von der Arbeit verschont werden. Tante Gladys erschien mir, im Vergleich zu Kochtöpfen und Bratpfannen, dann doch als das geringere Übel.

»Ja, das ist wahr. Mein Name ist Abigale Barrington-Whitley«, behauptete ich kurzerhand. »Mein … ähm … Privatlehrer macht gerade Urlaub, und da habe ich beschlossen, meine Tante zu besuchen, Gladys.«

»Barrington-Whitley. Ich wusste es!«, jubelte Tante Gladys. »Darum ist Abby mein persönlicher Gast.«

Lady Ashworth sah entrüstet aus. Bevor sie etwas erwidern konnte, nahm mich Tante Gladys an der Hand und schob mich an der Lady vorbei. »Und jetzt los, mein Sahnebaiser«, flötete sie. »In einer halben Stunde gibt es Essen.«

Moment mal. Wie hatte sie mich gerade genannt? *Sahnebaiser*? Offenbar hatte sie mich wirklich schon als Teil ihrer Familie akzeptiert.

»Hast du etwas anzuziehen?«, plapperte sie weiter und führte mich über den Kiesweg zum hinteren Eingang des Anwesens. »Etwas, na ja, sagen wir … Standesgemäßes? Wahrscheinlich nicht, aber das macht nichts. Ich habe noch ein Kleid im Schrank, das ich getragen habe, als ich noch etwas graziler war. Obenrum füllst du es gewiss nicht aus, aber das kann man in deinem Alter auch nicht erwarten.«

Ich erhaschte gerade noch einen Blick auf Julian, der mir zuzwinkerte und fröhlich hinterherwinkte, während sich mein Magen umdrehte. Jetzt war es wohl offiziell. Ich war Teil des ganzen Schauspiels.

»Ich hoffe, du magst Rosen, mein kleiner Schokokeks. Es sind meine Lieblingsblumen«, sagte Tante Gladys, während wir über eine ewig lange, knarzende Wendeltreppe bis zum Nordflügel hochstiegen. Die Räumlichkeiten hier erschienen mir kleiner und nicht ganz so prunkvoll wie die Hauptetage, die die Ashworths bewohnten, dafür aber viel gemütlicher. Schließlich blieb Gladys stehen, öffnete eine Tür zu unserer Rechten und offenbarte mir einen Blick in das mit Abstand am scheußlichsten eingerichtete Zimmer der Welt.

»Tadaaa – das Rosenzimmer. Hier wirst du wohnen«, verkündete Gladys freudestrahlend.

Ich biss mir auf die Lippen und strich in Gedanken das Wort »gemütlich« sofort wieder. Das Zimmer sah aus wie ein real gewordener Albtraum aus einem kitschigen Landhausprospekt: Jedes einzelne Stück Inventar war mit Rosenmuster versehen. Die Gardinen. Die Bettwäsche. Die Tapete. Doch damit war es noch nicht genug. Jedes der beiden Fenster zierte eine Blumenvase, in der, wie könnte es anders sein, eine Rose steckte.

»Ich züchte Rosen, weißt du?«, erklärte mir Tante Gladys. »Jeder Mensch braucht schließlich ein Hobby.«

Allein diese Tatsache machte mir klar, dass ich mit dieser Person um nichts in der Welt verwandt sein konnte. Ich verabscheute Rosen. Sie stachen, und jedes Mal, wenn ich daran roch, musste ich niesen. Keine Ahnung, was alle an diesen Blumen fanden.

Als mich Gladys endlich alleine ließ, wurde mir wieder bewusst, wie verrückt diese ganze Situation war. Warum war denn ausgerechnet ich hier gelandet? Ich, die Ashworth Park verabscheute? Und jetzt würde ich mich dieser wahnsinnigen Welt auch noch fügen müssen.

Frustriert ließ ich mich auf das Bett fallen. Andererseits, musste ich mich denn wirklich anpassen? Konnte ich es nicht ein wenig wie Tante Gladys handhaben? Die gehorchte auch niemandem und unterwarf sich keinen Zwängen. Sie liebte ihren heiligen englischen Rasen, ärgerte die Ashworths und blieb am liebsten für sich. Wenn ich schon hier feststeckte, warum sollte ich nicht das Beste daraus machen und ein wenig Spaß haben?

Deborah würde mich dafür zwar auf ewig hassen, aber vielleicht war es Zeit, diesen Laden ein wenig zu entstauben.

4

Die Küche zu finden, war eine Leichtigkeit. Ich war selbst erstaunt, dass ich nur durchs Ansehen einzelner Folgen einen dermaßen guten Orientierungssinn entwickelt hatte, dass ich mich beinahe blind durch Ashworth Park bewegen konnte. Deborah wäre stolz auf mich gewesen.

Weit schwieriger war es gewesen, Tante Gladys abzuwimmeln. Als sie mir ihr Kleid gebracht hatte (eine wadenlange Scheußlichkeit aus weißem Tüll, die auch ein abgrundtief hässliches Brautkleid abgegeben hätte), hatte sie nicht gleich wieder verschwinden wollen. Sie hatte auf meiner Bettkante Platz genommen, ihren Kopf schief gelegt und mich schweigend beobachtet.

Sie war zwar eine schrullige Lady, aber trotz allem war ich ihr dankbar. Es war eine glückliche Fügung, dass Tante Gladys mich mit irgendeiner entfernten Verwandten verwechselte. Immerhin verhinderte sie damit, dass ich mich mit Hausarbeit herumschlagen musste, während ich auf die Rückkehr in mein normales Leben wartete.

Eigentlich hatte ich erwartet, dass sie mir Fragen stellen würde. Fragen, die man einer gerade wiedergefundenen Verwandten eben stellt. Naheliegende Fragen wie: Was ist der Grund deines Besuchs auf Ashworth Park? Wie viele deiner Verwandten leben noch in New York? Oder einfach nur die Frage, wie alt ich denn eigentlich sei.

Aber offensichtlich hatte es ihr gereicht, mich anzustarren. Sie hatte sich erst vertreiben lassen, als ich um ein bisschen Privatsphäre gebeten hatte, damit ich aus meinen nassen Klamotten schlüpfen und mich notgedrungen in dieses Ungetüm von Kleid werfen konnte. Bei meinem Pech würde sie erkennen, dass ich zwar ein typisches Barrington-Whitley-Muttermal über der Lippe besaß, aber womöglich keinen typischen Barrington-Whitley-Po, und bevor ich mich's versah, würde ich doch noch in der Küche landen.

Und die vielen Töpfe, die da soeben vor mir hin blubberten, sahen nicht gerade einladend aus. In der Pfanne brutzelten akkurat klein geschnittene Gemüsestreifen und im Ofen garte ein riesiger Truthahn. Mir fiel auch auf, dass das Essen nicht zu riechen schien. Wenn es bei uns Truthahn gab, durchzog unsere Wohnung immer dieser leckere Geruch, der hier offensichtlich fehlte. Dafür sah der Vogel einfach fantastisch aus.

Zu schade, dass dieses wunderbare Essen heute niemandem schmecken würde.

Zuerst vergewisserte ich mich, dass die Luft rein war. Clarissa, oder wer auch immer hier gekocht hatte, war nirgendwo zu sehen. Ein Stockwerk über mir hörte ich Lady Ashworth mit schriller Stimme das Personal herumscheuchen, vermutlich wurde Clarissa dort gebraucht.

Von Deborah wusste ich, dass die Lady des Hauses sich für ein einfaches Abendessen so ausstaffierte, als wäre die Königin zu Gast. Lady Ashworth hatte dafür sogar eine eigene Stylistin, die jeden Abend aus ihrem Haar ein aufwendiges Flechtwerk zauberte.

Die Lady würde also bis auf Weiteres beschäftigt sein. Zufrieden rieb ich mir die Hände und ließ den Blick über das Gewürzregal der Ashworths schweifen: Öl, Essig, Salz, Pfeffer, Thymian und Oregano reihten sich aneinander. Eine Etage tiefer befanden sich Gewürzgläser mit etwas ausgefallener klingenden Aufschriften: *Provenzalische Lavendel-Salzblumen*, *Aphrodites Geheimnis* (interessant!), *Maharadscha Currypulver*. Ganz im Eck stand sogar ein Topf mit einem kleinen Bäumchen, das dicke rote Chilischoten trug.

Hellfire-Yukatan-Chili, verriet das Etikett. *Vorsicht, extrascharf.*

Ich liebte mexikanisches Essen. Begeistert rupfte ich das Bäumchen, schnitt mit dem nächstbesten Messer die Schoten klein, streute alles großzügig in die Suppe und rührte kräftig um. Das würde den Ashworths ein wenig einheizen!

Danach wurde ich richtig kreativ. Ich streute Zucker und Currypulver in den Salat und drehte die Hitzeregelung des Ofens auf Maximum, damit der Vogel richtig kross wurde. Ja, zugegeben, etwas fies war das hier schon. Aber mal ehrlich, einige von ihnen hatten einen kleinen Denkzettel verdient.

Wenn ich nur an Jasper dachte, der schadenfroh gegrinst hatte, als mich die Sprinkleranlage überrascht hatte. Oder

Lady Ashworth, die sich nur um ihr Abendessen gesorgt hatte, als ich vorhin Reißaus genommen hatte.

Blieb zu hoffen, dass sich die Ashworths auch wirklich aus der Reserve locken ließen. Lady Ashworth besaß mit Abstand das hitzigste Temperament, aber von Deborah wusste ich, dass sie dank ihres täglichen Gläschens Scotch den meisten Skandalen ziemlich teilnahmslos gegenüberstand. Schade irgendwie. Auf eine kleine Szene hätte ich mich heute richtig gefreut. Denn wann bekam man schon mal die Gelegenheit, in der furchtbarsten Serie der Welt richtig für Furore zu sorgen?

Gerade als ich mit der Suppe fertig war, hörte ich jemanden die Treppe hinunterpoltern.

»Wo, sagtest du, steht die Flasche Scotch, Mum?« Es war Jaspers Stimme.

»Irgendwo in der Küche«, kam es aus dem Oberstock. »Auf der Anrichte.«

Jasper seufzte. »Muss das wirklich sein?«, rief er. »Dr. Kinkley hat gesagt, du sollst nur in Ausnahmefällen Alkohol trinken. Stattdessen könntest du die Augen schließen und leise bis zehn zählen, wenn du wieder einen Wutanfall hast. Oder es mit einer Tasse Tee probieren.«

»Tee?«, rief sie zurück. Ihre Stimme klang noch schriller, als ich sie von der Mattscheibe in Erinnerung hatte. »Warum glaubt ganz England, eine Tasse Tee sei das Allheilmittel für alles? Tee ist für Versager. Mir hilft er nicht mehr, seit dein Vater beschlossen hat, den ganzen Tag im Pferdestall zu verbringen. Diese Pferdezucht war sowieso die absurdeste Idee überhaupt. Ich möchte wissen, wozu die ganzen Springreitpokale gut sein sollen, wenn niemand überregional darüber berichtet.«

Während Lady Ashworths unüberhörbare Stimme durch das gesamte Anwesen gellte, sah ich mich nervös um. Die Küche war riesig, aber leider gab es keine Möglichkeit, sich irgendwo unbemerkt zu verkriechen.

Meine Gedanken brachen abrupt ab, als mir das silberne Fläschchen auf der Anrichte ins Auge fiel. Der Scotch. Und plötzlich kam mir eine Idee. Was wäre es für ein Spaß, wenn die Flasche leer sein würde? Weil ich zuvor den Inhalt in die Spüle gegossen hatte. Deswegen bräuchte ich nicht mal ein schlechtes Gewissen zu haben. Ich tat Lady Ashworth gewissermaßen einen Gefallen. Schnell schnappte ich mir die Flasche.

»Wenn dein Vater statt mit Pferden mehr Zeit mit Imagepflege verbringen würde, könnte er für die Politik kandidieren«, meckerte die Hausherrin weiter. »Dann würde man sich außerhalb der Insel auch mal für uns interessieren. Was nützt einem blaues Blut, wenn man nichts daraus macht? Erst recht, wenn man dazu noch Verwandtschaft wie Gladys hat, mit einem übertriebenen Rasenfimmel und einem Kleidungsstil, für den man sich schämen muss!«

Eilig kippte ich den edlen Tropfen in den Ausguss. Gerade als ich die leere Flasche an ihren Platz zurückgestellt hatte, bog Jasper um die Ecke.

»Sieh mal an, das Dienstmädchen von heute Nachmittag«, feixte er und hob die linke Augenbraue. »Ich hörte, du bist inzwischen zu Tante Gladys' Nichte erhoben worden?« Er blickte auf die Töpfe. »Offenbar hast du es noch nicht so ganz verinnerlicht, sonst würdest du jetzt nicht unser Abendessen kochen.«

Ich schnaubte. Mistkerl! Warum konnte dieser Typ nicht einfach höflichen, unverfänglichen Small Talk betreiben, wie Julian es tat? Ich hatte ihm überhaupt nichts getan.

Andererseits, warum fragte ich mich das überhaupt? Jede Serie brauchte einen Bösewicht und, auch wenn die anderen ebenso ein Rad abhatten, Jasper war eindeutig das schwarze Schaf der Familie. Selbst Deborah, die alle Charaktere mehr oder minder gernhatte, verabscheute Jasper. Als er vor einigen Wochen einen Streit mit seinen Eltern gehabt hatte, hatte er vor Wut einen Großbrand auf Ashworth Park gelegt.

Ein ganzer Trakt des Hauses inklusive hochkarätigen Kunstschätzen und anderem Schnickschnack hatte in Flammen gestanden und genau in diesem Moment hatte die Serie wieder mit einem dieser nervigen Cliffhanger geendet. Bis zum nächsten Abend hatte ich tatsächlich gehofft, Ashworth Park würde gänzlich in Schutt und Asche liegen und diese Soap endlich der Vergangenheit angehören, doch leider hatte es bloß einen Teil des Westflügels erwischt. Als mich Tante Gladys vorhin in ihr Appartement geführt hatte, hatte ich diesen Teil des Herrenhauses sogar aus einem der oberen Fenster gesehen. Sie hatten ein riesiges Baugerüst aufgestellt, um den Schaden schnell wieder zu reparieren.

Jasper hatte wirklich nicht mehr alle Tassen im Schrank.

Ich wunderte mich, dass seine Eltern ihn nach dem Vorfall nicht enterbt und in ein Heim für schwer erziehbare Adelssprösslinge abgeschoben hatten.

»Ich hab das nicht gekocht. Ich wollte bloß sehen, was es zu essen gibt«, murmelte ich, etwas eingeschüchtert von diesem Jungen. Wer weiß, was er hinter diesen dunklen Stirnfransen ausbrütete, wenn man ihn reizte? Er besaß ohne Zweifel die kriminelle Energie eines gesamten Staatsgefängnisses.

»Hübsches Kleid«, sagte er jetzt. »Eine ganze Wagenladung Tüll.«

Ich wurde ein kleines bisschen rot. Ich wusste selber, dass nicht ich das Kleid trug, sondern das Kleid mich. Immerhin gehörte es Tante Gladys, die das Doppelte meiner Oberweite besaß. Obendrein stammte es aus den Achtzigern, als aufgeplusterte Röcke der letzte Schrei gewesen waren.

Jasper schien zu merken, dass er mich aus der Fassung gebracht hatte, und er grinste selbstgefällig, während sich mir der Gedanke aufdrängte, dass ihn die Mädchen aus Rosington trotz seiner notorischen Boshaftigkeit bestimmt attraktiv fanden. Rein optisch war er das auch. In manchen seiner Gesichtszüge spiegelte sich die Ähnlichkeit zu seinem Bruder wider, auch wenn er nicht ganz so perfekt wirkte wie Julian. Jaspers Haar wuchs und fiel, wie es wollte, und seine Augenfarbe war längst nicht so blitzblau wie Julians, sondern ging eher in Richtung bräunliches Tümpelblau. Was ihm im Prinzip auch gut stand. Wenn man seinen Charakter außen vor ließ. Manche Mädchen standen vielleicht auf die Mischung aus Selbstbewusstsein und Arroganz, die er ausstrahlte, aber bei mir konnte er damit bestimmt nicht punkten.

»Wir müssen darauf achtgeben, dich nicht zu nah am offenen Feuer zu platzieren«, merkte er an und tippte sich nachdenklich auf die Lippen. »Es braucht nur einen klitzekleinen verirrten Funken aus dem Kamin und du brennst wie Zunder.«

Idiot! Ich durfte nicht vergessen, in seinen Teller eine Extraportion Hellfire-Yukatan-Chili zu rühren. Dann würden wir ja sehen, wer brannte.

»Danke für den Hinweis.« Meine Unsicherheit war wie weggeblasen und ich wurde wütend. »Das weiß ich zu schätzen, immerhin bist du der Experte für Brände aller Art.«

Jaspers Grinsen verschwand augenblicklich und seine Augen verengten sich. »Das war keine Absicht, sondern bloß ein Unfall«, sagte er gereizt. »Und außerdem ein Geheimnis, das nicht nach außen dringen sollte. Woher weißt du das?«

Ich schluckte. Mist. Was sollte ich darauf antworten? Ich konnte zwar behaupten, Tante Gladys habe mir von dem Brand erzählt, aber woher sollte ich wissen, dass Jasper etwas damit zu tun hatte? Für die Familie war ich erst heute Nachmittag aus Amerika angereist.

»Ich … äh«, stotterte ich hilflos.

»Ja?« Jasper kam noch einen Schritt näher und sah mich durchdringend an. Er überragte mich um einen ganzen Kopf.

»Jasper!«, keifte es aus dem Oberstock. Jasper zuckte augenblicklich zusammen und wandte seinen Blick von mir ab. »Ich sagte doch, du sollst mir das Glas Scotch *jetzt* bringen.«

Diese Lady war irre. Total bekloppt! Sie war die Reinkarnation von Cinderellas Stiefmutter. Und gleichzeitig meine Rettung aus dieser verzwickten Situation.

Jasper seufzte genervt. »Ja-ha.«

»Mach schon, in zehn Minuten kommt Tante Gladys zum Essen, ohne ein Gläschen ertrage ich die alte Schabracke nicht.«

Wortlos griff Jasper an mir vorbei und sah die Flasche an. »Ist leer, Mum«, antwortete er und schien ganz glücklich darüber. »Ich fürchte, du musst heute ohne Scotch auskommen.« Dann funkelte er mich erneut mit all seiner Boshaftigkeit an, bevor sein Blick an der Hellfire-Yukatan-Chili-Pflanze hängen blieb.

»Seltsam«, sagte er, mehr zu sich selbst. »Gestern trug die Pflanze aber noch eine Menge Schoten.« Dann machte er kehrt und spazierte davon.

Die nächsten Minuten stand ich regungslos in der Küche und ärgerte mich über Jasper, bis mir die Idee kam, mich lieber weit genug vom Tatort zu entfernen. Ich ballte die Fäuste und schritt in den Salon. Hoffentlich würde dieses Dinner in einem Fiasko enden. Diesmal wünschte ich es mir nicht nur aus Spaß, sondern aus vollster Überzeugung.

☆☆☆

Vor lauter Aufregung und Vorfreude auf mein mexikanisches Süppchen à la Abby hatte ich beinahe vergessen, dass sich auch die neuen Nachbarn der Ashworths zum Dinner angekündigt hatten.

DeWitt und seine Tochter hatten sich richtig herausgeputzt und wirkten etwas angespannt, als warteten sie auf eine Audienz bei Hofe. Lydia hatte ihre blonde Mähne zum adretten Pferdeschwanz gebunden und trug dazu eine Perlenkette und ein geblümtes Tellerkleid im Stil der Fünfzigerjahre, Marke wohlerzogene Tochter aus besserem Hause.

Ihr Vater steckte in einem eleganten weißen Anzug, die dunklen Haare zurückgelegt. In den Händen hielt er einen üppigen Blumenstrauß, vermutlich als Gastgeschenk für Lady Ashworth. Er sah ziemlich smart aus – hätte man ihm noch eine Tasse Kaffee in die Hand gedrückt, hätte er glatt als Kopie von George Clooney durchgehen können, mit der einzigen Ausnahme, dass DeWitts Haar noch kein Schimmer von Grau durchzog. Mum jedenfalls wäre voll auf ihn abgefahren.

Die Anspannung der beiden wuchs sichtlich, als schließlich die Ashworths den Speisesaal betraten. Nachdem Lord Ashworth mir und den DeWitts Plätze zugewiesen hatte, nahm er am Kopf der Tafel Platz, Lady Ashworth genau gegenüber, wobei acht Meter Tischfläche zwischen ihnen lagen. Hätten sie sich unterhalten wollen, hätten sie zum Telefon greifen müssen. Dazwischen, geometrisch ausgemessen, nahmen Jasper, Julian und Tante Gladys ihre Plätze ein. Gatsby, hinten im Eck, verzehrte ein Hühnchen in Aspik, und noch weiter abseits, dort, wo die Kerzen nicht hin schienen, wachte Giles, die Hände hinter dem Rücken, wie eine lebende Ritterrüstung.

Die Tür schwang auf, ein Mädchen betrat das Esszimmer und stellte den Suppentopf zwischen unzähligen Tellern, Gläsern und poliertem Silberbesteck ab.

Das Dienstmädchen der Ashworths hatte die dunkelblonden Haare zu einem lockeren Dutt gebunden und wirkte im spärlichen Licht noch blasser und unscheinbarer als sonst. In der Serie hatte Clarissa kaum Spielzeit gehabt, ich wusste also so gut wie nichts über sie, außer dass sie ein wenig älter war als ich und inmitten der lauteren Figuren stets unterging.

Sie hob die Schöpfkelle. »Schaumsüppchen von der italienischen Padano-Tomate mit Sahnehäubchen«, verkündete sie.

Und Hellfire-Yukatan-Würzung, fügte ich in Gedanken hinzu. Wer auch immer als Erster von meiner Chilibrühe kostete, war zu bemitleiden. Und wie es aussah, goss Clarissa gerade Tante Gladys' Teller voll.

Mist. Ich hatte gehofft, dass sie mit Lady Ashworth anfangen würde.

»Clarissa, merken Sie sich die Reihenfolge denn nie?«, zischte Lady Ashworth dazwischen. »Sie beginnen bei der ranghöchsten Person, das ist Lord Ashworth, danach bin ich dran, dann machen Sie weiter bei den Jungs, dann bei Lady Gladys, und Sie enden bei den theoretisch rangniedrigsten Personen, unseren Gästen.« Sie schenkte DeWitt ein sorgenvolles Lächeln, als täte es ihr leid, dass er keinen Stammbaum vorzuweisen hatte. »Obwohl, als Ehrengäste können wir Sie und Lydia ausnahmsweise vorziehen, immerhin gehören Sie beide in den Familienkreis von Lady DeWitt. Wir enden also bei Abby.«

Yippie! Ich stand also am Ende der Chili-Todesliste und demnach auch am Ende der königlichen Rangordnung. Letzteres war mir ziemlich egal.

»Ich habe eigentlich gar keine große Lust auf Suppe«, verkündete ich, was niemanden zu interessieren schien.

»Nein, Liebling. Du irrst dich. Clarissa hatte recht. Sollte nicht eigentlich Gladys als Erste an die Reihe kommen?« Lord Ashworth blickte von der Pferderevue auf, in die er schon seit geraumer Zeit den Kopf gesteckt hatte. »Immerhin ist sie die Seniorität hier im Raum.«

Lady Ashworth knirschte hörbar mit den Zähnen. Eine Strähne sprang aus dem komplizierten Flechtwerk auf ihrem Kopf. »Liebling, du irrst dich. Unser Zeremoniell zieht Bürgerliche nach«, knurrte sie. Dann wandte sie sich an Gladys. »Bevor du Montgomerys Bruder Magnus geheiratet hast, hattest du nicht mal einen geringen adeligen Titel inne, nicht wahr? Du bist in der Großstadt aufgewachsen. In normalen, bürgerlichen Verhältnissen.«

Tante Gladys' Halsschlagader spannte sich an. Um zu wissen, dass es keine gute Idee war, Tante Gladys zu ärgern, musste man kein Serienfreak wie Deborah sein.

Doch Lady Ashworth schien das nicht zu kümmern. Es sah ganz so aus, als würden die beiden wieder einen ihrer ständigen Zwiste austragen. Ich wusste bereits, dass Tante Gladys nur durch die Heirat mit Lord Ashworths Bruder in den Adelsstand erhoben worden war, während Lady Ashworth einem walisischen Adelsgeschlecht entstammte. Die Hausherrin ließ kein Abendessen vergehen, ohne es Tante Gladys zwischen jedem einzelnen Gang unter die Nase zu reiben. Und Gänge konnte es bei den Ashworths eine ganze Menge geben.

Tante Gladys stellte geräuschvoll ihr Glas ab. »Lieber eine Bürgerliche mit Manieren als eine blasierte Adelige aus einer ehrlosen Linie. Stimmt es, oder stimmt es nicht, dass dein Vorfahr Captain Thomas Blood beim Raub der Kronjuwelen 1671 der Drahtzieher war? Er wurde in den Tower gesperrt. Vermutlich hast du Montgomery nur deswegen geheiratet, um dir den würdevolleren Nachnamen der Ashworths anzueignen.«

»Oh nein, nicht schon wieder die Sache mit Mutters ruhmloser Linie«, murmelte Julian. Verzweifelt goss er sich etwas Saft ein. »Die beiden Streithähne kriegen es nie gebacken. Mutter, Tante Gladys, wir haben Gäste.«

Lydia beugte ihren Kopf an Julians Ohr. »Schon okay«, flüsterte sie und warf ihm ein Lächeln zu, gefolgt von einem finsteren Blick in meine Richtung. Flirtete sie etwa mit ihm? Wie sie aussah, passte es ihr gar nicht, dass heute noch ein anderer weiblicher Gast anwesend war. Selbst wenn ich als Abigale Barrington-Whitley nur dem amerikanischen Geldadel angehörte und außerdem eine gigantische, wenn man Jasper glaubte, brandbeschleunigende Tüllbombe trug.

Gewundert hätte es mich nicht, wenn Lydia bereits Julians Charme erlegen wäre. Er war nun mal der Beau der Serie und für üblich reagierten sämtliche weibliche Darstellerinnen ähnlich hormongesteuert in seiner Anwesenheit.

Julian lächelte kurz in Lydias Richtung, dann funkelte er wieder seine Mutter an. »Nein, nicht okay. Wir wollen uns doch nicht vor unseren Gästen blamieren.«

Lady Ashworth beachtete ihren Sohn gar nicht. Ihr Kopf leuchtete rot wie eine Laterne, während sie Tante Gladys mit Blicken erdolchte. »Du impertinente Person! Gladys, vor hundert Jahren wärst du für so eine Aussage in den Kerker gewandert. Dort hättest du unter Ratten leben müssen und dreimal am Tag hätte man dir irgendein geschmackloses Mahl vorgesetzt.«

»Und was ist genau der Unterschied zu hier?«, blaffte Gladys zurück, und mir floss vor Lachen beinahe etwas Saft aus der Nase. »Wie auch immer. Gut, dass wir im einundzwanzigsten Jahrhundert leben.« Sie rümpfte die Nase. »Standesunterschiede sind ein Relikt aus grauer Vorzeit.«

Tante Gladys war die Einzige, die nicht komplett hinterm Mond lebte. Sie wirkte zwar ziemlich exzentrisch, aber immerhin traute sie sich, dieser cholerischen Lady Ashworth die Stirn zu bieten.

»Bitte, verehrte Familie Ashworth«, ergriff nun Mr DeWitt das Wort und setzte sein George-Clooney-Grinsen auf. Bis jetzt waren seine Augen bei dem Schlagabtausch der Damen neugierig hin und her gehuscht. »Vergeuden wir so einen schönen Abend nicht mit Streitigkeiten.«

Doch dabei ließ es Lady Ashworth nicht bewenden. »Vergeuden?«, brauste sie auf. Für einen kurzen Moment bereute ich es, dass ich ihr den Drink unterschlagen hatte. Dann schien sie sich wieder etwas zu fangen und schenkte DeWitt ein mildes Lächeln. »Mr DeWitt, da Sie neu hier sind, verstehen Sie das noch nicht. Ich bin Vorsitzende des Kreises zur Erhaltung der adeligen Pflichten und Traditionen. Auch Ihre werte Schwiegermutter Lady DeWitt, die nun nicht mehr unter uns weilt, war einst Teil davon, und wir empfanden es als unsere Pflicht, das Protokoll zu bewahren. Oder sollen wir in Zukunft alle nur noch vor der Mattscheibe dinieren, während ein blutrünstiger Horrorfilm läuft?«

»Das wäre mal richtig entspannend«, murmelte Jasper und lockerte dabei seinen Hemdkragen. »Und können wir jetzt bitte mit der Suppe anfangen? Ich habe nämlich Hunger, und es interessiert mich nicht die Bohne, wer zuerst seine dämliche Portion bekommt oder wer nun den Löffel heben darf.«

Bevor irgendjemand reagieren konnte, nahm er den ersten Löffel, hielt inne, runzelte die Stirn und verzog danach das Gesicht. Dann hielt er sich die Serviette vor den Mund, als müsste er sich gleich übergeben.

Mist. Die Brühe war offenbar *noch* schärfer, als ich gedacht hatte.

»Was ist los?«, erkundigte sich Lord Ashworth.

Jaspers Antwort war ein Röcheln. Auf seiner Stirn bildeten sich Schweißperlen, während dicke Tränen in seine Augen traten. Teilnahmslos sank er in seinen Stuhl.

»Hör damit auf, Jasper«, rief Lady Ashworth. »Das ist nicht witzig! Die Gäste starren schon.«

Jaspers linkes Auge und ein Teil seiner Unterlippe waren plötzlich auf die doppelte Größe angeschwollen, während sich große rote Flecken auf seiner Haut bildeten. Dabei verdrehte er die Augen, als hätte er plötzlich einen Krampfanfall.

Mist! Nein, nein, nein. So scharf war das Zeug doch gar nicht. Ich meine, okay, es war gut gewürzt, aber es konnte doch unmöglich eine derartige Reaktion hervorrufen. Oder?

»Er hat merkwürdige Quaddeln auf den Händen«, bemerkte Julian und kostete einen Löffel von der Brühe. »Oh, die ist ja mit Chili.«

»Darauf ist Jasper allergisch!«, rief Lord Ashworth alarmiert.

»Pff!« Lady Ashworth schnaubte. »Geschieht dem ungezogenen Bengel ganz recht. Das ist Gottes gerechte Strafe dafür, dass er beinahe den halben Westtrakt dem Erdboden gleichgemacht hat. Zum Glück sind wir versichert.«

»Bei allem Respekt, Lady Ashworth, Schuldzuweisungen nützen niemandem hier. Nun helfen Sie ihm doch!« Während Lady Ashworth teilnahmslos sitzen blieb, kam Leben in DeWitt. Er sprang auf und packte Jasper unter den Armen. Nun eilten ihm auch Julian und Lord Ashworth zu Hilfe. Gemeinsam trugen sie ihn zu der barocken Ottomane, die sich im Eck befand. »Rufen Sie doch einen Arzt, in Gottes Namen!«, ordnete DeWitt an. »Er soll sofort vorbeikommen.«

Tante Gladys nickte. »Ich rufe Dr. Kinkley an.«

Jasper sah furchtbar aus. Er röchelte, atmete schwer und schwitzte am ganzen Leib. Bevor er die Ottomane erreicht hatte, warf er mir über die Schulter DeWitts noch einen Blick zu, bei dem sich mir der Magen umdrehte.

Er wusste, dass ich es gewesen war! Und womöglich dachte er jetzt, ich hätte einen Anschlag auf ihn geplant. Ich fühlte mich miserabel. Warum litt Jasper an einer fiesen Nahrungsmittelallergie? Das war in der Serie nie vorgekommen. Zumindest in keiner Folge, die ich gesehen hatte.

»Das ist nur deine Schuld, Liebling. Du hast Clarissa eingestellt«, mokierte sich Lady Ashworth und deutete nun auf Clarissa, die aufgelöst in der Ecke stand, den Blick voller Mitleid auf Jasper geheftet. »Dieses Mädchen ist zu nichts zu gebrauchen.«

»Aber Lady Ashworth, ich versichere Ihnen, ich habe keine Chilischoten in dic Suppe getan.« Sie war den Tränen nahe. »Es waren bloß die Tomaten aus dem Delikatessenladen.«

»Und wer soll es sonst gewesen sein? Der Heilige Geist?« Inzwischen war die Hausherrin am Zenit ihres Temperaments angelangt. Die Stirnfalte trat ungesund hervor und ich bereute den Spaß mit dem Scotch zutiefst. »Montgomery, ich will, dass du Clarissa sofort entlässt. Sonst …«

Lord Ashworth kniete neben Jasper. »Sonst was?«

Sie lockerte ihren Ehering und zog ihn ruckartig vom Finger. »Sonst lasse ich mich scheiden!«, kreischte sie und warf den Diamantklunker auf Lord Ashworth zu.

DeWitt, Lydia, Julian, Gladys und ich folgten der Flugbahn des Rings mit unseren Blicken. Bevor es Lord Ashworth treffen konnte, prallte das Ding am Kronleuchter ab, donnerte gegen eine Porzellanvase und landete in hohem Bogen in Gatsbys Aspikhühnchen.

Gatsby hörte für einen Moment auf zu fressen und gab ein verwundertes Knurren von sich.

»Mein Gott, Cordelia. War das wieder notwendig?« Lord Ashworth deutete anklagend auf den Hundenapf. »Julian, Junge, bitte hol den Ring da heraus, bevor der arme Gatsby sich noch daran verschluckt.«

Julian verdrehte die Augen. »Aber es ist doch Jaspers Hund.«

»Der kann jetzt nicht. Komm schon.«

Ich konnte es nicht mehr mit ansehen. »Schon gut, ich kümmere mich darum«, verkündete ich und schob meinen Stuhl zurück. Im weitesten Sinne war das ja alles meine Schuld. Wieder was gelernt: Auf Ashworth Park musste man nicht für Action sorgen. Das Drama kam hier ganz von selbst.

»Lass nur, Abigale.« Ganz Gentleman, stand Julian nun doch auf und krempelte die Ärmel hoch. Dann zog er Gatsby vom Fressnapf weg und stocherte mit dem Finger im Aspik herum. Dabei verzog er die Miene, als würde ihn das klebrige Hundefutter anekeln.

So würde er den Ring nie finden.

»Julian, das ist ja widerlich«, quiekte Lydia aus sicherem Abstand und schnitt dabei eine Grimasse wie Morgan neulich im Biokurs, als sie mit der Pinzette einen Froschdarm hatte entfernen müssen. »Lass *sie* das doch machen.«

»Ich heiße Abby. Und du könntest uns ruhig mal helfen, Lydia.«

»Helfen? Hallo? Ich bin Gast hier«, schnaubte Lydia zurück.

Ich seufzte. Ein paar popelige Ausläufer des Stammbaumes von dieser alten Lady DeWitt im Blut, und schon war sich dieses Mädchen zu gut für matschiges Hundefutter. Dabei war Gatsbys Mahlzeit bestimmt appetitlicher als der verkohlte Truthahn, der ihr noch bevorstand.

»Lass mich mal«, bat ich Julian, als der schließlich immer grüner im Gesicht wurde, als müsste er sich übergeben. Ich schob ihn zur Seite, tastete mich durch den Hundenapf und richtete dabei den Blick konzentriert an die Decke. Hmm. Merkwürdig. Eigentlich hätte ich dieses metallische Etwas doch gleich erspüren müssen.

»Hast du ihn?«, wollte Julian wissen.

»Nein.« Ich schüttelte den Kopf. »So ein Mist! Er muss ihn schon gefressen haben.«

Gatsby gab ein schuldbewusstes Winseln von sich.

Julian seufzte und kniete sich etwas hilflos vor ihn. »Spuck ihn aus, Junge.« Dabei hob er Gatsbys Lefzen und sah nach, ob das Ding nicht an einem der Hundezähne hing. »Komm schon. Gib mir den Ring.«

»Vergiss es. An dieser Seite kommt er nicht mehr raus«, winkte ich ab. Wenn der Hund den Ring tatsächlich gefressen hatte, gab es nur eine Möglichkeit, ihn wiederzubekommen. Und die brauchte noch etwas Zeit. Und war außerdem etwas zu unappetitlich für eine Dinnerparty.

Julian verstand. »Du meinst also …«

Ich nickte.

»Grundgütiger. Das ist ja ekelerregend«, echauffierte sich Lady Ashworth, die schon seit geraumer Zeit im Kreis herumlief (vermutlich, um ihre Aggressionen abzubauen). »Schickt den Hund sofort nach draußen!«

Das konnte sie nicht ernst meinen. So wie er aussah, war der Ring nicht gerade das billigste Modell. »Aber Lady Ashworth, wenn er sein Geschäft irgendwo im Garten erledigt, finden Sie Ihren Ring nie wieder.«

»Hoffentlich nicht auf meinem Rasen«, mischte sich Gladys ein.

Das schien auch Lady Ashworth einzuleuchten. »Gut. Clarissa, du hast dieses Dinnerfiasko zu verschulden, kümmere dich um den Hund und warte, bis es … na ja, bis es so weit ist. Und ich rate dir, den Ring einen Tag lang in Desinfektionsmittel zu baden, bevor du ihn mir wieder zurückgibst.« Sie sah zur Tür und ihr Gesichtsausdruck wurde augenblicklich wieder freundlich. »Oh, Dr. Kinkley, Gott sei Dank sind Sie da.«

Ein kleiner Mann mit Brille und kariertem Sakko stand in der Tür. »Guten Abend, Lady Ashworth.« Neugierig sah er von der Dinnergesellschaft zur mir und Julian, die neben dem Hundenapf kauerten, weiter zu Jasper, der mit knallrotem Gesicht auf dem Sofa lag. »Ein typischer Abend bei den Ashworths, nehme ich an.«

Ich musste schmunzeln. Der Doktor war offenbar der Einzige, der die Absurdität dieser Serie verstand.

DeWitt konnte nicht lachen. »Jasper hat Chilischoten gegessen. Ich habe ihn erstversorgt«, klärte er ihn über die Geschehnisse auf und lächelte dabei tapfer, als gefiele er sich in der Rolle als Held des Abends ganz gut. »Es geht ihm inzwischen besser, aber er fühlt sich immer noch nicht gut. Sehen Sie nur mal die Pusteln und die Schwellungen in seinem Gesicht.«

»Er braucht ein Antiallergikum«, konstatierte Dr. Kinkley. »Dann ist er wieder okay. Fahren Sie also ruhig fort mit Ihrem Dinner. Jasper wird in weniger als einer Stunde wieder auf den Beinen sein.«

Auf den Beinen? Oje. Missmutig folgte ich Julian zurück an die Tafel. Ich konnte nur hoffen, dass meine Reise zurück in die Normalwelt bald einsetzte. Wenn möglich, innerhalb einer Stunde.

Ich hatte doch nur für ein bisschen Pepp sorgen wollen. Damit, dass alles außer Kontrolle geraten würde, hatte ich nicht gerechnet. Daheim würde mir Deborah vermutlich einen langen Vortrag halten, was mir einfiel, die Ashworths mit Chili zu vergiften – aber das fand ich halb so schlimm im Vergleich zu dem, was mir blühen würde, wenn ich hierbliebe.

5

Eineinhalb Stunden später ließ meine Rückreise leider immer noch auf sich warten. In einem geborgten Nachthemd mit Rosenstickereien hockte ich auf dem Fensterbrett von Tante Gladys' Gästezimmer und starrte hinunter in den nächtlichen Hof.

Abgesehen von der Rosen-Überdosis hatte sich Tante Gladys viel Mühe gegeben, eine gute Gastgeberin zu sein. Nach dem verkorksten Dinner hatte sie mir Handtücher mit dem Monogramm der Ashworths gebracht, dazu eine Dose Pfefferminzbonbons und eine Tasse schwarzen Tee. Ich hatte schon befürchtet, nun auch eine Wagenladung von Tante Gladys' Grimmigkeit abzubekommen, aber erstaunlicherweise hatte sie mir weiterhin strunzdumme, kulinarische Spitznamen gegeben und sich dabei richtig nett verhalten.

Leider half mir das auch nicht weiter. Wenn ich nur gewusst hätte, wie ich in meine Welt zurückgelangen konnte! Vielleicht gab es einen Trick? Einen Satz, den ich sagen musste. Eine Bewegung, die ich ausführen musste. Vielleicht dieselbe, die ich auf dem Sofa unwissentlich gemacht hatte und durch die ich erst in diese Situation geraten war.

Ich rieb mir die Stirn. Mist. Wenn mir nur einfallen würde, was es war. Ich wollte unter keinen Umständen auch nur einen Tag länger hierbleiben. Im Fernsehen fand ich Soaps ja ganz lustig – aber in echt waren sie mir viel zu anstrengend. Ich würde durchdrehen, müsste ich so eine verrückte Tischgesellschaft wie heute jeden Abend erleben, auch wenn es zugegebenermaßen zum Teil meine Schuld war.

Der übrige Abend war in höflichem Geplänkel verlaufen. Tante Gladys schien nachhaltig beleidigt gewesen zu sein und hatte stumm an ihrem Stück verbranntem Truthahn gekaut (ein Wunder, dass sich Ihre Ladyschaft beim Anblick des verkokelten Vogels nicht erneut in eine Furie verwandelt hatte!), während Lady Ashworth versucht hatte, bei DeWitt Schönwetter zu machen.

»Mr DeWitt, ich hoffe, Sie veröffentlichen nun keine reißerische Story über uns in einem Ihrer Magazine«, hatte sie mit gespielter Besorgnis gefragt und dabei die Blumen betrachtet, die DeWitt ihr mitgebracht hatte. »Hmmm. Lilien sind meine Lieblingsblumen.«

DeWitt setzte ein breites Lächeln auf. »Aber, aber, meine Liebe. Was denken Sie nur von mir? Wir sind doch jetzt Freunde, nicht wahr?«, säuselte er.

»Oh, wie schön.« Lady Ashworth klimperte mit den Augenlidern. »Dann kommen Sie doch öfter vorbei.« Offenbar war ihr gerade erst eingefallen, dass sie sich mit einem Medienunternehmer wie DeWitt gut stellen musste, wenn sie auf ihr Image achtgeben wollte.

»Sie sollten sich unsere Pferdezucht ansehen«, schlug jetzt

Lord Ashworth vor, dem vermutlich der Gedanke gefiel, sich mal mit jemand anderem als seiner launischen Frau zu unterhalten. »Ihre Tochter könnte sich auch mal eins unserer Pferde zum Ausreiten leihen.«

»Das macht sie bestimmt gerne«, entgegnete DeWitt prompt. »Im Highsmith-Mädcheninternat hat Lydia sogar Turniere bestritten. Und trotzdem hat sie es geschafft, Klassenbeste zu sein. Somit kann sie es sich auch leisten, die verbleibenden Wochen des Schuljahres zu versäumen und erst im Herbst wieder zu beginnen.« Er lächelte stolz. »Sie hat schon immer den Unterrichtsstoff vorausgelernt. Darum hatte sie auch Zeit, nebenbei den Mädchenverein zur Pflege und Erhaltung englischer Gärten ins Leben zu rufen. Eine ihrer Züchtungen hat sogar einen Preis bekommen.«

»Meine Storchschnabel-Mondschein-Pelargonie«, erklärte Lydia stolz.

Ich verkniff mir ein Grinsen. Was die Teenager in dieser Serie für abgefahrene Hobbys hatten!

»Oh, wie passend!«, flötete Lady Ashworth. »In zwei Tagen arrangiere ich hier die Gala zur Wahl der schönsten Rose der Insel. Ich bin nämlich nicht nur Vorsitzende des Vereins zur Erhaltung der Traditionen, sondern habe auch die Leitung über alle Gartenschauen inne. Sie wissen ja, unsereins, geschätzt und geachtet auf der Insel, muss eine Vielzahl an Pflichten übernehmen. Und wenn Lydia sich auch für Botanik interessiert, könnten Sie und Ihre Tochter an der Gala teilnehmen. Immerhin ist es *das* gesellschaftliche Großereignis hier.«

»Welch entzückende Idee!« DeWitt gab sich begeistert. »Das müssen wir im Auge behalten. Nun ja, jedenfalls habe ich stets versucht, Lydia wie einen normalen Teenager aufzuziehen«, schwafelte er weiter. »Ohne darauf Wert zu legen, dass Lydias Großmutter, die Mutter meiner verstorbenen Frau, Teil des englischen Adels war. Natürlich war die alte Lady DeWitt nie in Kreisen des Hochadels unterwegs und keinesfalls so einflussreich wie Ihre Familie, aber ich habe mir sagen lassen, dass es irgendwo in der Linie der DeWitts sogar eine französische Marquise gab.«

»Eine Markise?«, fragte ich. War das nicht ein Sonnenschutz?

»Marquise«, blökte Lydia und klang dabei gar nicht wie ein normaler Teenager. »Das ist ein Adelstitel. So etwas kennt ihr Amerikaner wohl nicht.«

»Jedenfalls durfte Lydia immer ihren Hobbys nachgehen«, erzählte DeWitt weiter und würdigte mich keines Blickes, als würde mich die Tatsache, dass ich aus Amerika kam und von nichts hier Ahnung hatte, aus dem Gespräch ausschließen. »Und Pferde sind eins davon.«

»Oh ja. Pferde. Ich würde liebend gerne ausreiten.« Lydia wandte ihren Blick von mir ab und begann wieder zu strahlen. Dann setzte sie wie auf Knopfdruck eine betrübte Miene auf. »Nur leider kenne ich hier keine Reitwege.«

Es war eine eindeutige Aufforderung an Julian, doch der schien zu zögern. Lady Ashworth hüstelte, und ich hatte den Eindruck, dass sie Julian unter dem Tisch einen Tritt versetzte, denn er zuckte merklich zusammen.

»Wir könnten ja mal ausreiten«, bot Julian schließlich an und brachte Lydia, wenn überhaupt möglich, noch mehr zum Grinsen. Mit einem Date in Aussicht hatte sie sich während des restlichen Dinners glücklich und schweigsam verhalten, ein paarmal ihr Blümchenkleid glatt gestrichen und Julian angehimmelt, als hätten sie sich gerade verlobt. Ab und zu hatte sie in meine Richtung geguckt und triumphierend gelächelt.

Dieses Mädchen trieb mich wirklich auf die Palme! Dabei lag mir nichts ferner, als ihr Julian streitig zu machen. Auch wenn ich ihn ganz nett fand, war er einfach nicht mein Typ. Und abgesehen davon eine Serienfigur. Alle hier waren Serienfiguren. Nicht real. Während ich dasaß und aus dem Fenster guckte, begann ich, diesen Umstand mehr und mehr zu vergessen.

In diesem Moment fiel unten eine schwere Tür ins Schloss und riss mich aus meinen Gedanken. Ich reckte den Hals, um einen besseren Blick auf den nächtlichen Hof zu haben. Zwei Männer standen vor dem Dienstbotenausgang. Der ältere der beiden rauchte eine Zigarette und blies dabei Kringel aus Rauch in die Nacht. Ich erkannte ihn gleich als Giles, den Butler, auch wenn er inzwischen in bequemen Jeans und einem Stricksweater steckte. Den anderen hatte ich noch nie gesehen. Er war deutlich jünger als Giles, vielleicht in Julians Alter, und sein dunkelblondes Haar fiel bis zu den breiten Schultern. Dazu trug er den obersten Knopf seines karierten Hemds offen und erinnerte mich dadurch ein wenig an einen Cowboy.

Clarissa war soeben mit Gatsby an der Leine zu den beiden getreten. Neugierig kippte ich das Fenster, um zu hören, was sie sagten.

»Oh nein, Giles. Nicht schon wieder. Ich dachte, du wolltest mit dem Rauchen aufhören«, tadelte Clarissa.

»Ja, das stimmt«, seufzte Giles. »Aber diese ständigen Familiendramen sind einfach zu viel für meine Nerven.« Er blies erneut einen Kringel in die Luft. »Ich weiß, kein Lord will einen Butler, der raucht. Ich wundere mich, dass sie mich deswegen noch nicht vor die Tür gesetzt haben.«

»Mann, entspann dich, Giles«, erwiderte der jüngere Typ. »Du machst einen guten Job. Seit mehr als dreißig Jahren erträgst du die Ashworths. Du bist einfach die gute Seele des Hauses. Ich weiß wirklich nicht, was wir alle ohne dich machen würden.« Er lehnte sich lässig gegen die Hausmauer. »Im Stall bin ich wenigstens vor der Lady und ihren täglichen Ausbrüchen gefeit. Ich habe gehört, dass sie es heute Abend wieder hat krachen lassen.«

Aha! Bei dem Möchtegern-Cowboy handelte es sich also um den Stallburschen der Ashworths.

»Oh ja.« Giles drückte den Zigarettenstummel aus und ließ ihn in seine Hosentasche gleiten. »Und die arme Clarissa muss es nun ausbaden.«

»Was ist nun mit dem Hund, hm?«, erkundigte sich der Stallbursche bei Clarissa, während sein Blick einem dicken Insekt folgte, das um ihn rotierte. Mit einer einzigen Handbewegung fing er es ein. »Hat er endlich sein Geschäft gemacht?«

»Leider nein, Cooper.« Clarissa schüttelte den Kopf.

»Hat wohl Verstopfung. Ich könnte dir etwas Pferdeabführmittel aus dem Stall holen.« Cooper lachte und klopfte ihr dann freundschaftlich auf die Schulter. »Komm, gehen wir ins Bett, Giles. Vielleicht geniert sich Gatsby ja vor uns.«

»Wenn ich helfen kann, klingle einfach«, sagte Giles gutmütig, dann wünschten die beiden Clarissa eine gute Nacht und verschwanden im Inneren des Hauses. Clarissa seufzte und schlang die Arme um den Oberkörper. Trotz ihrer Windjacke schien sie zu frieren.

Die Arme. Sie hatte mir schon vorhin beim Dinner leidgetan und jetzt brachte mich mein schlechtes Gewissen beinahe um. Clarissa schien ganz in Ordnung zu sein. Sie hatte es nicht verdient, das Debakel alleine ausbaden zu müssen. Kurz entschlossen hüpfte ich vom Fensterbrett, schnappte mir meine Tasche und eine Pelzjacke von Tante Gladys aus dem Flur und schlich mich über die hölzerne Wendeltreppe hinab nach unten.

Als ich durch den Dienstbotenausgang nach draußen trat, zuckte Clarissa erschrocken zusammen. »Guten Abend, Miss.« Sie starrte mich aus ihren großen Augen an wie einen Geist. »Haben Sie sich verlaufen? Die Räumlichkeiten von Lady Gladys befinden sich einen Stock weiter oben.«

»Da komme ich gerade her.« Ich schenkte ihr ein aufmunterndes Lächeln und ging neben Gatsby in die Knie. Als er mich sah, bellte er freudig. »Ich dachte, ich könnte dir bei der Sache mit dem Hund ein bisschen helfen.«

Clarissa blickte auf meine Totenkopf-Turnschuhe und meine nackten Beine unter dem Nachthemd. »Das ist lieb, aber Ihnen ist bestimmt kalt …«

»Nichts da«, wehrte ich ab. »Ich warte so lange, bis Gatsby endlich, na ja … du weißt schon, ausgetreten hat. Und bitte, nenn mich einfach nur Abby.«

»Okay … aber ich weiß nicht, ob es so eine gute Idee ist, wenn du wartest. Ich fürchte, das könnte noch dauern. Gatsby scheint sich gerade pudelwohl zu fühlen und nichts deutet auf ein … dringendes Bedürfnis hin.«

Ich überlegte. »Ich weiß zwar nicht, wie Gatsby so tickt, aber unsere Pebbles ist so gut erzogen, dass sie nur dann austritt, wenn wir in einem Park unterwegs sind. Vielleicht sollten wir mit Gatsby spazieren gehen.«

Clarissa kicherte. »Gute Idee. Es ist zwar dunkel, aber wir könnten eine Runde um die Stallungen drehen.«

So dunkel fand ich es gar nicht. Bis eben war mir dieser Umstand noch nicht aufgefallen, aber es schien, als gäbe es selbst jetzt, mitten in der Nacht, eine mysteriöse Lichtquelle, die ich nicht ausmachen konnte.

Wie merkwürdig. Erst die Sache mit den Gerüchen, und nun das. Offensichtlich galten in der Serienwelt andere Gesetze als in meiner. Immerhin wurde es doch in den Nachtszenen im Fernsehen auch nie vollständig dunkel.

»Du bist also Tante Gladys' Nichte aus Amerika«, unterbrach Clarissa, die Gatsby vor sich herführte, meine Gedanken. Gemeinsam wanderten wir in Richtung der langen Stallungen, die sich am Rande des Anwesens erstreckten. »Es tut mir leid, dass du ausgerechnet an deinem ersten Abend eine solche Szene miterleben musstest. Aber du musst mir glauben, ich weiß wirklich nicht, wie dieses Chili –«

»Aber ich weiß es.« Ich wagte gar nicht, sie anzusehen, und betrachtete die in einer merkwürdigen Formation angesetzten Hecken, bei denen es sich scheinbar um ein Labyrinth handelte. Clarissa war so liebenswürdig und naiv, dass ich es nicht übers Herz brachte, sie anzulügen. »Ich war das. Ich weiß auch nicht, warum ich das getan habe. Ich war so frustriert darüber, hier zu sein.«

Ich hätte erwartet, dass mir Clarissa eine Ohrfeige verpassen oder mich anschreien würde. Meine beste Freundin Morgan hätte mir die Meinung gegeigt und anschließend drei Tage nicht mit mir geredet.

Doch Clarissa senkte nur den Kopf. »Oh«, murmelte sie.

Ich blieb stehen und trat einen Schritt auf sie zu. »Es tut mir wahnsinnig leid. Und ich verspreche, es wiedergutzumachen. Okay? Ich war einfach so sauer. Auf Lady Ashworth und auf Jasper, der seine schlechte Laune überall verbreitet.«

Clarissa hob die Schultern. »Die beiden sind immer so. Und wenn Jasper mit dir spricht, kannst du dich schon geehrt fühlen. Meistens beobachtet er nämlich nur.« Sie versuchte, ihn zu imitieren, senkte das Kinn und sah von unten zu mir hoch. »Und guckt dabei furchtbar böse.«

Ich musste kichern. Ich war erleichtert, dass das offenbar Jaspers Masche war und seine Gehässigkeit nicht nur mir galt. »Warum ist er eigentlich so?«, erkundigte ich mich.

»Liegt es an dem Mangel an Sonnenlicht?« Ich versuchte, in Seifenopern-Maßstäben zu denken. »Vielleicht leidet er ja an einem mysteriösen Gendefekt? Oder er ist gar nicht Julians Bruder, wurde bei der Geburt vertauscht und ist in Wahrheit der Sohn eines transsilvanischen Lords?«

»Ich weiß es nicht.« Clarissa seufzte. »Er hasst Ashworth Park und alles, was damit zusammenhängt. Das kalte Gemäuer, die nicht enden wollenden Wohltätigkeitspartys seiner Eltern und die Verpflichtungen, die das Leben hier so mit sich bringt.« Clarissa schüttelte den Kopf. »Die Lady lässt die Jungs nicht mal auf Partys gehen, aus Angst, jemand könnte sie fotografieren und das Bild würde am nächsten Tag in der Klatschpresse landen.« Sie kicherte. »Aber so berühmt sind die Ashworths nun auch wieder nicht.«

»Obwohl Lady Ashworth das gerne hätte.«

»Stimmt. Master Julian hat mir anvertraut, dass sein Bruder sich aus dem Staub machen will, sobald er alt genug ist. Immerhin ist es nicht er, der den Titel erbt und das Landgut verwalten muss. Er will ein normales Leben führen, ohne Personal, ohne Morgenpost, die ihm auf dem Teetablett serviert wird, und ohne Treibjagden und anschließende Tischgesellschaften. Hat er dir gesagt, dass er fotografiert? Er knipst alles und jeden hier.«

Ich nickte. Von seiner kreativen Ader hatte mir Deborah erzählt. Jasper hatte auf Ashworth Park eine Fotoausstellung mit dem Titel *Hinter den Kulissen – die ungeschminkte Wahrheit* machen wollen, doch kurz vor der feierlichen Eröffnung hatte seine Mutter alle Bilder konfisziert, weil sie darauf tatsächlich ohne Schminke und auch noch beim Scotch-Trinken zu sehen war.

Ich kickte einen Kieselstein vor mir her. In gewisser Weise konnte ich nachvollziehen, dass Jasper Ashworth Park den Rücken kehren wollte, immerhin wünschte ich mir seit Stunden nichts anderes. Aber musste man aus Frust gleich den Schurken herauskehren und einen ganzen Flügel niederbrennen? Nein, der Junge war eindeutig nicht ganz dicht.

»Master Julian hingegen liebt es hier«, berichtete Clarissa weiter. »Hat er dir schon erzählt, dass er Turniere reitet? Morgen ist hier Feiertag und schulfrei, deswegen wird eins veranstaltet, auf dem Springplatz bei der Pferderennbahn. Gehst du hin?«

Morgen? Morgen würde ich mich hoffentlich wieder dreitausend Meilen entfernt auf der anderen Seite des Ozeans befinden. Und dort mein fürs College gespartes Geld in eine Psychotherapie investieren, um dieses Serien-Trauma zu verarbeiten. »Nein, ich fürchte nicht«, antwortete ich.

»Oh, schade.« Clarissa blickte nachdenklich zu Boden, doch dann hellten sich ihre Züge plötzlich auf. Gatsby zog kräftig an der Leine und steuerte das Gebüsch an.

»Hoffentlich pinkelt er nicht nur«, murmelte ich.

Zum Glück pinkelte Gatsby nicht. Eine Weile später kam er schwanzwedelnd auf uns zu und ließ sein Hundehäufchen zurück. Etwas ratlos standen wir im Licht der Parklaterne und betrachteten das, was da vor uns auf dem Rasen lag.

»Ist das ekelig. Hast du zufällig Gummihandschuhe dabei?«, fragte ich Clarissa und kratzte mich an der Stirn.

Sie schüttelte den Kopf.

Zögernd näherte sie sich dem Häufchen. »Ich weiß nicht, ob ich das kann. Mir ist schon ganz übel.«

Zugegeben, appetitlich war die ganze Sache nicht, aber der Umstand, dass dieses Häufchen nach absolut gar nichts roch, machte es ein wenig einfacher. Und immerhin musste ich auch in New York Pebbles' Geschäft in Plastikbeutel eintüten, wenn wir mit ihr Gassi gingen.

»Ich mach es«, verkündete ich und stakste durchs Gras. Ich ging in die Knie, schloss die Augen und begann, nach dem Ring zu tasten. Würg. Ich musste mir nur vorstellen, es wäre eine Portion Schokopudding.

»Und?«

»Nichts.« Ich versuchte eine andere Stelle. »Wobei, warte mal. Da ist etwas Hartes. Kann sein, dass es nur ein Kieselstein ist, aber … oh!« Bingo. »Clarissa, ich hab den Ring.« Angeekelt betrachtete ich das längst nicht mehr so glänzende Ding und legte es auf das Taschentuch, das Clarissa mir hinhielt. »Jetzt müsstest du ihn nur noch waschen.«

Gatsby gab ein zufriedenes Bellen von sich.

»Gott sei Dank.« Clarissa sah ehrlich erleichtert aus. Sie machte Anstalten, mir um den Hals zu fallen, zuckte aber zurück. Musste wohl an meinen Händen liegen. »Jetzt können wir endlich ins Bett gehen. Ich bin todmüde.«

»Wo wohnst du denn eigentlich?«

»Im Pförtnerhaus.« Sie zeigte auf ein kleines Gebäude aus

roten Backsteinen direkt an der Schlossmauer. »Dort war noch ein Zimmer frei und jetzt hab ich sozusagen mein eigenes kleines Reich bekommen. Toll, oder?« Sie strahlte. »Du könntest mich mal besuchen kommen und bei mir übernachten. Wir könnten eine Party feiern.«

Clarissa war einfach zum Knuddeln. Sie schien mir ein durch und durch guter Mensch, und es brach mir fast das Herz, dass sie bloß eine Figur in einer Serie war. Sie war zwar völlig anders als Morgan, aber bestimmt hätte sie eine echt tolle Freundin werden können.

»Mal sehen«, murmelte ich ausweichend. »Wenn du willst, führe ich Gatsby zurück ins Herrenhaus, dann kannst du gleich nach Hause gehen.«

»Oh, danke, Abby.« Sie drückte mir die Leine in die Hand, dann winkte sie zum Abschied. »Gatsbys Körbchen steht im blauen Salon.« Auf meinen verwirrten Blick hin fügte sie hinzu: »Nach dem Musikzimmer rechts und dann durch den Speisesaal und durch das Kaminzimmer bis in die Galerie. Dort musst du dann nach links. Wenn du in der Bibliothek bist, bist du zu weit.«

Ich versuchte, mir alles zu merken, und wollte Clarissa noch fragen, wo genau sich noch mal der steinerne Brunnen befand, damit ich mir die Hände waschen konnte, bevor ich das Haus betrat, doch sie war bereits ins Pförtnerhaus verschwunden.

Na toll. Ich betrachtete meine Finger, während ich Gatsby mit der sauberen Hand an der Leine zum Herrenhaus zurückführte, in dem inzwischen kein Licht mehr brannte.

Igitt, igitt! Ich musste unbedingt eine ausgiebige Dusche in Tante Gladys' Badezimmer nehmen.

Zurück im Herrenhaus, stellte sich der blaue Salon schließlich als der Raum heraus, in dem mich die Ashworths nachmittags empfangen hatten. Auch wenn bei jedem einzelnen Schritt der Boden unter meinen Füßen ächzte, gab ich mir allergrößte Mühe, nicht mehr Lärm als notwendig zu machen. Ich konnte gut darauf verzichten, dass irgendein Bewohner – im schlimmsten Fall Lady Ashworth – plötzlich vor mir auftauchte. In ihren Augen war ich bestimmt nicht gesellschaftsfein, in einem Nachthemd, das mir gerade mal bis über den Po reichte.

Nachts schien das alte Gemäuer so leer, dass ich mich ein wenig gruselte. Die dunklen Ölgemälde wirkten bedrohlich und die Silberschalen in den Vitrinen warfen merkwürdige bläuliche Schatten an die Wände. Man konnte beinahe glauben, man befände sich in einem Museum. Wie viel das wohl alles wert war?

Eine Vitrine weiter entdeckte ich einen alten Dudelsack, das Lieblingsinstrument der Ashworths. Deborah hatte erzählt, dass Lord Ashworth Wurzeln in Schottland hatte und deshalb zwanzig verstaubte Dudelsäcke geerbt hatte, die immer noch spielbar waren.

Deborah war so begeistert gewesen, dass sie in der Schule sogar eine Interessengruppe Dudelsackblasen gegründet hatte, die aber aufgrund ausbleibender Anmeldungen schnell wieder eingestellt worden war.

In der nächsten Vitrine lagerte das Tafelsilber. Ich öffnete ein gläsernes Türchen und griff nach einem Löffel, um ihn genauer zu betrachten. Der schien ja noch exklusiver als das Besteck, mit dem ich heute Abend gegessen hatte. In dieses Service hier hatte man sogar das Familienwappen der Ashworths eingraviert.

»Wow. Diese Dinger liegen viel schwerer in der Hand als unser Besteck vom Möbeldiscounter«, murmelte ich vor mich hin, während Gatsby mich hechelnd beobachtete. »Wenn das hier tatsächlich alles Requisiten sind, möchte ich nicht wissen, was die Serie an Produktionskosten verschlingt.«

In diesem Moment knarzte die Treppe hinter uns. Ich fuhr herum und starrte in die Dunkelheit.

Niemand zu sehen. Wurde ich hier etwa beobachtet? Vielleicht sah ich aber auch schon Gespenster.

Ich hatte mich gerade wieder dem Silberbesteck zugewandt, da kam mir eine Idee: Ich könnte doch etwas von hier mitnehmen, quasi als Beweis. Sonst würde mir Deborah bestimmt nicht glauben, wo ich gewesen war. Und einen lumpigen Dessertlöffel würden die Ashworths ja wohl verschmerzen können. Davon besaßen sie ohnehin mindestens fünfhundert Stück.

Allerdings sollte ich mir vielleicht die Hände waschen, bevor ich mich am Silberbesteck zu schaffen machte. Blöderweise hatte ich keine Ahnung, in welcher Richtung sich das Badezimmer befand. Ich blickte mich suchend um und entdeckte schließlich auf einem eleganten Beistelltisch eine Vase, in die Lady Ashworth die Blumen von DeWitt gestellt hatte. Kurz entschlossen steuerte ich darauf zu. Not macht eben erfinderisch.

Gerade als ich meine Finger in die Vase tauchte, traf mich ein heller Lichtschein, wie ein Blitz, der durch den Raum zuckte.

Gatsby gab ein ängstliches Jaulen von sich.

»Hallo? Ist da jemand?«, wisperte ich, blinzelte in den menschenleeren Raum und wischte mir eilig die Hände an der Tischdecke ab. Mein Herz klopfte plötzlich bis zum Hals. Was war das gewesen? Vielleicht gab es hier tatsächlich Geister. Lag womöglich ein Fluch auf dem Haus? Gewundert hätte es mich nicht. Alte englische Gemäuer, in denen es spukte, kannte ich zur Genüge aus Morgans Horrorfilmen. Da wuchsen Arme untoter Geister aus Wänden und Blut floss unter Türspalten hindurch. Bei dem Gedanken daran wurde mir ganz anders.

Ich beschloss, schnell den Dessertlöffel in die Tasche gleiten zu lassen und in mein Zimmer zu flüchten, als erneut ein greller Lichtblitz durch den Raum schoss, diesmal aus der anderen Richtung. Gerade als ich loslaufen wollte, fing Gatsby an zu bellen. Er riss sich los und stob in die Richtung davon, aus der der Blitz gekommen war.

»Gatsby«, zischte ich. »Komm zurück!«

In einer schmalen Ankleide unter der Treppe blieb der Hund stehen, kläffte und wedelte fröhlich mit dem Schwanz.

»Husch, weg da!«, sagte nun eine Stimme. Mir wurde eiskalt. Da war wirklich jemand.

Gatsby bellte erneut.

»Böser Hund. Ich habe jetzt keinen Hundekeks dabei.«

Ich schlich etwas näher, bis sich eine schwarze Silhouette direkt neben Gatsby aus der Dunkelheit löste, kaum einen Meter von mir entfernt.

»Wuaaaah!« Ich presste meinen Rücken an die Wand. Ach du liebes bisschen! Das hier war kein Geist. Aber womöglich ein Einbrecher. Bestimmt sorgte die Serie gerade für die nächste Spannungs-Sequenz und ließ jemanden bei den Ashworths einbrechen. Und ich befand mich mittendrin.

»Huch? Abby?«, wisperte mein Gegenüber und machte einen Schritt auf mich zu.

»Jasper?« Irritiert zog ich die Augenbrauen hoch, während Gatsby zufrieden um Jaspers Beine tänzelte. »Musst du mich so erschrecken?«

Jasper wirkte etwas verlegen, doch dann ging er zum Gegenangriff über. »Erschrecken? *Du* hast ja wohl *mich* erschreckt!«, stieß er hervor und funkelte mich an. Inzwischen sah er wieder besser aus, die roten Flecken in seinem Gesicht waren fast abgeklungen. Außerdem hatte er sein spießiges Hemd gegen Jeans und T-Shirt getauscht, was ihm eindeutig besser stand. »Und außerdem hast du versucht, mich mit diesem Chili zu vergiften. Du bist … irgendwie … total psycho, ist dir das klar?«

Ich verkniff mir ein Grinsen. Jasper hatte Angst vor mir! Das war doch nicht zu fassen. Niemand in meiner Schule hatte Angst vor mir. Sie hatten Angst vor Neil Bowler, dem Typen aus der Bronx, der sich erst neulich selbst ein Piercing in die Nasenscheidewand gestochen hatte. Oder vor Seth Brennan, der immer nur schwarz trug und im Sezierkurs gefragt hatte, ob er die Organe des Frosches in Eis packen und mit nach Hause nehmen durfte.

Mich fand man nett. Nett und vielleicht etwas durchgeknallt. Ich war Abby, die gerne bunte Klamotten trug. Abby, die total auf Süßigkeiten stand. Abby, die zu jedem an der Schule freundlich war, aber nur eine beste Freundin hatte, mit der sie ständig rumalberte. Abby, die die Lehrer zwar mochten, aber die nicht so clever wie ihre ältere Schwester Deborah war. Abby, die – und das wussten nur eine Handvoll Leute – unter dem Decknamen Miss Troubleshoot in der Schülerzeitung gute Ratschläge gab. Die zwar gut darin war, die Probleme anderer zu lösen, aber in Sachen Trevor nichts auf die Reihe bekam.

Ungefähr so gefährlich wie Elmo aus der Sesamstraße.

»Ich wollte dich nicht vergiften, ehrlich«, beteuerte ich. Auch wenn er fies zu mir war, so etwas hätte ich nie getan. Schließlich war nicht ich der Schurke in dieser Seifenoper, sondern er.

»Ich glaube dir kein Wort.« Stur verschränkte er die Arme vor seiner Brust und zog die dichten Brauen zusammen. »Und jetzt verrate mir doch mal, was du hier verloren hast. Warum schleichst du nachts durchs Haus?«

»Ich könnte dich dasselbe fragen«, gab ich patzig zurück, als mir die Fotokamera ins Auge stach, die um seinen Hals hing. Das war also die Ursache der ominösen Blitze gewesen. »Hast du mich etwa fotografiert?«

»Nö.« Jasper betrachtete seine Fingernägel. »Pff! Dich? Du hältst dich wohl für besonders interessant.«

»Ach.« Ich versuchte, ein möglichst misstrauisches Gesicht aufzusetzen. »Was hast du denn sonst fotografiert, hm?«

»Na, den hier … natürlich.« Jasper richtete die Linse auf den Kleiderständer neben sich und drückte ab. »Ein viktorianischer Kleiderständer, Eichenholz, hergestellt Ende des neunzehnten Jahrhunderts. Fotografieren ist mein Hobby. Ich will darin mal richtig gut werden, weißt du?«

Ich schnitt eine Grimasse. »Aber doch nicht, indem du Kleiderständer ablichtest.«

Die Sache stank zum Himmel, so viel war klar. Hatte Jasper mir hier aufgelauert? Hatte er womöglich sogar mitgekriegt, dass ich vorhin den Silberlöffel eingesteckt hatte? Vielleicht hatte er mich deswegen geknipst. Um Beweismaterial gegen mich zu sichern.

»Vielleicht versuche ich mich auch mal an einer barocken Echtholzkommode«, fauchte er zurück. Dann schüttelte er den Kopf. »Aber ich sehe überhaupt keinen Grund, mich vor dir zu rechtfertigen. Das ist das Haus meiner Familie. *Du* bist hier der Eindringling. Komm, Gatsby.« Jasper pfiff nach dem Hund, woraufhin dieser aufstand und ihm treu hinterhertrottete. »Du kannst heute in meinem Zimmer schlafen. Bevor die verrückte Miss Barrington-Whitley aus Amerika auf die Idee kommt, dich auch noch zu vergiften.«

Er stieg die Treppe nach oben, ohne mich eines weiteren Blickes zu würdigen.

Na großartig. Missmutig drehte ich mich um und schlich

über die Wendeltreppe zurück in Tante Gladys' Nordflügel. Ich war erst seit wenigen Stunden hier, und schon hatte ich es geschafft, mich nachhaltig unbeliebt zu machen.

Ich war ein Eindringling, wie Jasper gesagt hatte. Auf jeden Fall bestätigte das mein Gefühl, dass ich hier völlig deplatziert war. Ich musste so schnell wie möglich wieder zurück nach Hause gelangen, dachte ich, als ich zwischen Tante Gladys' Rosenbettwäsche kroch und die Augen schloss. Vielleicht hatte ich ja endlich ein wenig Glück und es geschah im Schlaf.

6

Guten Morgen, Abby«, weckte mich eine sanfte Stimme. »Zeit aufzustehen.«

Was war denn heute mit Mum los? Meist arbeitete sie bis spät nach Mitternacht an ihren Bildern, deshalb war es für gewöhnlich ich, die sie aufweckte und daran erinnerte, dass sie noch einen Nebenjob in dem Deli unten an der Straße hatte. »Haben wir heute nicht Donnerstag? Und solltest du nicht längst arbeiten?«

»Tue ich doch. Ich habe Frühstück gemacht. Und war im Stall und habe Cooper geholfen, die Pferde auszumisten. Leondra wirkt schon ganz aufgeregt, als ob sie wüsste, dass heute das jährliche Reitturnier auf der Isle of Roses stattfindet. Master Julian wäscht Leondras Mähne gerade mit Glanzshampoo, das musst du sehen.«

Master Julian? Ich schlug die Augen auf und starrte in Clarissas Gesicht. Sie trug eine schwarze Bluse, eine blütenweiße gestärkte Schürze und ließ ihren Staubwedel über ein Bücherregal neben meinem Bett gleiten.

Mit einem Wimpernschlag war ich hellwach.

»Also wenn du doch noch zum Turnier gehen willst, Lady

Gladys hat dir ein neues Kleid und Schuhe rausgelegt«, sagte sie. Flink wechselte sie das Wasser für die Rosen. »Und sogar einen passenden Hut.«

Oje, oje. Ich hatte gehofft, gefleht, gebetet, dass dieser Albtraum über Nacht ein Ende nehmen würde. Dass ich in Tante Gladys grässlichem Rosenzimmer einschlafen und daheim in unserem Appartement wieder aufwachen würde.

Doch ich saß immer noch fest. In einer Serie. Wäre Clarissa nicht im Zimmer gewesen, ich hätte vor Verzweiflung geheult.

In diesem Moment flog die Tür auf und Tante Gladys höchstpersönlich betrat das Zimmer. Sie trug ein mintgrünes Kostüm, dazu passende Pumps und einen Hut mit dem Durchmesser eines Autoreifens.

»Fein, du bist also wach«, stellte sie fest. »Wir nehmen dich gleich mit auf den Springplatz. Du sollst so schnell wie möglich die Umgebung kennenlernen. Und wo ginge das besser als bei einem Reitturnier?« Sie kam näher und stellte eine Blumenvase mit pinken Kletterrosen auf meinen Nachttisch. »Und, fühlst du dich wohl in deinem neuen Zuhause, mein Kirschtörtchen?«

Ich schälte mich gehorsam aus der Bettdecke und roch an den frischen Blumen neben meinem Bett. Nichts. Da war kein bisschen Duft. Nur der Blütenstaub kitzelte in meiner Nase. »Ha...ha...*tschi*!« Offenbar reagierte ich auch in der Serie allergisch auf dieses unnötige Gewächs. »Mir geht's gut, nur bitte keine weiteren Rosen mehr, Lady Gladys. Davon muss ich immer niesen.«

»Tatsächlich? Was für ein Jammer.«

Mit ihrer resoluten Art schüchterte mich diese Frau immer noch ein wenig ein. Trotzdem fing sie allmählich an, mir sympathisch zu werden – mal abgesehen von ihrem merkwürdigen Rosentick und dem modischen Totalausfall, in den sie mich gestern gesteckt hatte. »Gladys, Sie brauchen sich wirklich keine Mühen zu machen«, hörte ich mich sagen. »Ich plane keineswegs, meinen Aufenthalt hier ewig auszudehnen.«

Ach du Schande. Jetzt fing ich schon selbst an, so schwülstig daherzureden.

Tante Gladys legte den Kopf schief, als könnte sie nicht glauben, was ich da sagte. »Quatsch. Natürlich bleibst du hier. Und außerdem hörst du auf der Stelle auf, mich zu siezen, ich bin doch deine Tante.« Sie zückte ein Maßband und legte es mir um den Busen. »Notier die Oberweite, Clarissa.« Dann wandte sie sich wieder an mich. »Ich habe dir schon einige Kleider bei der Schneiderin in Rosington bestellt. Am Wochenende findet die Wahl zur schönsten Rose der Insel statt, und als mein Gast bist du natürlich eingeladen, inklusive Begleitung, versteht sich.« Dann, an Clarissa gewandt, fügte sie hinzu: »Clarissa, und jetzt notier den Hüftumfang. Und am besten lässt du für selbige Maße noch ein zweites Kleid anfertigen. Für Weihnachten.«

Weihnachten? Ich sollte bis Weihnachten hierbleiben? Das konnte doch nicht ihr Ernst sein.

»Tante Gladys, ich möchte Weihnachten eigentlich zu Hause, bei meiner Familie …«

Einen Moment lang blickte sie mich zögerlich an. »Aber jetzt bist du nun mal hier. Und du wirst erkennen, dass das Leben hier äußerst passabel ist, wenn du dich erst mal daran gewöhnt hast.« Sie legte ihre Hände auf meine Wangen und sah mir tief in die Augen. »Und fürchte dich nicht vor Lady Ashworth. Ich werde nicht zulassen, dass sie dir etwas tut.« Sie wies Clarissa an, mir das Kleid für das Reitturnier zu bringen, bevor sie sich verabschiedete. »Wir sehen uns gleich unten beim Frühstück, mein kleiner Schokoladenkeks!«

»Sie mag dich«, stellte Clarissa fest, während sie mir ein ähnlich scheußliches Kleid wie das von gestern reichte. Es war silbrig glänzend, bestand aus mindestens einem Dutzend bauschigen Unterröcken und hatte eine gigantische Schleife um den Busen. »Das ist seltsam«, fuhr Clarissa fort. »Ich meine, nicht dass du nicht absolut liebenswert wärst. Aber Lady Gladys kümmert sich sonst um niemanden so wie um dich.«

Ich schlüpfte aus dem Nachthemd und betrachtete das Kleid. »Muss das sein?«, murmelte ich.

»Willst du etwa in Jeans dorthin? Oh, fast hätte ich den Hut dazu vergessen«, plapperte Clarissa weiter und hielt mir eine passende silberne Kopfbedeckung mit breiter Krempe und ebenso riesiger Schleife hin. Das ganze Ensemble sah aus wie etwas, das vielleicht die Queen tragen würde. Aber kein vierzehnjähriges Mädchen aus New York.

»Der Hut kommt gar nicht infrage«, wehrte ich ab und schlüpfte widerwillig in das Kleid. Damit sah ich ohnehin schon aus wie eine lebende Pralinenschachtel.

Drüben im Salon wartete Tante Gladys bereits an einem üppig gedeckten Frühstückstisch auf mich. Beim Anblick von belegten Brötchen, Schokocroissants und Orangensaft merkte ich erst, wie ausgehungert ich seit dem verpatzten Dinner von gestern Abend war. Eilig nahm ich Platz und schnappte mir eins der Brötchen.

»Man erwartet wirklich nicht viel von dir«, erklärte Tante Gladys mir, nippte an einer Tasse Tee und ging dabei ihre Post durch. »Nur Einladungen zu Wohltätigkeitsveranstaltungen. Ich komme mir schon vor wie Mutter Teresa … Jedenfalls musst du einfach auf der Tribüne sitzen und applaudieren, wenn Julian dran ist. Vermutlich wird dich die Lokalpresse erst mal für Julians neue Flamme halten.« Dann verzog sie das Gesicht. »Obwohl, er geht meistens nur mit Blondinen aus. Bisher waren seine Freundinnen alle etwas einfältige Kreaturen, wenn du mich fragst. Die letzte hat vor mir einen Hofknicks hingelegt und mich mit Eure Hoheit angesprochen.« Sie lachte. »Sehe ich etwa aus wie die Queen? Ich bin doch dreißig Jahre jünger. Mindestens.«

Einfältige Blondinen? Wenn Tante Gladys recht hatte, hätte Lydia genau in Julians Beuteschema passen müssen. Gestern Abend hatte es allerdings nicht so ausgesehen, als würde er sich sonderlich für sie interessieren.

Gladys überlegte weiter. »Vielleicht denken sie aber auch, dass du Jaspers Date bist.«

Was? Bitte nicht! Erst war ich das Dienstmädchen, dann eine Erbin aus Amerika und jetzt auch noch Graf Draculas Braut?

Hilfe!

»Andererseits … der wiederum trifft sich überhaupt nicht mit Mädchen. Anscheinend ist ihm keine gut genug. Oder vielleicht steht er auch auf Jungs, wer weiß. Das ist doch bei Kreativen oft so.« Tante Gladys schüttelte den Kopf. »Na ja, falls dich jemand fragt, wer du bist, sag am besten einfach die Wahrheit. Entfernte Verwandtschaft aus Amerika.«

Unten hupte es.

Tante Gladys schnappte sich ihre Handtasche. »Ah, der Fahrer. Es geht los. Zeig mir dein schönstes Lächeln, für den Fall, dass dich die Presse fotografiert.«

Etwas verunsichert grinste ich sie an. »So?«

Tante Gladys verzog das Gesicht. »Nun ja, vielleicht solltest du dabei nicht ganz so viel Zahn zeigen. Du gehst schließlich nicht zur Dentalkontrolle, außerdem hängt etwas Schnittlauch zwischen deinen Vorderzähnen. Nun etwas höfischer bitte. Und würdevoller.«

Pah. Wie lächerlich. Aus Spaß versuchte ich es mit einer Imitation der Queen, leicht überhebliches und dennoch erhabenes Grinsen, dazu ein geneigtes Gesicht und ein elegantes Wackeln mit der Hand. Erstaunlicherweise schien das Tante Gladys zu gefallen.

»Na ja, an den Umgangsformen müssen wir noch arbeiten. Aber fürs Erste reicht das. Und jetzt komm, mein Mandelhörnchen. Es geht los.«

✩✩✩

Auf dem Turnierplatz war niemand hutlos unterwegs. Ich hatte mich zwar gefreut, dass Tante Gladys nicht darauf bestanden hatte, dass ich das scheußliche Teil aufsetzte, aber jetzt hätte ich mich doch ganz gern unter so einer breiten Krempe versteckt.

Die Ashworths fielen auf. Julian und Jasper trugen beide Frack und Zylinder und sahen besonders mit Letzterem ziemlich ulkig aus, aber das schien niemanden zu stören. Im Gegenteil. Eine ganze Menschentraube hatte sich um die Jungs gebildet, die im Festzelt an ihrer Limonade nippten und Small Talk mit anderen Gästen führten. Jasper widerwillig und immer wieder mit Blick auf seine Armbanduhr, Julian wild gestikulierend vor einer Schar huttragender Mädchen, die ständig kicherte, als hätte er einen tollen Witz gerissen.

Als mich Julian entdeckte, ließ er seine Zuhörerinnen stehen und schlenderte durchs Gras auf mich zu.

»Abigale.« Er nahm seinen Zylinder ab und ließ sein blondes Haar mit der Sonne um die Wette strahlen. An diesem perfekten Frühlingstag sah er fast noch besser aus als sonst. »Wunderbar, dass du auch da bist. Wow, dieses Kleid passt toll zu deinen dunklen Locken. Du siehst hübsch aus.«

»Findest du?« Ich sah skeptisch an mir herab. Das Silberkleid glänzte wie Alufolie in der Sonne, außerdem passte meine Umhängetasche aus New York überhaupt nicht dazu. Bestimmt war Julian bloß höflich. »Tante Gladys' Klamottengeschmack ist ziemlich pompös, würde ich sagen. Heute sind es noch mehr Unterröcke als gestern.«

Julian lächelte. »Ich habe eine Startnummer im hinteren Drittel, also noch etwas Zeit. Soll ich dir ein Glas Pfefferminzwasser holen?«

Uagh. Wenigstens endlich mal eine Abwechslung zu dem ständigen Tee. Aber wollte ich Pfefferminzwasser wirklich riskieren?

»Nein, gar nichts, danke«, winkte ich ab.

»Vielleicht eine Bowle?« Julian ließ nicht locker. »Obwohl, ich habe gehört, da ist dieses Jahr Rum drin. Davon lassen wir besser die Finger.«

Ich sah zu ihm hoch. Etwas spießig war dieser Julian schon unterwegs. Sogar meine Mum erlaubte mir an Geburtstagen und anderen Festivitäten ein wenig Alkohol.

»Ein wahres Wort, Julian. Wir müssen uns nicht betrinken wie die anderen Teenager, die nur hier sind, um kostenlosen Alkohol abzustauben. Wir aus Adelskreisen sollten ein Vorbild sein«, mischte sich Lydia ein, die mit ihrem Vater zu uns getreten war. Sie bedachte mich mit einem Seitenblick, als wollte sie betonen, dass sie mich nicht dazuzählte. »Aber ich hätte gerne einen Becher Pfefferminzwasser, wenn es dir nichts ausmacht.«

Wie die anderen Mädchen hatte sie sich herausgeputzt und sich dabei für einen Blazer, Rock und Spangenpumps in biederem Lachsrosa entschieden. Immerhin ging ihr Rock wenigstens bis übers Knie.

»Aber klar«, lächelte Julian und war auch schon zum Limonaden-Stand verschwunden.

Unsicher sah ich zu Mr DeWitt und Lydia. Heute hatten

die beiden noch eine dritte Person im Schlepptau, einen dunklen Kerl mit Vollbart und langen Koteletten. Mit dem obligatorischen Zylinder, den hier alle trugen, erinnerte er mich ein wenig an Abraham Lincoln.

So gerne ich mit DeWitt, seiner Privatschultochter und Mr Lincoln unnötigen Small Talk betrieben hätte, der Zeitpunkt war gekommen, um einen eleganten Abgang zu machen. »Ich gehe dann mal und suche nach Tante –«

»Miss Abigale Barrington-Whitley. Gladys' Nichte, nicht wahr?«, unterbrach mich DeWitt, freundlich wie eh und je, und reichte mir seine Hand im weißen Handschuh. Er trug wieder unendlich viel Pomade im Haar und dazu denselben maßgeschneiderten Anzug wie gestern. Ich konnte nicht genau sagen, was mir an ihm nicht gefiel. Vielleicht das unnatürliche Dauergrinsen, das mich ihn so schwer einschätzen ließ. Vielleicht die demütige Haltung gegenüber den Ashworths und die Art, wie er an Lady Ashworths Rockzipfel hing. Vermutlich war er mir aber einfach zu glatt.

Ich nickte höflich.

»Darf ich vorstellen? Mein persönlicher Assistent Charles Blackwood«, stellte DeWitt den Abraham-Lincoln-Verschnitt vor, der mir zum Gruße eine kleine Verbeugung vollführte.

Ich nickte erneut.

DeWitt schien sich riesig zu freuen, sich gleich nach dem Umzug mit der wichtigsten Familie weit und breit angefreundet zu haben. Und heute auch noch in deren Loge sitzen zu dürfen. Die Ashworths umgaben sich normalerweise nicht mit Personen, die nicht aus Adelskreisen stammten. Aber immerhin war DeWitts inzwischen verstorbene Frau adelig gewesen und seine Tochter würde nach ihrer Volljährigkeit das Familienvermögen erben. Hinzu kam, dass er als Vorstand eines Medienunternehmens und Herausgeber diverser Klatschblätter eine nicht unerhebliche Macht besaß. Es lag auf der Hand, warum Lady Ashworth so nett zu ihm war.

»Abigale, wie bist du denn genau mit Julian und seinem Bruder Jasper verwandt?«, erkundigte sich DeWitt und sah mich aus seinen dunklen Augen neugierig an.

Warum interessierte ihn das denn bitte schön? Oder war das bloß einer der üblichen, höflichen Small-Talk-Angriffe, die in der Serie ständig vorkamen? Vermutlich wurde die Fähigkeit dazu den Figuren in die Wiege gelegt.

»Streng genommen gar nicht«, entgegnete ich. »Ich stamme aus der Linie von Tante Gladys' drittem Ehemann, einem Barrington-Whitley. Er ist leider bei einem tragischen Reitunglück viel zu früh gestorben und kurz darauf lernte sie den Bruder von Lord Ashworth kennen.«

Wow. Ich war ehrlich beeindruckt von mir selbst. So langsam kapierte ich die Verwandtschaftsverhältnisse hier.

»Ach.« DeWitt zog die dichten Augenbrauen hoch. »Du und Julian wirkt nämlich so vertraut. Seid ihr etwa –«

»Was? Nein, nein!«, beeilte ich mich zu sagen. Was wollte er damit andeuten? DeWitt hatte wohl auch noch nicht mitbekommen, dass Julian auf Blondinen stand, wie Tante Gladys behauptete. »Wir sind nicht zusammen. Keinesfalls.«

DeWitt nickte nur, während Lydia am Ärmel seines Anzugs zog. »Daddy, sieh mal. Da trabt Leondra von der Rampe. Schau dir nur mal ihre Mähne an. Wie seidenes Gold.«

Ich folgte ihrem Blick. Cooper, der Junge mit den langen dunkelblonden Haaren, den ich gestern im Hof gesehen hatte, führte soeben Julians Pferd aus dem Hänger. Obwohl es erst Ende Mai war, trug dieser Cooper nichts weiter als kurze Hosen. Er hatte noch nicht einmal Schuhe an.

Ach du liebe Güte. Ich fragte mich, wer in diesem Moment mehr Blicke auf sich zog: die preisgekrönte Leondra oder ihr kerniger Stallbursche mit der Wallemähne, der sein Shirt zu Hause vergessen hatte und sein Sixpack zur Schau trug.

»Darf ich kurz hingehen, Daddy?«, bat Lydia und stahl sich von unserer Gruppe weg. »Bestimmt kann der Stalljunge der Ashworths meine Hilfe gebrauchen. Du weißt ja, ich bin Spezialistin für Turnierpferde aller Art.«

»Ich muss dann auch mal auf die Tribüne«, sagte ich und nutzte die Gelegenheit, um mich aus dem Staub zu machen. DeWitt stellte echt merkwürdige Fragen. Fürchtete er, dass ich seiner Tochter Julian wegschnappen würde?

»Da bist du ja!« Tante Gladys winkte mich zu sich her, als ich mich durch die Reihen der Tribüne quetschte. Sie hatte ein kleines Fernglas in der Hand, das so aussah wie die Dinger, die man in der Oper benutzte. »Die ersten Durchgänge haben bereits begonnen.«

»Es hat schon angefangen?« Überrascht sah ich mich um. Um uns saßen jede Menge elegant gekleidete Menschen, aber ich entdeckte kein bekanntes Gesicht. »Wo sind denn die anderen Ashworths?«

Tante Gladys folgte mit ihrem Fernglas dem ersten Pferd, das gerade mit einem Riesensprung über ein doppeltes Hindernis setzte. Die Menge applaudierte. »Da drüben, in der zentralen Loge«, erklärte sie. »Ich dachte, ich reserviere uns lieber andere Plätze, ich kann es nämlich nicht ertragen, wenn mir Cordelia bei jedem Hindernis ins Ohr kreischt. Und außerdem sind wir hier ungestört und können uns etwas besser kennenlernen.«

Ich kniff die Augen zusammen und blickte mich um. Tatsächlich. Lady Ashworth, Lord Ashworth, Jasper und inzwischen DeWitt und sein bärtiger Begleiter saßen weit entfernt und verfolgten das Turnier von der anderen Seite des Platzes aus.

Ich begann, Tante Gladys zu mögen.

»Ich bitte um Applaus für Starlight, geritten von Grant Huxley, dem Juniorenmeister vom letzten Jahr«, ertönte eine männliche Stimme aus dem Lautsprecher über uns. Die Zuschauer applaudierten erneut.

»Erzähl mir etwas über dich«, begann Tante Gladys, die immer noch das Turnierpferd fixierte. Dieser Grant Huxley grinste über beide Ohren und badete gerade im Applaus der Menge. Einige Fotografen schossen Bilder. »Welche Schule besuchst du?«

»Die neunte Klasse der Riverside Manhattan Academy«, antwortete ich. Das war eigentlich eine sehr gute Schule, für die Mum jeden Monat mehr Schulgeld hinlegte, als sie sich leisten konnte, aber es war nicht anzunehmen, dass Tante Gladys mit dem Namen etwas anfangen konnte.

»Was hast du dort für Wahlfächer belegt? Englische Literatur vielleicht? Oder interessierst du dich besonders für Benimmregeln?« Sie tippte sich mit dem Finger an die Lippen. »Nein, unmöglich. Deine Messerführung gestern war äußerst verbesserungswürdig.«

Na, schönen Dank auch.

»Was ist mit Pferden? Belegst du Reitkurse?«

»Nichts von alledem.« Ich schüttelte den Kopf. Ich hatte zwar keine Ahnung, worauf sie hinauswollte, aber jetzt war es mir peinlich, dass ich nichts Spannendes vorzuweisen hatte. »Ich habe es nicht so mit außerschulischen Aktivitäten. Das ist eher das Fachgebiet meiner Schwester. Aber … ich schreibe für die Schülerzeitung, den Riverside Academy Chronicle.«

Tante Gladys horchte auf. »Eine Zeitung? Das könnte ein Anhaltspunkt sein.«

Mir war nicht ganz klar, worauf dieses Gespräch hinauslief. »Ein Anhaltspunkt? Wofür?«

»Ach, hier versteckst du dich, Abigale.« Julian ließ sich auf den freien Stuhl neben mir nieder und erstickte Tante Gladys' Antwort im Keim. »Hallo, Tante Gladys. Störe ich gerade?«

»In der Tat, du störst«, schnappte Tante Gladys zurück. »Abby und ich führen gerade ein sehr wichtiges Gespräch. Aber da es sich nicht schickt, dich jetzt wieder zu vertreiben, zumal alle Hoffnungen auf einen Sieg auf dir ruhen, räume ich mal lieber das Feld.« Sie lächelte mich an. »Hättest du gern ein Gurkensandwich, mein Zuckerkringel?«

»Nein danke, ich bin noch satt vom Frühstück«, wehrte ich ab und sah an Julians Miene, dass zumindest er gerne eins gehabt hätte. Aber Tante Gladys war schon auf dem Weg zum Imbiss.

»Ich wollte nach dir sehen«, begann Julian schließlich. Er hatte sich umgezogen und steckte nun in einem blauen Blazer, Reithosen und kniehohen Stiefeln. Unter dem Arm trug er einen Reithelm. »Du warst vorhin plötzlich verschwunden. Also dachte ich, ich suche dich und erkläre dir die Reithindernisse.«

Ich stöhnte innerlich. Zugegeben, ich interessierte mich nicht sonderlich für Reitsport. Und dass dieses mit Wasser gefüllte Hindernis da unten ein Graben war, wusste ich auch so. Aber es war trotzdem nett von Julian, mich einzuweisen. Außerdem hatte ich bis jetzt nicht gerade viele Freunde auf Ashworth Park, deshalb beschloss ich, ihn nicht gleich zu vergraulen.

»Die länglichen Dinger da sind die Planken«, begann Julian. Er beugte sich näher und deutete über meine Schulter auf die gestreiften Stangen unten im Sand. »Sie liegen ziemlich hoch und erfordern schon zu Beginn all das Können eines Reiters. Planken fallen leichter als Stangen. Klar? Dann kommt der Oxer.«

Es gelang mir kaum, seinen Worten zu folgen. Das lag nicht an meinem mangelnden Interesse für Springreiten, sondern vielmehr daran, dass Julian mir inzwischen so nah gekommen war, dass ich seinen Atem an meinem Ohr spüren konnte. Und nicht nur das – seine Stimme klang plötzlich weicher und leiser. Vielleicht wollte er einfach nicht, dass die Gäste neben uns etwas mitbekamen. Aber warum rückte er dann so dicht an mich heran?

War das etwa ein Annäherungsversuch? Wie um alles in der Welt reagierte man auf so etwas? Musste ich jetzt interessiert nicken und mein Haar zurückwerfen? Oder sollte ich lieber strahlen wie ein Honigkuchenpferd, wie Lydia De-Witt?

Ich hatte absolut keine Erfahrung mit solchen Dingen. Dingen wie Flirts, Beziehungen, Jungs. Trotzdem gab ich zu diesen Themen ständig Tipps in meiner Kolumne, denn auf dem Papier konnten mich selbst Liebeskrisen nicht aus der Fassung bringen. Meistens gab ich die Ratschläge nach Gefühl oder weil ich ein ähnliches Problem im Fernsehen gesehen oder in einem Buch gelesen hatte. Am eigenen Leib hatte ich diese Erfahrungen nur leider noch nicht gemacht.

Bloß ein einziges Mal, vor etwa einem Jahr auf Coney Island, da hatte ich einen Jungen namens Ben von der Westküste kennengelernt. Wir hatten uns am Dosenschießstand unterhalten, dann hatte er mir einen von diesen bunten Riesenlollis spendiert, und im Anschluss hatte er mich einfach so geküsst. Es war ganz schnell gegangen, spontan und ohne Flirten und Vorgeplänkel – genau das, was Julian gerade tat.

»Fehlt noch der Wassergraben«, erzählte Julian weiter. »Der ist am schwierigsten. Ich hoffe, du drückst mir dafür die Daumen. Ich habe dir zu diesem Zweck extra ein kleines Geschenk mitgebracht.«

»Ein Geschenk?« Ich war überrascht. Damit hatte ich nun überhaupt nicht gerechnet.

Julian zog eine kleine Schachtel aus seiner Tasche und öffnete sie. Darin lag, gebettet auf einem samtenen Pölsterchen, eine Strähne blondes Haar.

»Das ist eine meiner Locken«, verkündete er und strich dabei sanft über sein Haar in dem Schächtelchen.

Wie vom Donner gerührt starrte ich zuerst die Locke und dann Julian an. Er schenkte mir seine Locke? Befanden wir uns etwa im achtzehnten Jahrhundert? Ich wusste nicht, was ich von der Sache halten sollte. Einerseits wirkte es etwas merkwürdig, aber andererseits war das wahrscheinlich einfach Julians Art.

»Wenn du diese Locke bei dir behältst, bringt es mir bestimmt Glück«, erklärte er, klappte die Schachtel zu und legte sie behutsam in meine Hände.

»Okay.« Etwas verlegen steckte ich die Locke in meine Tasche.

»Denn der Wassergraben entscheidet über Sieg und Niederlage. Und ich hoffe doch, dass ich gewinne, ich habe nämlich schon ein achtzeiliges Gedicht geschrieben, das ich während der Siegesansprache vorlesen möchte. Der Titel lautet: *Mein Triumph*.«

Ich nickte geistesabwesend. Auf der gegenüberliegenden Tribüne, wo die Ashworths saßen, war mir etwas Seltsames aufgefallen. Blackwood, DeWitts Assistent, spähte schon seit geraumer Zeit durch sein Fernglas. Allerdings schien er das Objektiv nicht auf den Turnierplatz zu richten, sondern direkt auf Julian und mich.

»Hast du diesen bärtigen Kerl, den DeWitt heute mitgebracht hat, schon kennengelernt, Julian?«, fragte ich ihn und versuchte, nicht so auffällig hinzusehen.

»Ach, du meinst diesen Mr Blackwood. Er scheint so etwas wie Lydias Aufpasser zu sein. Für seine Prinzessin tut DeWitt eben alles.« Er kicherte.

»Sieht so aus, als ob sich dieser Typ mehr für uns interessiert als für Lydia«, stellte ich fest. »Die sitzt ja noch nicht mal auf der Tribüne, sondern assistiert Cooper mit ihrem exzellenten Turnierpferdewissen.«

»Damit geht der erste Durchgang zu Ende. Fünfzehn Minuten Pause«, verkündete nun die Stimme aus den Lautsprechern. Der letzte Reiter winkte noch einmal ins Publikum, während sich die ersten Gäste bereits von der Tribüne erhoben. »Im zweiten Durchgang folgen dann die Teilnehmer der nächsthöheren Schwierigkeitsstufe, Max Willoghby, James Woodrall und Seine Lordschaft Julian Ashworth.«

»Oh. Das bin ich«, grinste Julian und erhob sich. »Ich schaue mal besser nach, wie es Leondra geht. Die anderen Pferde machen sie immer ein bisschen nervös. Wir sehen uns später?«

»Gut.«

Als Julian gegangen war, warf ich erneut einen Blick zur Loge der Ashworths. Blackwood machte keine Anstalten aufzustehen. Im Gegenteil. Er bewegte sich nicht einmal.

Auch jetzt in der Pause hielt er sein Fernglas immer noch auf mich gerichtet.

Langsam bekam ich es mit der Angst zu tun. Dieser Blackwood war gruselig. Ich beschloss, mich nicht länger beobachten zu lassen und mich lieber auf die Suche nach Tante Gladys zu machen. Hoffentlich würde er die Bespitzelung dann einstellen.

Als ich mich erhob, tat es mir Blackwood gleich. Ich sah noch, dass er etwas zu DeWitt sagte, bevor er die Treppen nach unten stieg. Wollte er mir etwa folgen?

Ich musste unbedingt Tante Gladys finden und ihr davon erzählen. Aber als ich den Sandwichstand erreichte, fehlte von ihrem üppigen mintgrünen Hut jede Spur. Stattdessen wäre ich um ein Haar mit Jasper zusammengekracht. Er schien sich immer noch vor mir zu erschrecken, denn sein Zylinder plumpste ihm vom Kopf, während er in ein Gurkensandwich biss.

»Hallo«, murmelte er, dann hielt er inne, kniff die Augen zusammen und betrachtete den Inhalt seines Sandwiches. »Also wenn du da wieder Chili reingemischt hast, sag es mir gleich. Dann würde ich sicherheitshalber schon jetzt den Rettungswagen …«

Ich rollte mit den Augen und zog ihn zur Seite. »Mach dir nicht ins Hemd. Das Sandwich ist sauber. Ich jedenfalls habe kein Chili reingetan. Aber vielleicht hast du ja andere Feinde, die dir nach dem Leben trachten.«

»Keine so dreisten Feinde wie dich.«

»Hör mal, du musst mir unbedingt sagen, wo Tante Gladys steckt«, bat ich ihn und spähte über seine Schulter auf ein Meer aus Tausenden Hüten. »Ich weiß nicht warum, aber dieser merkwürdige Mr Blackwood scheint mich die ganze Zeit zu observieren.«

»Wer zum Teufel ist Blackwood?«

»Der, der so aussieht wie Abraham Lincoln.«

»Abraham Lincoln?«, wiederholte Jasper, als hätte ich nicht alle Tassen im Schrank.

»Der sechzehnte Präsident der Vereinigten Staaten.«

»Ich weiß, wer Abraham Lincoln war«, entgegnete Jasper leicht genervt.

»Oje, da ist er.« Ich versteckte mich hinter Jasper, während sich ein großer Mann mit Hut durch die Menschentraube vor dem Sandwichstand zwängte. Er bewegte sich genau in unsere Richtung! Zum Glück war Jasper groß genug, um mich gänzlich zu verdecken.

Jasper schüttelte den Kopf und sah ein wenig mitleidig auf mich herab. »Kann es sein, dass du etwas zu viel von dieser Rum-Bowle erwischt hast? Die soll dieses Jahr besonders stark sein.«

»Natürlich nicht«, wisperte ich. »Das heißt, Julian hat es mir nicht erlaubt.« Ich zog ihn zu einer Absperrung hinter dem Sandwichstand, wo uns Abraham Lincoln, äh, Mr Blackwood nicht sehen konnte. »Also noch mal: Wo ist Tante Gladys?«

»Ähm. Sie hat sich vorhin ein paar Sandwiches gekauft. Und dann ist sie in Richtung der Toiletten verschwunden.« Er deutete hinter mich. »Gleich bei den Stallungen links.«

»Danke.« Ich ließ ihn stehen und machte mich auf in die Richtung, in die Jasper gedeutet hatte. Schnell presste ich mich durch die Menge, an der Stallwand vorbei, immer der Beschilderung zu den Toiletten folgend.

Ein dumpfes Gefühl sagte mir, dass ich unbedingt Tante Gladys finden musste. Sie wusste bestimmt, was hier gespielt wurde und warum DeWitt und sein Assistent plötzlich so reges Interesse an mir zeigten. Trotz ihrer eigensinnigen Art war Tante Gladys die Einzige, zu der ich Vertrauen gefasst hatte.

Als ich um die Ecke bog, legte sich plötzlich ein fester Griff um meine Taille. Im nächsten Augenblick verlor ich das Gleichgewicht, stolperte durch eine Stalltür und landete unsanft in einer Pferdebox.

Bevor ich wusste, wie mir geschah, packte mich jemand an beiden Handgelenken, riss mich hoch und zwang mich, ihn anzusehen. Blackwood. Er drückte so fest zu, dass ich beinahe aufschrie.

Vor Angst klopfte mir das Herz bis zum Hals. Wie aus Reflex trat ich ihm mit Tante Gladys' silbernem Glitzerschuh gegen die Wade. »Haben Sie eine Schraube locker?«, schrie ich ihn an. »Lassen Sie mich sofort los!«

Als Antwort verpasste mir Blackwood eine schallende Ohrfeige. Meine Haut brannte und für einen Moment gab ich jeglichen Widerstand auf.

»Erst kommst du mit«, raunte er gefährlich leise durch seinen Bart und zog mich durch einen leeren Stallgang. Panisch glitt mein Blick durch die offenen Boxen, auf der Suche nach Hilfe. Doch ich konnte weder ein Pferd noch eine Menschenseele in den Stallungen entdecken. Sie waren alle auf dem Turnierplatz. Ich war mit Blackwood alleine.

Er schob mich in einen fensterlosen Raum, der aussah wie eine Sattelkammer, zumindest befanden sich darin eine Menge Sättel, Zaumzeug und Eimer. Ich unternahm noch einen letzten Versuch, mich von Blackwood loszureißen, aber ich hatte keine Chance. Er war viel stärker als ich. Ich kostete ihn nicht mal ein müdes Schnaufen.

Ich nahm mir vor, mich in New York zu einem Selbstverteidigungskurs anzumelden. Noch nie war ich dort überfallen worden, auch nicht, wenn ich nachts unterwegs gewesen war. Ausgerechnet auf einer winzigen Kanalinsel geriet ich in Lebensgefahr. Das war doch blanke Ironie.

»So.« Blackwood warf die schwere Eisentür hinter uns ins Schloss und stemmte sich dagegen. »Und jetzt hörst du mir zu, Miss Abigale Barrington-Whitley. Ich habe mit dir nämlich noch ein Hündchen zu rupfen.«

»Was wollen Sie?« Inzwischen traten mir Tränen der Wut aus den Augenwinkeln. Meine Handgelenke leuchteten rot und schmerzten wie verrückt. »Was habe ich Ihnen getan?«

»Noch nichts.« Als er vor mir auf und ab schritt, bemerkte ich, dass eine Pistole im Bund seiner Anzughose steckte. Unwillkürlich schluckte ich und presste meinen Körper in die gegenüberliegende Ecke. »Aber ich würde dir dringend raten, dich von Julian fernzuhalten. Das sieht Mr DeWitt gar nicht gerne. Und Lady Lydia auch nicht. Glaub mir, du solltest besser keine schlafenden Hühner wecken.«

Wäre die Situation nicht so brenzlig gewesen, hätte ich laut gelacht. Dieser Typ hatte ganz offensichtlich ein Problem mit Sprichwörtern. Davon abgesehen schien meine Vermutung zu stimmen. Mr DeWitt sah mich tatsächlich als Bedrohung. Warum in aller Welt war es denn so wichtig, dass Lydia bei Julian landen konnte? Konnten die beiden ihr Liebesleben nicht selbst regeln, ohne dass sich Lydias Vater und sein krimineller Handlanger einmischten? Lebten wir im vorigen Jahrhundert?

Nein, halt – wir lebten in einer Serie.

»Ich hab nicht vor, mir Julian zu angeln, ehrlich«, versicherte ich ihm.

»Ach?« Blackwood sah aus, als glaubte er mir kein Wort. »Lass mich ein wenig aus dem Nesthäkchen plaudern, meine liebe Abigale. Julian ist der begehrteste Junggeselle der Insel und zudem unter den Top Ten der besten Fänge des Vereinigten Königreichs. Und im Gegensatz zu den anderen Herren im Listing sieht er immer aus wie aus dem Ei geleckt.«

Ähm ja. Genau. Dafür litt der Junge auch an heilloser Selbstüberschätzung.

»Kein Mädchen im ganzen Königreich kann mir weismachen, dass es nicht gerne die zukünftige Countesse von Rosington wäre. Die Grundbesitze. Die Antiquitäten. Ständig mit ›MyLady‹ angesprochen zu werden. Jede seiner zahlreichen Ex-Freundinnen hat schon Lunte geleckt, aber leider verliebt sich Julian jede Woche neu. Diese Woche scheint er sich offenbar für dich entschieden zu haben.«

»Sie täuschen sich –«, fuhr ich dazwischen, aber Blackwood ließ mich nicht zu Wort kommen.

»Warum auch immer. Es ist vollkommen unverständlich, was Julian mit einem Mädchen wie dir will«, knurrte er und musterte mich von oben bis unten. »Diese Sprache mit all den Trendausdrücken und dann noch der abgesplitterte Nagellack auf deinen Fingern.«

Na, vielen Dank auch, dachte ich. Sorry, dass ich vor meinem mysteriösen Seriensprung keine Zeit mehr für Maniküre gehabt hatte. Und was die Sprache anbelangte, war Blackwood derjenige, der Nachholbedarf hatte. Wenn er tatsächlich dachte, er könnte mit Redewendungen umgehen, hatte er sich so was von schief geschnitten. Ich verkniff mir den Kommentar lieber.

»Na, wenn das so ist, müssen Sie sich ja keine Sorgen machen«, gab ich zurück und verschränkte die Arme. Zumindest war ich kein ödes, Perlenketten tragendes Privatschulmäuschen, das sich beim Anblick von Julian in ein dauergrinsendes Schaf verwandelte.

»Da hast du auch wieder recht.« Er öffnete die Tür der Kammer und trat hinaus. »Trotzdem ist es besser, wenn du den Rest des Turniers in der Sattelkammer verbringst. Du brauchst dir gar keine Mühe zu geben. Es ist niemand in der Nähe, der dir aus der Bretagne helfen wird.«

»Warten Sie, das können Sie nicht –«, rief ich noch, doch im selben Moment warf er die wuchtige Tür ins Schloss und schob den Riegel vor.

Wie in Trance sank ich auf den steinernen Boden. Um

mich war es ziemlich finster und ruhig. Die Sattelkammer musste sich tief im Stalltrakt befinden, so tief, dass kaum Geräusche des Turniers zu hören waren.

»Hallo?« Ich rüttelte mit aller Kraft an der Tür. Vielleicht ging ja gerade jemand draußen vorbei. Womöglich Cooper, dieser muskelbepackte Stalljunge ohne Shirt. »Ich bin hier drinnen. Hört mich jemand?«

Nichts. Der Riegel saß bombenfest. Und die Betonwände ringsum wirkten meterdick. Ganz auf den Kopf gefallen war dieser Blackwood wohl doch nicht, immerhin schien er sich etwas dabei gedacht zu haben, als er mich ausgerechnet hierhin gezerrt hatte. Dieser verdammte Fiesling!

Ich atmete tief durch und versuchte, mich zu entspannen. Keine Panik, sagte ich mir selbst. Es war nicht weiter schlimm, für eine Weile hier eingesperrt zu sein. Der Raum war gar nicht so klein, ich musste also nicht befürchten, einen Anfall von Platzangst zu erleiden. Mum und ich waren schon einmal im einundvierzigsten Stockwerk eines Wolkenkratzers im Aufzug stecken geblieben. Für ganze eineinhalb Stunden. Und selbst das hatte ich unbeschadet überstanden. Irgendwann würde schon jemand vorbeikommen und die Tür entriegeln.

Also setzte ich mich auf einen herumstehenden Hocker und kramte in meiner Umhängetasche nach meinem Handy. Natürlich wieder kein Empfang. Warum versuchte ich es eigentlich noch? Gerade als ich mich schließlich mit meiner misslichen Lage abgefunden hatte, merkte ich, dass das seltsame Kribbeln wieder losging. Diesmal war es nicht mein

Arm, sondern mein Bein. Im dämmrigen Lichtkegel, den das Display meines Handys warf, schien es sich plötzlich aufzulösen, nur um zugleich für eine Millisekunde wieder aufzutauchen wie ein gestörtes, flackerndes Fernsehbild.

Huch! Ich blinzelte irritiert.

Bevor ich etwas dagegen tun konnte, wurde mir bewusst, was da geschah. Es war tatsächlich wie gestern auf dem Sofa, nur ohne die Geigen. Ich beschloss, mich gegen die Wand zu lehnen und dieses scheußliche Gefühl über mich ergehen zu lassen, als sich das Flackern schließlich auf meinen gesamten Körper ausweitete wie ein kribbeliger Schwarm Ameisen. Als es mir bis zum Hals gekrochen war, fühlte ich, dass es nicht mehr lang dauern konnte.

Einen Augenblick später umfing mich wieder dieses tiefe, altbekannte Schwarz.

7

Oh mein Gott! Das ist … total surreal!«, schrie jemand mit schriller Stimme, begleitet von einem Lärm, als würde ein aufgescheuchter Elefant durch den Raum trampeln. »Bleib weg von mir! Das ist physikalisch nicht zu erklären. Das ist einfach … unmöglich!«

Es dauerte einige Sekunden, bis ich die Augen aufschlug und merkte, dass ich zusammengekauert auf unserem Wohnzimmerteppich lag. Die Fasern kitzelten meine Wangen, und ich sah noch die dicken Flecken von vorhin, als ich den Teppich mit Eiscreme getränkt hatte.

Ich war zu Hause. Ich war tatsächlich wieder da.

»Deborah?« Ich setzte mich auf und rieb mir den dröhnenden Schädel. Aber es waren nicht nur Kopfschmerzen, die mich plötzlich plagten. Einfach alles tat mir weh. Offenbar war ich ziemlich unsanft auf dem Fußboden gelandet.

Deborah antwortete nicht. Sie presste ihren Rücken gegen die Wohnzimmerwand, als wollte sie möglichst viel Abstand zwischen uns bringen. Von dort aus starrte sie mich an, als hätte ich mich in irgendein blutleeres Wesen aus Morgans Horrorschockern verwandelt.

Während Deborah aussah, als würde sie gleich den Löffel abgeben, erfasste mich eine Welle der Erleichterung. Offensichtlich hatte ich nichts weiter als ein total durchgeknalltes Ohnmachtserlebnis gehabt, inklusive Ashworth-Park-Fantasievorstellungen. Bestimmt hatte sich meine Schwester mächtig Sorgen gemacht, während ich hier bewusstlos am Boden gelegen hatte.

Es war alles gar nicht wirklich passiert. Natürlich nicht. Ich meine, in eine Fernsehserie zu fallen, das klang ja wohl wie die absolut schrägste Sache der Welt. So etwas konnte nicht wirklich vorkommen. Ausgeschlossen.

»Deborah, kannst du mir sagen, wie lange ich bewusstlos war? Fühlt sich an wie eine Ewigkeit.« Ich hob die Schultern. »Tut mir leid, dass ich dich erschreckt habe. Ich habe keinen Plan, warum ich vorhin einfach so wie ein Stein umgefallen bin. Vielleicht hab ich einfach zu wenig getrunken. Starke Dehydrierung kann Ohnmachtsanfälle auslösen, das hab ich in dieser Doku gelernt, wo ein Kamerateam einen Rettungswagen durch New York begleitet hat. Wir haben das sogar gemeinsam geguckt, weißt du noch? Das muss es sein.«

Deborah setzte zu einer Antwort an, doch dann schluckte sie bloß, und ihre Augen wurden noch größer. Ihr Gesicht hatte inzwischen eine äußerst ungesunde Farbe angenommen, dabei wirkte sie mit ihrer blassen Haut und dem schwarz gefärbten Pagenschnitt ohnehin schon wie ein Mitglied der Addams Family.

»Ach, apropos Fernsehen.« Ich versuchte zu lächeln. »Ich

weiß, es klingt schräg, aber ich hatte einen abgefahrenen Traum, in dem ich die neue Hauptdarstellerin in Ashworth Park war. Ist das nicht total verrückt, Debbie?«

Deborah lächelte nicht und presste sich noch dichter an die Wand. Sie tadelte mich noch nicht mal, weil ich sie Debbie genannt hatte, ein Spitzname, den meine Schwester hasste. Ihrer Meinung nach klang das wie der Name einer, um es höflich zu formulieren, wasserstoffblonden, nicht gerade cleveren Kellnerin im Fast-Food-Restaurant, die in einer Wohnwagensiedlung hauste.

»Mein Gott, Deborah, es ist doch alles wieder okay. Es geht mir gut.« Deborah war doch sonst nicht so leicht aus der Ruhe zu bringen. Selbst als sie beim bundesweiten Redewettbewerb diese komplizierte Rede gehalten hatte (irgendwas mit Menschenrechten im Nahen Osten und die Rolle der Frau im Zeitalter des … uff, ich hatte es mir nicht gemerkt), hatte sie mit keiner Wimper gezuckt. Und da war sogar das Fernsehen dabei gewesen.

»Abby … du … du … du …«, stammelte sie jetzt, und ich fragte mich, ob man ihr den Titel vom Redewettbewerb nachträglich aberkennen konnte. Dass meine sonst so gelassene Schwester derart am Rad drehte, verunsicherte mich.

»Ich bin doch immer noch dieselbe.« Ich stand auf und klopfte mir das Kleid ab. Moment mal. Ich blickte an mir herunter. Diese Klamotten hatte ich nicht angehabt, als ich umgekippt war.

Ich trug Tante Gladys' silbernes Bonbon-Kleid. Das sie mir geliehen hatte. Für das Reitturnier.

Oh Scheiße.

Urplötzlich spürte ich, wie sich mein Magen umdrehte.

Im selben Moment kam Leben in Deborah. Sie stürzte auf mich zu und packte mich an den Oberarmen, so fest, dass es beinahe wehtat. »Das war keine Komafantasie. Du warst nicht ohnmächtig. Abby, du warst ... weg. Fast eine Stunde lang.«

»Wie ... weg?«, krächzte ich. In meinem Hals hatte sich ein dicker Kloß gebildet. Meine Knie drohten plötzlich nachzugeben.

»N...nicht mehr hier«, stammelte Deborah und ruderte verzweifelt mit den Armen, dann deutete sie auf die Mattscheibe, wo soeben ein Werbespot für Schokolade lief. »Sondern da. Und erst als der Abspann kam, bist du wieder hier aufgetaucht. Wie aus dem Nichts.«

»Moment mal.« Ich sortierte meine Gedanken. »Du meinst ... du hast mich gesehen? In Ashworth Park?« Es allein auszusprechen, ließ mich erschrecken. Ich klang, als wäre ich reif für die Klapse.

Deborah schien es ähnlich zu sehen. Sie vergrub ihr Gesicht in den Händen und ließ sich aufs Sofa fallen. »Abby, ich verstehe es ja selbst nicht. Du hast dich plötzlich in Luft aufgelöst. Und dann warst du da drinnen und hast mit Jasper geredet, Gatsby gestreichelt ... und die Suppe vergiftet. Sorry, ich habe irgendwie nur die Hälfte mitbekommen, weil ich in der Zwischenzeit wie eine Irre durchs Zimmer rotiert bin und überlegt habe, ob ich lieber Mum oder doch die Notfallnummer anrufen soll.«

»Die Notfallnummer? Warum denn die?«

Jetzt wurde Deborah wütend. »Hast du eine bessere Idee?« Sie sprang auf und raufte sich die Haare. »Ich hatte Mum schon fast an der Strippe, aber was hätte ich ihr denn bitte sagen sollen? Sie findet ohnehin, dass ich seltsam bin, seit ich mit der Clique aus dem Theaterverein rumhänge.«

»Deborah, die *sind* seltsam.« Ich rollte mit den Augen. »Die gehen in Shakespeare-Kostümen in die Schule und bestellen in der Kantine auf Altenglisch.«

»Ich finde sie cool.« Trotzig verschränkte sie die Arme. »Das nennt sich Method-Acting. Und noch dazu macht sich Schauspielerei gut in meinem Lebenslauf.«

Ich hörte ihr nur mit halbem Ohr zu. »Wenn du es Mum nicht gesagt hast ... hast du überhaupt jemandem davon erzählt?«, bohrte ich nach.

Deborah schüttelte den Kopf. Dann zögerte sie und machte noch einen Schritt auf mich zu. »Aber Abby, ich *muss* es erzählen. Stell dir nur mal vor, was wir hier vielleicht gerade entdeckt haben. Ein schwarzes Loch. Einen Riss im Raum-Zeit-Kontinuum. Das Portal in eine Parallelwelt.« Ehrfürchtig strich sie über den Bildschirm des Fernsehers. »Wenn ich das, was eben passiert ist, in der Interessengruppe Physik erforsche, dann bekomme ich vielleicht den Physiknobelpreis. Womöglich ebnet mir diese Entdeckung nächstes Jahr den Weg nach Harvard. Oder an die Sorbonne in Paris.« Dann schien ihr etwas einzufallen. Kurz entschlossen griff sie in meine Umhängetasche und beförderte den Löffel aus dem Service der Ashworths zutage. »Danke für das Souvenir. Nun habe ich sogar einen Anhaltspunkt zur Erforschung.« Ehrfürchtig hielt sie den Löffel hoch, während sich das Licht darin brach. »Ich könnte die Molekülstruktur erforschen.«

Einen Moment lang war ich platt. Der Löffel hatte mich in meiner Tasche tatsächlich hierherbegleitet.

»Wehe dir«, drohte ich und riss ihr den Löffel aus der Hand. Ich würde nicht zulassen, dass sie das, was gerade passiert war, auch noch breittrat. Nicht in der Schule, nicht in einer ihrer Nerd-Gruppen, und schon gar nicht vor Mum. »Du sagst kein Sterbenswörtchen, bevor wir nicht selbst herausgefunden haben, was da vorgefallen ist. Ich bin doch nicht dein ... Versuchsobjekt.«

»Na fein.« Trotzig verschränkte Deborah die Arme. »Und wie, bitte schön, willst du herausfinden, was die Ursache für deinen Sprung war? Rufst du mal eben in Ashworth Park an und fragst, ob sich dort über dem edlen Springbrunnen ganz zufällig ein schwarzes Loch –«

»Ashworth Park?« Vor lauter Verwirrung war mir nicht aufgefallen, dass sich die Wohnungstür geöffnet hatte. Mum schleppte zwei Bilderrahmen unter dem Arm, während Pebbles um sie herumrotierte und dabei die Leine um ihre Beine wickelte. Etwas ungelenk versuchte Mum, das Gleichgewicht zu behalten, und warf sich eine braune Locke aus der Stirn.

Neben Morgan war Mum einer der verrücktesten Menschen in New York und das wollte was heißen. Sie trug selbst in kühlen Monaten ihre bequemen Kork-Latschen, dazu selbst gestaltete Shirts und besaß nicht mehr als drei Paar Jeans, die alle mit zahlreichen Farbspritzern versehen waren. Vermutlich gingen ihre Dates deshalb immer in die Binsen.

»Oh, Mist, Mist, Mist! Deborah, sag nicht, dass ich die Serie verpasst habe. Ich habe mich extra beeilt, aber dieser starrköpfige Händler auf dem Flohmarkt wollte einfach nicht mit dem Preis für die beiden Bilderrahmen runtergehen. Ich meine, die sind doch bloß aus Holz und nicht etwa aus der Sammlung von Ashworth Park.« Sie lachte.

Leider hatte das Ashworth-Park-Fieber auch schon meine Mum befallen. Vor wenigen Wochen hatte sie Deborah wegen ihres Faibles für die Serie noch ein wenig aufgezogen und das Ganze für ein Forschungsprojekt in Psychologie gehalten, doch dann war sie schließlich selbst eingestiegen und guckte die Serie mit Leidenschaft.

Dabei ging es ihr gar nicht so sehr um die Schauspieler. Oder um die an den Haaren herbeigezogene Handlung. Die meiste Zeit lobte sie die authentische Raumausstattung und die umfangreiche, historische Kunstsammlung der Ashworths. Nach jeder Folge seufzte sie wehmütig und verkündete, sich auch ein herrschaftliches Schloss in England zulegen zu wollen. Auf noblen braunen Holzvertäfelungen und dreihundert Jahre alten Tapeten kämen ihre Gemälde erst richtig zur Geltung und keiner würde sich mehr trauen zu sagen, dass es sich dabei um unbedeutenden Kitsch handelte. Wenn es nach Mum ging, war ein Bild immer nur so gut wie der Raum, in dem es hing.

Mum hatte ganz schön merkwürdige Ansichten. Vielleicht kam das automatisch mit der Zeit, wenn man schon so lange Single war.

»Kommt schon, worauf wartet ihr?« Mit einer gezielten Hüftbewegung warf sie die Tür ins Schloss. »Gebt mir eine Kurzzusammenfassung. Hat Jasper seine gerechte Strafe bekommen, weil er den Westflügel abgefackelt hat? Ich glaube, dort hing ein Rembrandt. Ewig schade darum.« Danach glitt ihr Blick auf mich. »Oh, Abby, was trägst du denn da für ein Kleid? Sieht ja aus wie aus dem Schrank von Tante Gladys.«

Mein Grinsen geriet etwas schief. Ich zermarterte meinen immer noch dröhnenden Kopf, aber mir fiel keine passende Erklärung ein. Zum Glück rettete mich meine Schwester.

»Abby hat beschlossen, dass ihr etwas kulturelle Bildung guttun würde, und hat sich in meinem Schauspielkursus eingeschrieben«, sagte Deborah wie aus der Pistole geschossen. »Dort proben wir gerade ein Stück. Es heißt *Charlie und die Schokoladenfabrik*. Und Abby spielt darin … die Schokolade. Genauer gesagt ein glänzendes Bonbon. Jede Wette, das wird eine schauspielerische Meisterleistung.«

Ich durfte nicht vergessen, Deborah eins überzuziehen, sobald Mum aus dem Zimmer war.

»Oh!« Mum schien erfreut. »Schön, dass ihr mal etwas gemeinsam macht. Apropos schauspielerische Meisterleistung. Was haltet ihr davon, wenn ich euch Essen koche und ihr mir in der Zwischenzeit erzählt, was in der letzten Folge von Ashworth Park los war?«

»Mum, ich sagte doch, wir kommen geradewegs aus der Theatergruppe. Wir haben es selber nicht gesehen«, stieß Deborah hervor und klang ein wenig genervt.

Flunkern konnte Deborah, das musste ich neidlos anerkennen. Wenn es doch nichts wurde mit dem Physiknobelpreis, konnte sie immer noch eine ganz große Karriere in der Politik machen.

»Na, dann muss ich später im Internet nachlesen, was passiert ist.« Mum nahm Pebbles von der Leine und lief an uns vorbei in die Küche, wo sie eine Dose Hundefutter öffnete. »Ach, diese Serien. Verpasst man einmal eine Folge, verliert man immer gleich den Faden.«

Alarmiert starrten Deborah und ich uns an. Das Internet. Warum hatten wir nicht vorher daran gedacht? Wenn wir den Begriff »Ashworth Park« durch eine Suchmaschine jagten, mussten wir doch fündig werden. Möglicherweise würden wir die Produktionsfirma finden, die für Ashworth Park verantwortlich war. Vielleicht gab es auf der Webseite des Fernsehsenders sogar Kontaktdaten.

»Los, in mein Zimmer!«, befahl Deborah und zog mich an der Hand an Mum vorbei. Offenbar ging ihr gerade dasselbe durch den Kopf wie mir.

»Wo wollt ihr denn hin? Habt ihr keinen Hunger?«, rief Mum uns noch hinterher.

»Nein. Ich muss … Abby bei den Hausaufgaben helfen. Sie steht in Mathe auf einer Fünf. Und wir müssen jetzt dringend … intervenieren«, verkündete Deborah und warf im nächsten Moment die Tür ins Schloss.

»Auf einer Fünf? Na, besten Dank auch«, maulte ich und ließ mich auf Deborahs Bett fallen. Ich war schon eine ganze Weile nicht mehr in ihrem Zimmer gewesen. Anders als mein eigenes Reich nebenan war es so penibel aufgeräumt, dass man vom Boden essen konnte. Ihr Bücherregal bestand aus Dutzenden Lexika und Sachbüchern, natürlich alphabetisch sortiert, außerdem besaß Deborah ein Teleskop, einen alten Globus, eine archäologische Fossilienkollektion, die sie aus einer Magazinreihe gesammelt hatte, und ein Plakat an der Wand mit der Aufschrift *Ich bin kein Nerd, ich bin bloß klüger als du.*

Deborah rückte ihre Brille zurecht und schnappte sich ihren Laptop. »Ashworth Park, ah ja, das bringt so einige Treffer. Wollen wir mal sehen, was wir da haben. Wikipedia sagt, dass es ein Ashworth Park in Iowa gibt. Aber das ist es schon mal nicht.«

»Nein, sicher nicht.« Ich presste die Lippen aufeinander und sah zu, wie meine Schwester die Suchergebnisse nach unten scrollte. »Steht da nichts von einer Serie? Probier es doch mal mit ... Daily Soap.«

»Nichts.« Etwas ratlos sah Deborah mich an.

»Wie heißt denn noch mal der Sender, auf dem die Serie läuft?«, erkundigte ich mich.

»Channel Island TV.«

Ich überlegte. »Ist das nicht witzig, wo die Serie doch auf einer Kanalinsel spielt? Muss wohl irgendein britischer Sender sein, den wir über Satellit empfangen. Morgan kriegt ihn übrigens nicht rein, das haben wir neulich probiert, als uns langweilig war und wir über Julian lachen … äh … Julian bewundern wollten.«

»Interessant.« Deborah schien eine Idee zu haben, widmete sich wieder dem Laptop und tippte etwas in die Suchmaske. »Auch von Channel Island TV hat Google noch nie etwas gehört.«

»Merkwürdig.« Das war in der Tat reichlich sonderbar.

»Ich weiß … es klingt seltsam, wenn nicht sogar unmöglich.« Deborah rieb sich die Stirn, als stieße sie gerade an ihre eigenen Grenzen. »Aber wenn Morgan den Sender nicht reinbekommt und sich im Internet absolut nichts darüber finden lässt, müssen wir tatsächlich in Betracht ziehen, dass wir die Einzigen sind, die Channel Island TV empfangen.« Sie rückte von ihrem Schreibtisch ab. »Bei uns läuft das Programm übrigens auf Sendeplatz 238. Ich bin ganz zufällig darüber gestolpert, nachdem der Techniker vor einigen Monaten die Satellitenschüssel neu ausgerichtet hat. Weißt du noch?«

Ich überlegte. Es war noch gar nicht so lange her, dass wir überraschend Besuch von einem Techniker bekommen hatten. Es war schon Abend gewesen, und ich konnte mich erinnern, dass Morgan und ich gerade *Die lebenden Leichen vom Todeshügel* geguckt hatten. An der spannendsten Stelle hatte es geklingelt und wir waren vor Schreck beinahe vom Sofa gesprungen. Deborah hatte die Haustür geöffnet.

»Der Typ kam mir gleich merkwürdig vor«, meinte sie. »Er hat eine Weile an der Satellitenschüssel rumgeschraubt und etwas von Wartungsarbeiten gefaselt.«

»Und seitdem empfangen wir Ashworth Park?«, fragte ich und kratzte mich an der Stirn. »Das ist ja komisch. Haben wir vielleicht eine Rechnung von dem Kerl? Eine Visitenkarte?«

Deborah dachte nach. »Keine Ahnung. Denke nicht. Er hat gesagt, die Wartungsarbeiten wären in der Servicepauschale enthalten.«

Oje. Das brachte uns nicht weiter. »Also fassen wir zusammen: Seit einigen Monaten empfangen wir Ashworth Park, eine grottenschlechte britische Serie, zu der sich absolut nichts im Internet finden lässt.«

»Streich das mit ›grottenschlecht‹«, wandte Deborah ein.

»Na meinetwegen«, korrigierte ich. »Eine Serie, die mich vorhin irgendwie … äh … absorbiert hat. Und erst nach einer knappen Stunde wieder ausgespuckt hat. Während für mich auf Ashworth Park beinahe ein ganzer Tag vergangen ist.«

»Ist ja auch logisch«, behauptete Deborah.

»Logisch?« Was, bitte schön, fand sie an dieser Situation logisch?

»Na ja, die Laufzeit der Serie ist relativ. Die in der Serie verstrichene Zeit steht zwar in direktem Zusammenhang mit der Laufzeit, ist jedoch nur in den seltensten Fällen identisch.« Als ich die Augenbrauen hochzog, setzte Deborah nach: »Die Zeit innerhalb der Serie vergeht langsamer als die Laufzeit für den Zuschauer.«

»Aha.« Lernte man so was in der Interessengruppe Physik?

»So unwichtige Dinge wie deine Nachtruhe oder die abendliche Dusche habe ich natürlich nicht im Fernsehen gesehen«, erklärte Deborah zum besseren Verständnis.

Ich erstarrte zu Eis. Sollte es je wieder vorkommen, dass ich in Ashworth Park landete, durfte ich nicht vergessen, einen Bikini zum Duschen mitzunehmen. Das war ja beinahe wie bei Big Brother, bloß ohne Kameras.

Deborah leckte sich dezent über die Oberlippe. »Wobei ich kein Problem hätte, Julian unter der Dusche –«

»Ja, ja, schon okay, ich weiß, dass du total auf ihn stehst«, merkte ich an. »Dabei dachte ich immer, dass nur Hosenträger tragende Freaks mit Gesundheitsschuhen und einem IQ von 200 in dein Beuteschema fallen.«

»Pff!« Lachend boxte Deborah mich in die Seite und klappte den Laptop zu. Meine Schwester mochte die meiste Zeit wirken wie von einem anderen Stern, aber ab und zu verhielt selbst sie sich wie ein normales Mädchen, das dümmlich kicherte und für Jungs schwärmte. Jedenfalls widerlegte es Morgans abgefahrene Theorie, dass Deborah und ich in Wahrheit gar nicht verwandt waren, sondern meine Schwester das im Selbstversuch gezüchtete Kind einer verrückten Wissenschaftlerin und einer außerirdischen Lebensform war und es im Krankenhaus eine folgenschwere Verwechslung gegeben hatte.

Irgendwie beruhigend.

8

Bitte entschuldige die Ehrlichkeit, Abby«, begann Morgan und leckte an ihrem quietschgrünen Lolli. Es war eins dieser Dinger mit Kaugummikern innen, auf die sie so stand. »Aber du siehst heute total scheiße aus. Ungekämmte Haare, fahler Teint und dazu ein Blick, als hättest du die ganze Nacht durchgemacht. Oder ist das etwa der neueste Trend? Moment mal, war Lindsay Lohan nicht neulich so unterwegs?« Morgan schien es nach ihrer ausgestandenen Grippe schon wieder ziemlich gut zu gehen.

»Ich habe einfach nicht so gut geschlafen«, antwortete ich knapp und schlurfte den Gang entlang zum Redaktionszimmer der Schülerzeitung. Zum Glück fand unsere nächste Sitzung erst morgen statt, trotzdem hatte ich es mir zur Aufgabe gemacht, jeden Tag den Briefkasten zu entleeren und nachzusehen, ob neue Post für Miss Troubleshoot eingegangen war.

Mehr als das Notwendigste über den gestrigen Abend wollte ich meiner besten Freundin einfach nicht verraten. Nachdem Mum, Deborah und ich zu Abend gegessen hatten, war ich stundenlang wach im Bett gelegen. Ich war todmüde gewesen und hatte trotzdem panische Angst gehabt, wieder in Ashworth Park aufzuwachen, sobald ich auch nur ein Auge schloss. Die ganze Situation erinnerte mich an *Nightmare on Elm Street*, nur leider war sie erschreckend real.

Einen Moment lang hatte ich tatsächlich überlegt, mich zu Mum ins Bett zu kuscheln und ihr alles zu erzählen. So wie früher, kurz nachdem sie sich von Dad hatte scheiden lassen, weil er sich in seine ältere Kollegin Gertrude verknallt hatte und mit ihr in einen Vorort voller Gartenzwerge und Rasensprenger auf Long Island gezogen war. Niemand hatte verstanden, was Dad an ihr fand. Meine Mum war viel hübscher, witziger und außerdem eine echte Künstlerin. Mum hatte immer gesagt, dass Gertrude wohl andere Qualitäten haben musste, aber damals hatte ich nicht verstanden, was sie damit sagen wollte. Ich hatte überlegt, ob Gertrude vielleicht eine besonders gute Köchin war. Was das betraf, hatte Mum definitiv Nachholbedarf.

Damals war ich sechs gewesen und Deborah, Mum und ich hatten jede Nacht im selben Zimmer geschlafen.

Letztendlich hatte ich mich doch dagegen entschieden, Mum einzuweihen. Sie hatte mit ihren beiden Jobs und ihren vielen misslungenen Dates schon genug Probleme am Hals.

»Nur schlecht geschlafen?«, fragte Morgan jetzt besorgt und sah mich aus ihren dunklen Augen an. »Ist wirklich alles in Ordnung?« Sie hatte wieder pinken Lidschatten aufgetragen, mit dem ich selbst an Halloween einfach nur lächerlich aussehen würde. Doch zu Morgans schwarzem

Haar und ihren Mandelaugen passte er. Morgan war davon überzeugt, dass man als Halb-Japanerin einfach ein wenig ausgeflippt aussehen musste. Weil ihre Eltern den abgefahrensten Klamottenladen in New York besaßen, fiel ihr das auch nicht schwer. Bei den grellen Farben, die sie gerne trug, verlor man Morgan wenigstens nie in der Menge.

»Mir geht's gut, wirklich«, entgegnete ich und blieb vor unserem Redaktionszimmer am Ende des Flurs stehen. »Ich bin einfach nur müde.«

Morgan seufzte ratlos. Aufmerksam, wie sie war, ahnte sie wohl bereits, dass ich nicht ganz ehrlich zu ihr war. Außerdem konnte die Arme ja nichts dafür, dass ich mies drauf war und das Gefühl hatte, langsam, aber sicher den Verstand zu verlieren. Einfach mir nichts, dir nichts in einer Fernsehserie zu landen, das musste man erst mal verdauen. Trotzdem hatte Morgan es nicht verdient, meine schlechte Laune abzubekommen.

»Aber vielleicht hast du ja Lust, heute nach der Schule bei mir vorbeizukommen?«, bot ich an und zwang mich zu einem Lächeln. »Wir könnten uns Pizza bestellen und fernsehen.«

»Wieder Ashworth Park?« Morgan kicherte.

Unwillkürlich schluckte ich. Alles, nur das nicht. »Ähm … ich dachte eher an ein Kontrastprogramm. Wie wäre es mit einem Horrorfilm?«

»Ach, komm schon, Abby«, bettelte Morgan. »Ich hätte heute mal Lust auf etwas Seichtes. Die übliche Dosis Intrigen und Machtspielchen wäre genau das Richtige. Außerdem ist es einfach herrlich, Deborahs Gesichtsausdruck zu beobachten, wenn der ehrwürdige Julian Ashworth sein blondes Haar zum dritten Mal in nur einer Minute schüttelt.« Sie grinste. »Fehlt bloß noch, dass sie anfängt zu sabbern. Dabei sind seine Bauchmuskeln garantiert bloß geairbrusht. Als er neulich in den See gesprungen ist, sah es verdächtig danach aus.«

Vollkommen verdattert starrte ich sie an. Ich musste wohl ziemlich blass geworden sein, denn Morgan nahm den Lolli aus ihrem Mund und legte ihre Hand auf meine Schulter. »Abby, ist dir nicht gut?«

Ich versuchte, mich zu fangen, und schluckte fest. »Doch, doch. Die Vorstellung, dass Julian kein Sixpack hat, hat mich wohl komplett umgehauen«, redete ich mich heraus.

Morgan steckte den Lolli wieder in den Mund und lehnte sich gegen die weiße Flurwand. »Ich weiß. Skandalös. Das Leben ist nun mal voller Überraschungen.« Dann schien ihr plötzlich etwas einzufallen. »Übrigens, wo wir gerade von Überraschungen sprechen. Ich hätte beinahe vergessen, dass ich heute gar nicht zu euch kommen kann. Rate mal, mit wem ich abends ins Kino gehe. Mit Jake Rosenbaum.«

Morgan hatte ein Date? Und das erzählte sie mir erst jetzt?

»Doch nicht etwa mit Roboter-Jake?«, rief ich. Roboter-Jake war ein Kumpel von Trevor und ging in die Zehnte. Den schrägen Beinamen hatten wir ihm verpasst, weil er in seiner Freizeit am liebsten mit seinem großen Bruder an Robotern schraubte und die fertigen Maschinen dann in der Arena beim Roboter-Wrestling gegeneinander antreten ließ, bis nur noch ein Schraubenhaufen von ihnen übrig war.

Bis gestern hatte ich noch gedacht, dass wir Roboter-Jake beide ziemlich seltsam fanden. So konnte man sich täuschen.

»Wow. Ein Date. Das ist … klasse«, murmelte ich, zugegebenermaßen ein bisschen neidisch. Ich hätte auch gern ein Date mit Trevor gehabt. »Hat Jake dich gefragt?«

»Nö. Das heißt, ich hatte es gehofft. Deshalb habe ich im Kunstkurs wie wild mit ihm geflirtet, mit den Wimpern geklimpert und mir andauernd über die Lippen geleckt. Und als das nicht half, ist es mir zu dämlich geworden, und ich hab ihn einfach gefragt. Jungs sind manchmal so furchtbar begriffsstutzig«, erklärte Morgan. »Und er hat Ja gesagt. Ist das nicht cool?«

Ich bewunderte Morgan für ihren Mut und ihre Entschlossenheit. Sie scherte sich kaum darum, was andere über sie dachten (was das betraf, hatte sie viel von Deborah), und nahm sich einfach, was sie wollte – während ich alle Chancen, die das Leben mir gab, überanalysierte und verstreichen ließ. Sie an meiner Stelle hätte sich vermutlich schon längst selbst zu Trevors Geburtstagsparty eingeladen.

Wie ich schon sagte – ich war wirklich unschlagbar darin, hilfreiche Ratschläge zu geben. »Du hast nichts zu verlieren«, pflegte ich zu predigen. »Wer nicht wagt, der nicht gewinnt.« Wenn es allerdings darum ging, meine Ratschläge auch selbst zu befolgen, versagte ich auf ganzer Linie.

»Wenn ich nun mit Jake ausgehe, wäre das doch die Gelegenheit, auch Trevor endlich um ein Date zu bitten«, schlug Morgan vor. Sie war inzwischen beim Kaugummi angelangt und formte damit eine riesige rosa Blase. »Du schmachtest ihn ja schon seit Ewigkeiten an. Wenn wir ihn heute sehen, dann werde ich einfach –«

»Schscht. Sei still!«, zischte ich, als Trevor wie aufs Stichwort zusammen mit Jake um die Ecke bog. Trevor sah wie immer großartig aus, und genau wie in diesen Highschool-Komödien drehten sich ständig alle nach ihm um, wenn er irgendwo langlief. Dabei trug Trevor selbst meistens gar nicht viel dazu bei. Auch heute steckte er bloß in Jeans und einem Kapuzensweater unseres Basketballteams, aber seine dunklen, perfekt geschnittenen Haare und sein cooles Auftreten taten ihr Übriges. Und da so ziemlich jedes andere männliche Wesen in unserer Schule an Stimmbruch-Gekrächze, dermatologischen Vulkankratern oder gruseligen Hobbys litt (manchmal auch alles in Kombination, so wie bei Jake), war Trevor wirklich eine Erscheinung, die ich zu würdigen wusste.

Jake stattdessen trug ein ausgeleiertes T-Shirt mit »Transformers«-Motiv und abgetretene Turnschuhe. Ich konnte wirklich nicht nachvollziehen, was Morgan an ihm fand.

»Hey, Abby«, begrüßte mich Trevor. »Na, hat Miss Troubleshoot wieder Post bekommen? Ich habe übrigens eine tolle Idee für die Titelseite. Die Chemieschreckschraube Miss Lewis in der Mittagskantine, wie ihr Ketchup aus dem Hotdog auf die Bluse tropft. Dabei macht sie ein Gesicht wie ein begossener Pudel.« Trevor rümpfte die Nase und spitzte die Lippen, als wollte er Miss Lewis bei ihrem Ketchup-Unfall imitieren. »Jemand aus meiner Klasse hat mit dem Smartphone sogar Bilder geknipst. Die zeige ich euch morgen in der Redaktionssitzung.«

»Krass. Die Lewis. Hammer, Alter.« Jake nickte anerkennend. »Haha, das ist die Rache dafür, dass sie mir in Chemie nur eine Vier gegeben hat.«

Trevor steuerte den gegenüberliegenden Raum an. »Also dann, Jake, mach's gut. Bei mir steht jetzt Biologie auf dem Plan.« Die beiden tauschten einen flotten, ziemlich gut einstudierten Handschlag. »Wir sehen uns heute Abend in der Spielehalle.«

»Spielehalle?« Morgan trat zwischen uns und funkelte Jake an. Dabei überragte sie den eher klein und pummelig geratenen Jake um einen halben Kopf. »Hatten wir nicht …«

»Äh … oje.« Verlegen kratzte sich Jake im Nacken, dann wandte er sich Trevor zu. »Spielehalle kannst du knicken. Ich kann heute nicht, Morgan und ich wollten ins Kino. Aber du könntest ja mitkommen, Trevor.«

Hallo? Ich glaubte, nicht richtig zu hören. War Jake irre? Ich fand seinen Kleidungsstil und seine Roboterkämpfe ohnehin fragwürdig, aber das übertraf echt alles. Er konnte doch nicht allen Ernstes seinen besten Kumpel zu einem Date mitnehmen!

»Sag mal, tickst du nicht richtig? Zu dritt ins Kino?« Morgan rümpfte die Nase. Im Gegensatz zu mir hatte sie keine Hemmungen, das auszusprechen, was sie dachte. »Das finde ich total doof, Jake.«

»Dann nehmen wir Abby eben auch mit«, warf Trevor spontan ein. Dabei zog er mich zu sich heran und legte die Hand um meine Taille, beinahe so, als wären wir ein Pärchen. »Ein Doppeldate sozusagen. Welchen Film schauen wir uns eigentlich an?«

Ich fiel aus allen Wolken. Was war da gerade passiert? Was hatte Trevor gesagt? Hatte er mich tatsächlich auf ein Date eingeladen? Ich musste mich gegen die Wand lehnen, denn meine Knie drohten nachzugeben.

»Wir wollten in … *Der Kettensägenmörder von Hunterville*«, verkündete Morgan.

»Hmm«, machte Trevor und zwinkerte mir frech zu. »Das klingt ja richtig romantisch.«

9

An dieser Stelle ein Geständnis: Auf den ersten Blick hatte ich Trevor nicht ausstehen können. Ich hatte ihn für einen oberflächlichen Strahlemann mit Rechtschreibschwäche gehalten. Die Jungs, mit denen er abhing, redeten meist nur über Sport, über irgendwelche witzigen Bildchen aus dem Internet, die ich nicht gesehen hatte, und über die neue französische Austauschschülerin namens Mirabelle – alles Dinge, zu denen ich absolut nichts beitragen konnte.

Doch nach einer Weile war mir der Verdacht gekommen, dass Trevor in Wahrheit ziemlich tiefgründig sein musste. Ein Weltverbesserer, so wie Deborah, nur ohne den ganzen Nerd-Kram und die ulkige Rahmenbrille. Immerhin arbeitete er freitags gegenüber im gemeinnützigen Kinderbetreuungszentrum, und ab und zu sah ich, wie er in der Schulkantine geistesabwesend aus dem Fenster starrte. Worüber er sich wohl Gedanken machte? Vielleicht über die Schicksale der Kinder?

Aber der zweite, wichtigere Grund, weswegen Trevor nicht so oberflächlich sein konnte, wie er sich gab, war sein persönliches Tagebuch. Er trug es ständig mit sich herum, allerdings öffnete er es und schrieb seine Einträge erst dann, wenn er sich gänzlich unbeobachtet fühlte. Nur deshalb hatte ich selbst damit begonnen, eins zu führen.

Wenn ich nur wüsste, was Trevor dem Büchlein so alles anvertraute. Seine Sorgen? Seine innersten Wünsche? Vielleicht stand darin sogar etwas über die Mädchen in unserer Schule. Womöglich schrieb er sogar über … mich.

Obwohl, wenn ich es mir so recht überlegte, vermutlich nicht. Eher würde Deborah Pompons bei den Cheerleadern schwingen. Höchste Zeit, dass sich das änderte. Die Sache mit dem Tagebuch wohlgemerkt, nicht die mit Deborah und den Pompons.

»Ich weiß, du lebst in deiner eigenen Mädchenwelt, aber ist dir nicht klar, dass deine übermäßige Verwendung von Haarspray maßgeblich am Treibhauseffekt und dem daraus entstehenden Ozonloch beteiligt ist?«, motzte Deborah gerade und steckte ihren Kopf ins Badezimmer. »Bei deinem ökologischen Fußabdruck bekommt Greenpeace das Kotzen.«

Meine Schwester hatte echt einen Knall. Das Klima war mir zwar nicht egal, aber jetzt ging es immerhin um meinen Abend mit Trevor. Ich hatte eine halbe Ewigkeit gebraucht, um meine Naturkrause mit dem Glätteisen zu bändigen. Nach langem Überlegen vor dem Kleiderschrank hatte ich mich für einen hübschen Blümchenrock und meine neuen Ballerinas entschieden. »Pah. Ich benutze täglich öffentliche Verkehrsmittel, da hab ich doch ein klein wenig Haarspray gut«, verteidigte ich mich. »Beschwer dich lieber bei den

Kühen, die mit ihren Pupsen die Klimaerwärmung begünstigen.«

Deborah schnaubte, doch dann kam sie herein und beäugte mich neugierig durch den Badezimmerspiegel. »Warum stylst du dich eigentlich? Gehst du aus? In einer Stunde läuft Ashworth Park. Willst du nicht wissen, wie die Serie ohne dich weitergeht?«

Den Titel der Serie zu hören, fühlte sich an wie ein Schlag in die Magengrube. Durch die Aussicht auf ein Date mit Trevor hatte ich das Desaster von gestern beinahe verdrängt. Musste mich Deborah unbedingt jetzt daran erinnern?

»Ashworth Park?« Ich funkelte sie an. »Denkst du allen Ernstes, ich bleibe hier und setze mich auf die Couch, um das unerklärlich brutale, kosmische Schicksal, das schwarze Loch oder den Riss im Raum-Zeit-Kontinuum, oder wie auch immer du es nennst, noch mal herauszufordern, mich da reinzuschießen? Nein danke. Ich habe ein Date.«

Deborah zog die Augenbrauen hoch. »Ein Date?«

Ach ja, fast hatte ich vergessen, dass sich Deborahs Erfahrung mit Dates auf das eine Mal beschränkte, als Trevors älterer Bruder Hunter sie in ein Restaurant an der Upper East Side eingeladen hatte. Es hätte auch wirklich ein romantischer Abend werden können, hätte Hunter nicht nach dem Hauptgang seine Französisch-Arbeit aus der Tasche gezogen, um sie von Deborah korrigieren zu lassen.

Arme Deborah. Da konnte man nur froh sein, wenn man nicht so superintelligent wie meine Schwester war und seine Dates in Form von Nachhilfestunden bekam.

»Ein Date ist ein soziales Ereignis unter Teenagern mit dem Resultat eventueller Anbahnung romantischer Empfindungen«, übersetzte ich in Deborahs Sprache.

»Ich weiß, was ein Date ist«, knurrte Deborah, während ich mir etwas Lipgloss auftrug. »Ich finde es trotzdem keine gute Idee, wenn du einfach abhaust. Was ist, wenn sie über dich reden?«

Ich hielt inne. »Wer?«

»Na die.« Deborah deutete aus dem Bad in Richtung des Fernsehers. »Die Figuren. Aus Ashworth Park. Wenn ihnen auffällt, dass du verschwunden bist. Wenn sie dich vermissen.«

Ich runzelte die Stirn. »Vermissen? Sie kannten mich doch kaum.«

»Julian wird Fragen stellen.« Sie tippte sich mit dem Finger an die Lippe, als gefiele ihr dieser Gedanke nicht die Spur. »Ich weiß auch nicht warum, aber er kann dich irgendwie gut leiden. Ich hätte mir von jemandem wie Julian Ashworth schon mehr Menschenkenntnis erwartet.«

»Ist dir eigentlich klar, wie verrückt das klingt, was du da sagst?«, antwortete ich und beschloss, auf den Seitenhieb gar nicht erst einzugehen. »Wir sprechen über diese … Individuen, als wären sie lebende Menschen. Niemand davon ist real. Es ist eine Fernsehserie.«

Deborah schwieg, in Gedanken versunken.

Okay, ich gebe es ja zu, in Ashworth Park waren mir die Darsteller schon ziemlich real erschienen. Sie aßen. Sie schliefen. Sie litten unter Lebensmittelallergien. Gatsby hatte sogar richtigen Stuhlgang gehabt, was ich leidvoll selbst hatte überprüfen können. Nur das vollständige Fehlen von Gerüchen war etwas irritierend.

»Und was ist, wenn Mum heute Abend zusieht?«, wollte Deborah schließlich wissen, nachdem wir uns eine ganze Weile angeschwiegen hatten. »Wenn jemand deinen Namen erwähnt?«

»Es könnte genauso gut eine andere Abby gemeint sein. Mum hat gestern ja nicht zugesehen.«

Damit wollte Deborah sich nicht zufriedengeben. »Und was ist, wenn Mum hört, wie Tante Gladys eine Vermisstenanzeige bei der Polizei aufgibt, inklusive eine bis ins Detail stimmende Beschreibung deines Aussehens, deiner ziemlich auffälligen Nietenjeansjacke von gestern und deinem Muttermal über der Lippe, das Tante Gladys so gefallen hat?«

»Deborah!« Meine Schwester hatte einen Knall. Sie sollte sich lieber verziehen, ihrem Idol Stephen Hawking eine E-Mail schreiben und ihn die Wahrscheinlichkeiten für das Eintreten all dieser Ereignisse berechnen lassen. Das würde doch nie und nimmer passieren!

»Die Polizei wird ein Phantombild malen, das dir bis aufs Haar gleicht«, fuhr Deborah fort und nickte dabei ernst, als bestünde daran überhaupt kein Zweifel. »Das kommt bestimmt in Großaufnahme und Mum wird –«

»Vielleicht wird Tante Gladys auch einfach annehmen, dass ich genauso überraschend zurück nach New York gereist bin, wie ich nach Ashworth Park gekommen bin«, schnitt ich ihr das Wort ab und griff nach meiner Umhängetasche, die neben dem Waschbecken lag. »Und wenn dir die Sache solche Sorgen bereitet, dann sieh einfach zu, dass Mum die Serie heute nicht guckt. Okay?«

Auf weitere Diskussionen hatte ich keine Lust. Ich wollte ein normales Leben führen, ein Date haben und diesen unerklärlichen Zwischenfall von gestern am besten ganz schnell vergessen.

»Mach's gut.« Ich winkte ihr zum Abschied.

»Warte!«, rief mir Deborah hinterher. »Mit wem triffst du dich eigentlich?«

»Trevor Parker aus der Zehnten«, murmelte ich nicht ganz ohne Stolz, während ich in meine Ballerinas schlüpfte.

»Oh Abby.« Deborah griff sich an die Stirn. »Nicht dieser sportverrückte Intelligenzallergiker. Ich hoffe für dich, dass er nicht direkt vom Basketballtraining kommt.«

☆☆☆

Deborahs Befürchtung war zum Glück unbegründet. Trevor roch nicht mal im Geringsten nach Trikotschweiß, sondern nach dem neuesten Duft eines berühmten Rappers namens *50 Dollar*. Dieses Parfüm war zwar um Welten besser als Jungs-Körpergeruch, aber leider hatte Trevor ziemlich viel davon aufgetragen, und für kurze Zeit wünschte ich mir die geruchsfreie Zone von Ashworth Park zurück.

Abgesehen von der Überdosis Parfüm verhielt sich Trevor wie ein Gentleman. Er bezahlte mein Kinoticket, kaufte mir

Nachos mit Käse und eine Pepsi und wartete sogar vor der Damentoilette auf mich, bevor der Film losging. Normalerweise meldete sich meine Blase bei jedem Kinogang, aber heute wollte ich das unbedingt verhindern. Wer weiß, was während des Films noch so geschehen konnte?

Wir hatten einen todsicheren Trick, die Altersbeschränkung zu umgehen. Da der Horrorstreifen erst ab achtzehn freigegeben war, hatten wir uns Karten für den aktuellen Disney-Film gekauft. Die Tickets wurden nur am Eingang kontrolliert und so konnten wir uns danach klammheimlich in einen anderen Saal stehlen.

Trevor, Jake, Morgan und ich setzten uns in eine der hinteren Reihen, und während einige Filmtrailer über die Leinwand flimmerten, aßen Morgan und Jake schon vertraut aus derselben Popcorntüte. Trevor und ich hingegen saßen immer noch stocksteif auf unseren Plätzen. Ich fragte mich, ob er wusste, wie sehr er mir gefiel.

»Ich finde, Morgan und Jake geben ein ziemlich gutes Paar ab«, sagte Trevor, während er sich ein paar Nachos zwischen die Lippen schob. »Was meinst du?«

Ein gutes Paar? Vor Erstaunen hätte ich fast meine Pepsi verschüttet. Die hübsche, schlagfertige, fließend Japanisch sprechende, sich ganz und gar nicht für Roboterschlachten interessierende Morgan und Jake, der Inbegriff eines Nerds, sollten ein gutes Paar abgeben?

Andererseits musste man Jungs hie und da nachsehen, dass sie für Dinge wie diese nicht die notwendigen Antennen besaßen.

»Doch, ja. Schon irgendwie«, murmelte ich. »Gegensätze ziehen sich wohl an.«

»Wenn ich nur auch so viel Glück hätte wie Jake«, fuhr Trevor fort und seufzte laut. Ich hoffte, er würde weitersprechen und mir mehr aus seinem Liebesleben erzählen, von dem ich leider überhaupt keine Ahnung hatte, doch dann richtete er den Blick auf die Leinwand und schwieg. Er ließ sich in seinen Sitz sinken und nuckelte an seinem Strohhalm, während ein Trailer für einen neuen Film mit drei flauschigen Kätzchen lief.

Ich starrte ihn an und überlegte fieberhaft, wie ich ihn dazu bringen konnte weiterzureden. Vielleicht würde ich dann endlich herausfinden, ob meine Theorien über Trevor Parker stimmten. Ob er tatsächlich viel tiefgründiger war, als Deborah und alle anderen in unserer Schule annahmen.

»Wie waren denn deine Freundinnen so? Bisher?«, erkundigte ich mich möglichst beiläufig.

Trevor strich sich eine Haarsträhne aus der Stirn. »Nicht so der Knaller. Kirsten fand Basketball doof, Taylor war die totale Klette, und Zoey hatte sich vor Horrorfilmen geekelt.«

»Ich mag Horrorfilme«, sagte ich wie aus der Pistole geschossen. »Vor allem, wenn sie gut gemacht sind. Wenn sie einen atemlos bis zum Ende festhalten. Wenn der Held einem Fluch auf die Spur kommen muss. Oder dem Geheimnis eines verwunschenen Spukhauses.«

»Ehrlich gesagt steh ich eher auf Gemetzel. So wie bei dem hier.« Trevor nickte in Richtung der Leinwand, wo gerade der Vorspann startete. Er grinste mich an und ließ seine grünen Augen funkeln. »Magst du eigentlich Basketball? Wenn du Lust hast, könntest du uns ja mal bei einem unserer nächsten Spiele zusehen.«

»Äh … ja, klar. Das würde ich gerne.« Um ehrlich zu sein, interessierte ich mich in etwa so sehr für Basketball wie für Julians versnobtes Springreiten. Aber man musste eben manchmal Opfer bringen, und ich war mir immerhin ziemlich sicher, dass Trevors Leben nicht nur aus Bällen und Körben bestand. In Filmen war es ja auch immer so: Der Kinoheld spielte bloß Profibasketball, weil sich sein Vater für ihn ein Sportstipendium für ein Elitecollege wünschte, während der Held selbst in Wirklichkeit nichts lieber wollte, als Rockballaden zu schreiben. Oder als Maler inmitten der Boheme von Paris zu leben. Womöglich war Trevor einfach eine missverstandene Seele.

»Hast du dir eigentlich schon mal überlegt, warum noch niemand auf die Idee gekommen ist, süße Nachos zu verkaufen?«, fragte Trevor gerade und drehte eins der Dinger zwischen seinen Fingern. »Ich meine, bei süßem Popcorn hat es doch auch gut funktioniert.«

Na ja. Vielleicht musste er seine missverstandene Seele auch erst selbst entdecken.

»Schscht«, machte Morgan und stupste Trevor an. »Der Film geht los!«

Trevor schwieg und richtete den Blick auf die Leinwand. Es dauerte ganze drei Kettensägenangriffe, rund ein Dutzend abgeschnittener Körperteile und mindestens zwanzig aufgeregte Japser meinerseits, bis Trevor endlich nach meiner Hand griff. Und noch mal zwei wirklich ekelige Massaker mehr, bis er den Arm um meine Schultern legte. Der Streifen war wirklich übel, aber mit Trevor an meiner Seite dann doch einigermaßen erträglich.

»Was für ein Käse«, empörten sich zwei Studenten hinter uns. »Der hat ja gar keine Handlung. Bei all dem Blut kommt mir gleich das Kotzen.«

Da hatten sie allerdings recht.

»Trevor?«, flüsterte ich.

»Hm?«

»Gefällt dir der Film?« Die Heldin war so strohdumm, dass man nur lachen konnte, wenn sie sich ständig mutterseelenallein auf zwielichtigen Hinterhöfen oder in Parkhäusern herumtrieb – wo sie doch genau wusste, dass es der Kettensägenmörder von Hunterville auf blonde Jungfrauen abgesehen hatte.

»Wir müssen ihn nicht bis zum Ende anschauen«, meinte Trevor schulterzuckend.

Ich begriff erst nicht ganz, was er damit meinte. Inzwischen hatte der Kettensägentyp die Heldin erwischt und ihren leblosen Körper zurückgelassen. Es folgte ein Schnitt zu einer rührseligen Beerdigungsszene, untermalt von melancholischen Geigenklängen.

Erst als Trevors Gesicht immer näher kam, begriff ich, was er vorhatte. Trevor wollte mich küssen! Hier, im Kino, vor all den Leuten. Vor Überraschung fielen mir die restlichen Nachos aus der Hand und verteilten sich auf dem Fußboden.

»Oh, Mist«, fluchte ich. »Wolltest du noch welche?«

Trevor schüttelte geistesabwesend den Kopf und schaute mir tief in die Augen. So wie es aussah, waren es nicht mehr die Nachos, die ihn interessierten, schoss es mir durch den Kopf, während Trevor die Augen schloss und sich mir entgegenlehnte.

Es war so weit. Es war endlich so weit! Ein Ruck ging durch meinen Körper, und mein Herz klopfte so laut, dass ich sicher war, Trevor neben mir würde es hören. Und jetzt begann auch noch meine Hand aufgeregt zu kribbeln, als würde eine Armee Käfer unter meiner Haut krabbeln.

Ein Blick auf meine Hand reichte aus und mir wurde mit einem Schlag eiskalt. Das hier war kein nervöses, hormonell bedingtes Kuss-Kribbeln. Meine Hand tat es schon wieder. Sie verschwand vor meinen Augen für eine Millisekunde, nur um gleich wieder aufzutauchen. Wie ein unkontrolliertes Flackern, als würde ich mich im nächsten Moment in Luft auflösen. Eilig ließ ich meinen Arm hinter meinem Rücken verschwinden, damit Trevor nichts davon mitbekam.

Mit der anderen Hand kramte ich nach meinem Handy und warf einen Blick auf die Zeitanzeige des Displays. Genau in diesen Minuten lief der Vorspann von Ashworth Park in der Flimmerkiste. Und die schnulzigen Geigenklänge vorhin bei der Beerdigung – vielleicht waren die gar nicht aus den Kinolautsprechern gekommen.

Mir wurde augenblicklich schlecht. Es konnte doch nicht sein, dass es schon wieder passierte! Nicht jetzt, nicht ausgerechnet jetzt, während Trevor an meiner Seite saß.

»Alles in Ordnung, Abby?« Trevor hatte inzwischen wieder die Augen aufgeschlagen und war ein Stück zurückgewichen. »Du siehst aus, als müsstest du gleich kotzen.«

Nun hatte auch Morgan bemerkt, dass etwas nicht stimmte. »Abby, ist dir übel?« Sie schnitt eine Grimasse. »Mir auch. Die Eingeweide in Großaufnahme vorhin waren echt zu viel für mich. Ekelig. Willst du einen Schluck Wasser?«

»Wenn du kotzen musst, hier ist meine leere Popcorntüte«, bot Jake an und gab ein grunzendes Kichern von sich.

Ohne zu zögern, stand ich auf. »Ich … muss mal aufs Klo«, erklärte ich und zwängte mich eilig durch die Reihen. Beinahe stolperte ich über die Beine der anderen Zuschauer. Was, wenn ich wieder einfach so verschwinden würde – vielleicht sogar vor allen Leuten hier im Kino?

Ich hatte Glück und schaffte es in den Waschraum, in dem sich außer mir niemand aufhielt. »Mach, dass das Kribbeln weggeht!«, befahl ich meinem Spiegelbild und ließ kaltes Wasser über meine Pulsadern laufen. Vielleicht konnte ich dieses Gefühl ja dadurch stoppen?

Der ganze Spuk durfte nicht einfach von Neuem beginnen. Ich saß doch nicht mal daheim auf unserem Sofa. Wie konnte mich die Serie denn hier finden? Was war das nur für ein abgefahrener Fluch?

Im nächsten Moment flog die Tür auf und Morgan stürzte auf mich zu. »Abby! Was ist denn los mit dir? Du zitterst ja am ganzen Körper. Sollen wir nach Hause gehen? Ich rufe meinen Bruder an, der hat ein Auto und kann uns von hier –«

»Ich komm schon klar«, unterbrach ich sie. »Geh zurück zu deinem Date.«

»Vergiss Jake. Du bist meine beste Freundin.« Sie packte mich an den Armen, doch dann hielt sie inne. Ihr Griff um meinen Unterarm lockerte sich plötzlich. »Huch. Wa...was war das eben mit deinem Arm?«

Oh nein. Wie sollte ich ihr denn bitte erklären, was jeden Moment mit mir geschehen würde? Selbst Deborah, die von Grund auf ein eher gelassener Typ war, war vor Entsetzen beinahe an die Decke gegangen. Morgan würde garantiert total ausflippen. Sie würde eine ihrer berühmten Kreischattacken bekommen, die man auch zehn Blocks weiter noch hören konnte.

Ich beschloss, es zu versuchen. »Morgan, bitte dreh nicht durch, was auch immer gleich passiert.« Inzwischen kribbelte es schon wieder bis zum Hals. Es war nur eine Frage von Sekunden, bis ich einfach verschwinden würde. »Sag Trevor, es tut mir leid, dass ich einfach abgehauen bin.«

Morgan starrte mich mit großen Augen an. »Abby, was laberst du da?«

»Und sag Deborah Bescheid«, wies ich sie noch schnell an. »Aber verrate meiner Mum auf keinen Fall, dass –«

Weiter kam ich nicht. Meine Beine gaben nach, und mir war, als würde ich fallen. Doch diesmal war mir das Gefühl nicht mehr völlig fremd. Ich war auf dem Weg zurück nach Ashworth Park. Und ich konnte absolut nichts dagegen tun.

10

»Abby?«

Das Erste, was ich hörte, war mein Name. Dann spürte ich, wie jemand an meinem Kragen nestelte, an meinen Hals griff und dort meinen Puls betastete. »Hallo? Kannst du mich hören?«

Es war die Stimme eines Jungen, die von weit entfernt an mein Ohr drang.

»Okay, du bist ... schon mal nicht tot. Schläfst du?« Dieser Jemand schlug nicht gerade sanft auf meine Wange. »Komm schon, wach auf! Bitte! Hier kann dich keiner medizinisch behandeln, wenn du nicht vier Beine hast und ein Halfter trägst.«

Ich öffnete meine Augen und brauchte eine Weile, um mich an die neuen Lichtverhältnisse zu gewöhnen. Sofort war mir klar, wo ich mich befand. Ich lehnte immer noch an der Wand der Sattelkammer, in die mich Blackwood gezerrt hatte. Doch anders als vorhin war die Tür nun angelehnt, während elektrisches Licht durch den Spalt kroch und den Raum ins Halbdunkel tauchte. Vor mir zeichneten sich die Umrisse einer Person ab.

Ich blinzelte erneut. »Julian? Bist du das?«, fragte ich den Schatten vor mir. Mein Kopf schmerzte, als hätte mir jemand eins übergezogen. Das war gestern, bei meinem ersten Seriensprung, genauso gewesen.

Aber das Kopfweh würde wieder vergehen, und außerdem galt es jetzt herauszufinden, was passiert war, nachdem Blackwood mich eingesperrt hatte. Hatte mich Julian gesucht und hier in der Sattelkammer gefunden? Er war der Held der Serie, so etwas war immerhin sein Job.

»Ich bin's, Jasper«, antwortete der Schatten. »Julian ist noch draußen am Platz und lässt sich Rosenblätter streuen. Er hat das Turnier gewonnen. Und jetzt trägt er gerade wieder ein unsagbar peinliches Gedicht vor. Ich habe schon überlegt, meinen Namen zu ändern, damit ich nicht mit ihm in Verbindung gebracht werde.«

»Oh.« Na toll. Wie kam ich eigentlich dazu, jedes Mal in der Serie von diesem Griesgram Schrägstrich Brandstifter empfangen zu werden? Da war mir Julian dann doch deutlich lieber. Trotz seiner schmalzigen Gedichte.

»Was zum Teufel denkst du dir dabei, dich einfach hier zu verstecken und einzuschlafen?« Nun, da Jasper sich versichert hatte, dass ich lebte, glitt alle Fürsorge von ihm ab und machte wieder seiner typischen Garstigkeit Platz. »Ich suche jetzt seit geschlagenen zwei Stunden nach dir. Tante Gladys hat schon Schimpftiraden auf mich losgelassen, weil ich nicht besser auf dich aufgepasst habe. Ich bin doch nicht dein Babysitter!«

»Wie … was … hä?« Ich zog mich hoch und machte einen

Schritt auf ihn zu. »Eingeschlafen? Sag mal, tickst du noch richtig? Man hat mich hier *eingesperrt*! Hast du nicht gesehen, dass der Riegel vorgeschoben war?«

Jasper seufzte. »Vermutlich hast du dich selbst hier eingesperrt. Wenn man die Tür kräftig zuwirft, fällt der Riegel von selbst runter.«

»Mich selbst eingesperrt?« Ich stand auf, klopfte mir das Heu von meinem Blümchenrock und gab mir Mühe, ihn möglichst böse anzuschauen. Was für ein abwegiger Vorwurf! Der Typ war komplett irre. »Es war Blackwood. Blackwood hat mich in diese Kammer gezerrt und mich eingesperrt. Er hatte sogar eine Waffe dabei.«

»Blackwood«, echote Jasper verständnislos.

»Ja, Blackwood. Das hab ich dir doch gesagt. DeWitts Assistent. Dieser Typ mit dem langen Bart, der mich schon die ganze Zeit beobachtet …«

»Ah, Abraham Lincoln?« Jetzt grinste Jasper.

»Ja. Er hat es auf mich abgesehen.«

Jasper verschränkte die Arme. »Warum sollte er es bitte schön auf dich abgesehen haben? Hast du ihm sein Gurkensandwich geklaut?« Im Dunkeln sah ich es zwar nicht so genau, aber mir war, als rollte Jasper mit den Augen. »Oder will er dir an den Kragen, weil du als Einzige hier keinen Hut trägst?«

»Äh … ich weiß … auch nicht«, stammelte ich. Vor Jasper brachte ich es einfach nicht heraus. Ich konnte ihm unmöglich sagen, dass Mr DeWitt und Blackwood annahmen, ich wollte mich seinem Bruder an den Hals werfen, um Lydia auszubooten. Ich glaubte es ja selbst kaum, dass mich DeWitt tatsächlich als Bedrohung sah. Oder dass Julian ein Auge auf mich geworfen haben könnte.

Jasper schüttelte den Kopf. »Komm schon. Warum bildest du dir ein, dass DeWitt hinter dir her ist? Ausgerechnet er. Wenn er nicht gewesen wäre, hätte ich gestern wegen einer Überdosis Chili den Löffel abgegeben. Dank dir.«

»Glaub es mir einfach. Ich traue ihm nicht. Er hat irgendetwas vor, ich weiß nur noch nicht was.« Reifenpanne, so ein Blödsinn. Bestimmt hatte er sich selbst die Reifen zerstochen, um Lydia in Kontakt mit Julian zu bringen. »Hast du dich denn nicht gefragt, warum er plötzlich aus dem Nichts aufgetaucht ist?«

»Genau wie du, nicht wahr?« Jasper verschränkte die Arme und funkelte mich an. »Einfach aus dem Nichts. Aber anders als bei DeWitt ergibt deine Geschichte keinen Sinn. Warum hast du nicht gleich widersprochen, als meine Mutter dich für das Hausmädchen gehalten hat? Warum hast du nicht gesagt, dass du mit Tante Gladys verwandt bist? Und warum hast du deinen Besuch nicht angekündigt?«

Ich schluckte und wich seinem Blick aus. Es gefiel mir gar nicht, dass ich nun in den Mittelpunkt der Anklage gerückt war. DeWitt und Blackwood waren eindeutig die Schurken in diesem Schmierentheater. Und nicht ich.

»Äh … ich? Wie? Als ich hier ankam, ging alles so schnell«, verteidigte ich mich, auch wenn es alles andere als selbstbewusst rüberkam. »Ihr habt mich ja noch nicht mal zu Wort kommen lassen.«

»Komisch, du machst nicht den Eindruck, als wärst du auf den Mund gefallen.« Er trat in den Lichtstreifen, der durch den Türspalt fiel, und ließ dabei seine Zähne blitzen. Sie standen nicht ganz so perfekt wie Julians, die vorderen beiden überlappten ein wenig. »Und warum schnüffelst du nachts in unserem Haus herum? Die anderen fallen vielleicht auf deine Masche rein, aber mich kannst du nicht täuschen.« Er machte eine dramatische Pause. »Ich weiß längst, wer du wirklich bist.«

Mir blieb das Herz stehen. Jasper konnte unmöglich wissen, wer ich wirklich war. Was mit mir passiert war. Woher ich tatsächlich kam. Er war klug, keine Frage, viel klüger als Julian, außerdem kombinierte er schnell, und es war bestimmt kein Zufall, dass er mir gestern Abend aufgelauert hatte. Aber woher sollte er von meinem Seriensprung erfahren haben?

»Du bist eine Erbschleicherin!«, verkündete Jasper. Er grinste triumphierend und schob sich eine dunkle Strähne hinters Ohr. »Du gibst dich bloß als Tante Gladys' Nichte aus, um in ihr Testament aufgenommen zu werden. Das passiert wohlhabenden Familien hier sehr oft, dass plötzlich Menschen aus dem Nichts auftauchen und sich für sie interessieren. Tante Gladys ist dafür das perfekte Opfer. Sie ist vertrauensselig.« Sein Blick wanderte zu meiner Handtasche. »Außerdem hat sich meine Theorie bestätigt, als du gestern gleich etwas von unserem Tafelsilber geklaut hast, als kleinen Vorgeschmack.«

Ich spürte, wie ich rot anlief. »Pff! Du spinnst.«

»Und du lügst!«, knurrte er und zog mir im nächsten Moment meine Umhängetasche vom Arm. Noch bevor ich reagieren konnte, griff Jasper in das Innenfach und beförderte den gestohlenen Dessertlöffel zutage. »Ha – wusste ich es doch!«

»Gib sofort meine Tasche wieder her!«, fauchte ich. Darin befand sich mein Tagebuch! Außerdem Schminksachen, Anti-Pickel-Creme und eine Packung Tampons – lauter Zeug, das nicht für die Augen eines Jungen bestimmt war.

Er steckte den Löffel in sein Jackett und warf einen zweiten Blick in die Tasche. »Du hast doch bestimmt noch mehr von uns geklaut … Ah, sieh mal einer an, ein Tagebuch.« Er hatte mein pinkes Büchlein entdeckt und hielt es hoch. »Vielleicht hast du ja darin deine hinterhältigen Pläne niedergeschrieben?«

Ich riss es ihm aus den Händen. »Das ist privat! Und du bist paranoid.«

»Nicht paranoid, aufmerksam«, korrigierte er und hob dabei den Zeigefinger. »So aufmerksam, dass mir auffällt, dass du in komplett anderen Klamotten steckst als noch vor wenigen Stunden. Obwohl … das wäre vermutlich sogar Julian aufgefallen.«

Oh, Mist. Was die Klamotten betraf, hatte Jasper allerdings recht. Betont unauffällig blickte ich an mir herab. Ich trug den Blümchenrock und die Ballerinas, die ich für das Date mit Trevor ausgesucht hatte.

»Ich habe mich eben umgezogen, okay?«, gab ich schnippisch zurück und drängte mich an ihm vorbei in Richtung

Tür. »So etwas tun Mädchen nun mal. Und ich sehe überhaupt keinen Grund, warum ich vor dir darüber Rechenschaft ablegen sollte.«

Langsam reichte es mir wirklich. Ich saß hier schließlich nicht auf der Anklagebank. Sollte Jasper seinen detektivischen Spürsinn lieber dazu benutzen, den zu finden, der tatsächlich Pläne schmiedete und sich einen bärtigen Butler fürs Grobe hielt. Oder sollte doch alles hier im Chaos versinken. Mir doch egal. War ja nicht meine Serie.

»Warte!« Jasper stellte sich mir breitbeinig in den Weg. Seine blauen Augen wurden schmal. »Nicht so schnell. Julian mag dir vielleicht trauen, aber ich finde, dass irgendetwas hier ganz gewaltig stinkt. Und ich werde es beweisen.«

Unwillkürlich musste ich grinsen. Das war ja merkwürdig. Auch wenn es in Ashworth Park offensichtlich keine Gerüche gab, den Begriff stinken vermochte Jasper im richtigen Zusammenhang zu verwenden.

»Das findest du wohl witzig, oder?«, blaffte er.

»Nein. Obwohl, schon ein bisschen. Du hast einen Knall, das steht fest. Aber wenn es dich beruhigt, ich werde so schnell wie möglich von hier abhauen. Du musst nämlich wissen, ich bin alles andere als freiwillig hier.«

»Gut.« Jasper grinste spöttisch. »Dann kann ich wieder beruhigt zu Abend essen und Gladys verwandelt sich von deinem freundlichen Tantchen zurück in die Giftspritze von früher.«

Ich kicherte. »Neidisch? Weil sie mich mag und dich und Julian nicht?«

»Pff«, machte Jasper nur abwehrend. »Mir ist egal, wer mich mag und wer nicht.«

»Ganz offensichtlich.« Schließlich riss mir der Geduldsfaden. Ich ließ Jasper stehen und rannte zum Ausgang. Womit hatte ich das denn verdient? Ich hätte in diesen Minuten knutschend mit Trevor im Kinosessel lehnen können. Stattdessen durfte ich mich mit Sherlock Holmes junior herumschlagen, der keine Freunde hatte und sich auf dieser Insel so sehr langweilte, dass er mir ständig auf den Keks gehen musste.

Ich hatte nicht die geringste Lust, mir das hier noch länger anzutun. Ich musste weg. Weg aus Ashworth Park, weg von dieser Insel, weg aus dieser Serie. Und zwar schnell.

☆☆☆

»Erdbeerschnittchen! Gott sei Dank. Da bist du ja.« Als ich aus den Pferdeställen zurück ins Freie stürmte, lief ich geradewegs in Tante Gladys' Arme. Sie packte mit ihren langen Fingern mein Handgelenk und zwang mich, sie anzusehen. »Was ist passiert? Was trägst du denn da für Klamotten?«

Widerwillig senkte ich meinen Kopf. »Ich will nicht länger bleiben. Mir reicht es. Wie zum Teufel haltet ihr es nur alle hier aus?«

Tante Gladys rückte ihren riesigen Hut zurecht. »Beruhig dich doch. Trink erst mal einen Tee, der hilft immer.«

»Ich will keinen verdammten Tee!«

»Aber Abby.« Tante Gladys kniff ihre knallrot geschminkten Lippen zusammen. »Wenn du dich erst mal an alles hier gewöhnt hast, dann –«

»So lange bleibe ich ganz sicher nicht!« Etwas unsanft zog ich meinen Arm aus Tante Gladys' Griff. »Mach's gut. Danke für die Gastfreundschaft letzte Nacht. Aber ich sehe zu, dass ich von dieser Insel hier wegkomme.«

Tante Gladys wollte noch etwas erwidern, doch im selben Moment kündigte ein Lautsprecher über unseren Köpfen die Eröffnung des Büfetts im Festzelt an. Einen Augenblick später setzte sich eine beachtliche Menschenmenge in Bewegung und schob uns auseinander. Ich nutzte die Ablenkung, drehte mich um und rannte gegen den Menschenstrom in Richtung der Absperrung, die das Gelände umsäumte.

Am Parkplatz angekommen, sah ich mich um und versuchte, mich zu orientieren. Heute Morgen (oder besser gesagt gestern, nach meiner Zeitrechnung) hatte ich in Tante Gladys' Apartment im Nordflügel eine Karte der Insel entdeckt. Demnach lagen Ashworth Park, Rosington und die Rennbahn am Nordzipfel der Insel, während irgendwo im Süden ein kleiner Bootshafen eingezeichnet gewesen war. Von dort aus mussten doch Fähren über den Ärmelkanal an die Küste Englands übersetzen.

Ich warf einen Blick in den wolkenlosen Himmel. Das Wetter war immer noch fabelhaft und warm für Mai. Dem Sonnenstand nach zu urteilen, würde es sicher noch über mehrere Stunden lang hell bleiben. Wenn die Dimensionen auf Tante Gladys' Landkarte stimmten, müsste ich von hier aus in höchstens zwei Stunden den Hafen erreicht haben und könnte mit der nächsten Fähre von der Insel verschwinden. Der Fährmann würde hoffentlich die vierzig Dollar, die ich in meiner Tasche hatte, akzeptieren. Auf dem englischen Festland müsste ich dann auch endlich wieder Handyempfang haben und könnte Deborah anrufen, damit sie mir schleunigst einen Flug nach Hause buchte.

Der Plan klang zwar mühsam – immerhin konnte ich auch einfach auf den Rücksprung warten –, aber womöglich würde dieser kranke Fluch endgültig ein Ende haben, wenn ich die Dinge ab jetzt selbst in die Hand nahm. Einen Versuch war es wert.

Der Fußmarsch entlang der Küste gen Süden zog sich. Abgesehen von der Gegend um Ashworth Park schien es hier tatsächlich kaum Zivilisation zu geben, von ein paar einsam vor sich hin grasenden Schafherden und leer stehenden Holzhütten mal abgesehen. Es war fast Abend, als ich endlich einen Steg mit einigen rostigen Fischerbooten, einem Kahn und einem alten Fährschiff ausmachen konnte.

Was für ein Glück. Kurzzeitig hatte ich schon vermutet, ich hätte mich beim Lesen der Karte getäuscht und es gäbe in Wirklichkeit entweder gar keinen Hafen oder er hätte längst dichtgemacht. Allerdings mussten die DeWitts ja schließlich auch irgendwie auf die Insel gelangt sein.

Es wirkte nicht gerade so, als würde der Fährbetrieb hier besonders oft in Anspruch genommen werden. Hier war keine einzige Menschenseele zu sehen.

Ich nahm die Treppen hinab bis zum Steg. Unten angekommen entdeckte ich einen kleinen hölzernen Verschlag, der aussah wie ein in die Jahre gekommener Ticketschalter. Ich spähte durch das dreckige Glas, aber das winzige Büro dahinter war leer.

»So ein Mist. Wo steckt nur der verdammte Kapitän?«, fluchte ich und sah mich um. Ob er aufs Meer gefahren war und die Fischernetze einholte? Ob ich warten sollte? Erst auf den zweiten Blick bemerkte ich ein Schild, das jemand an die Wand des Verschlags genagelt hatte: *Überfahrt zum Festland wegen andauernden Tiefdruckgebiets in Hafennähe bis auf Weiteres nicht möglich. Der Kapitän.*

Hä? Tiefdruckgebiet? Im ersten Moment konnte ich gar nicht glauben, was ich da las. Erst einen Augenblick später fiel mir auf, dass das Wetter schon seit einer Weile kräftig umgeschlagen haben musste. Während rund um Ashworth Park und den Springplatz noch schönstes Frühlingswetter geherrscht hatte, hing rings um den Hafen eine dichte tiefe Nebelwolke und verdeckte die Sicht auf die See, während hohe Wellen gegen das Ufer schlugen. In meinen Ballerinas und dem Blumenrock begann ich langsam zu bibbern.

»So eine Scheiße!« Wütend stampfte ich mit dem Fuß auf den hölzernen Steg. Das durfte doch nicht wahr sein! Hatte sich diese Serie denn gegen mich verschworen? Schrieb hier irgendjemand in einem heimlichen Versteck ein sadistisches Drehbuch, das es vorsah, mich zu quälen?

Im selben Moment kam mir ein neuer Gedanke. Wer garantierte mir denn überhaupt, dass ich nach Hause konnte, wenn ich es tatsächlich schaffte, aufs englische Festland zu gelangen? Würde ich mich dann nicht immer noch in einer Parallelwelt befinden? Oder beschränkte sie sich bloß auf die Isle of Roses?

Mir kam eine Idee, um das Rätsel zu lüften. Die Tür des Verschlags war unversperrt und auf dem Schreibtisch des Büros befand sich ein altes Telefon. Ich sah mich noch mal um, schlüpfte durch die Tür in den staubigen Raum und hob den Hörer ab. Ein Freizeichen ertönte.

Also los. Ziffer für Ziffer gab ich zuerst die Vorwahl der USA, dann unsere Telefonnummer ein und wartete atemlos.

Es klingelte eine ganze Weile, dann ertönte ein Klicken und eine männliche Stimme meldete sich. »Downtown Brooklyn Pizzaservice, hier ist Carlos, was kann ich für Sie tun?«

Vor Schreck legte ich wieder auf. Was zum Teufel tat der Downtown Brooklyn Pizzadienst in unserer Wohnung? Ich war mir sicher, dass ich mich nicht verwählt hatte.

Es gab nur eine Erklärung: Ich musste wirklich in einem anderen Universum gelandet sein, einer Scheinwelt, in der es weder Mum, Deborah, Trevor oder Morgan gab.

Verdammter Mist! Ich hatte wirklich keine Ahnung, womit ich dieses Unglück verdient hatte. Bloß weil ich ein bisschen über Ashworth Park gelästert hatte? Ich würde nie wieder über das Fernsehprogramm schimpfen, nicht mal über die Kardashians in dieser peinlichen Reality-TV-Show, wenn ich nur endlich nach Hause dürfte. Ich spürte, wie mir Tränen der Verzweiflung in die Augen stiegen.

Ruhig bleiben, Abby. Ich durfte nicht durchdrehen. Ich

war immerhin bekannt dafür, als Miss Troubleshoot Krisen aller Art zu meistern. Wenn ich auch sonst keine besonderen Talente besaß – weder in Mathe noch was Hausarbeit, Kochen oder den souveränen Umgang mit Jungs anging –, Probleme zu lösen war das Einzige, was ich wirklich gut konnte.

Ich dachte nach. Was würde ich mir selbst raten? Eigentlich blieben mir nicht viele Optionen. Ich konnte am Steg sitzen bleiben, mir dabei eine Erkältung einfangen und auf den Rücksprung warten – eine ungemütliche Option. Oder ich konnte zurück nach Ashworth Park wandern, mich in mein Zimmer einschließen und überlegen, wie ich aus dieser vorabendlichen Hölle für immer verschwinden konnte. Denn wenn mich dieser Fluch schon den zweiten Tag in Folge einholte, unabhängig davon, wo ich mich befand, standen die Chancen gut, dass es morgen wieder passieren würde.

Mir graute es schon alleine bei dem Gedanken. Außerdem würde es bestimmt bald dunkel werden, und ich hatte keine große Lust, mutterseelenallein im Nirgendwo herumzuhocken.

Also entschied ich mich für den Weg zurück. Auch dieses Mal begegnete mir keine Menschenseele. Die Gegend hier war so einsam, dass sie mir allmählich auf den Keks ging. Ich vermisste New York. Den ganzen Trubel, die Millionen Menschen, die sich über die Gehsteige schoben, das Gerangel um die Taxis.

Zumindest das Wetter hatte sich wie durch ein Wunder

gebessert, kaum dass ich etwas Abstand zwischen mich und dem Hafen gebracht hatte. Und als ich endlich Ashworth Park erreichte, versank sogar ein letztes bisschen Sonne hinter dem Pferdestall.

Um diese Zeit saßen die Ashworths Tag für Tag im Speisezimmer und aßen zu Abend. Ein Glück für mich, denn so würde niemandem auffallen, dass ich wieder da war. Nicht mal der faule Pförtner nahm Notiz von mir. Als ich durch die Pforte spazierte, sah ich, dass er seinen Kopf wieder mal in einem Klatschmagazin vergraben hatte.

In meinem Zimmer war noch alles genau so, wie ich es hinterlassen hatte. Meine Jeansjacke, die ich bei meiner ersten Reise nach Ashworth Park getragen hatte, lag auf dem Bett, und auch die Laken hatte Tante Gladys nicht abgezogen, als hätte sie geahnt, dass ich zurückkommen würde. Sogar ein Tablett mit Teegebäck hatte sie mir hingestellt.

Okay. Jetzt war Miss Troubleshoot an der Reihe. Es war höchste Zeit, endlich eine Lösung für dieses Ashworth-Park-Problem zu finden.

☆☆☆

Etwas später hatte ich eine hübsche Liste mit Gesetzen, die für diese Serie galten:

Unauffällig auf Ashworth Park waren folgende Punkte:

1.) Ebenso wie in meiner Welt schrieben wir offensichtlich den Monat Mai, dazu denselben Tag und dasselbe Jahr.

Hier war Donnerstag Abend und auch mein Date mit Trevor im Kino war an einem Donnerstagabend gewesen. Hie und da verschob sich die Zeit ein wenig, zumindest wenn ich in der Serie eine Nacht verbrachte, aber es glich sich dann wieder aus.

2.) Alle physikalischen Gesetze galten. Ich hatte hier dasselbe Gewicht. Ebenso funktionierte die Erdanziehungskraft perfekt. (Hatte Gladys' Teetasse vom höchsten Punkt meines Zimmers aufs Parkett krachen lassen, fiel genauso schnell wie in New York. Leider erst hinterher erfahren, dass es sich um viktorianisches Porzellan handelte.)

3.) Die Klospülung drehte sich wie in New York im Uhrzeigersinn. (Irgendwie auch logisch, wäre vermutlich nur anders, wenn ich in einer australischen Soap gelandet wäre.)

4.) Kein Kamerateam und ebenso keine Kameras zu sehen. Auch keine versteckten. Hatte so ziemlich jedes brauchbare Versteck hier durchsucht, von der Teekanne bis zum Bücherregal. Auch keine versteckten Wanzen.

5.) Bewohner dieser »Welt« (die Ashworths) verhielten sich bis dato sehr menschlich (abgesehen von unnachvollziehbaren Wutausbrüchen der Lady). Bedürfnisse nach Nahrung und Schlaf waren vorhanden, genauso wie Körperfunktionen (soweit feststellbar).

Auffällig auf Ashworth Park zeigte sich Folgendes:

1.) Diese mysteriöse Sache mit den Gerüchen. Während ich bei Gatsby noch von einer Ausnahme ausgegangen war, hatte ich schließlich bei den Speisen Gewissheit erlangt.

Und auch jetzt, als ich wieder an einer Rose aus meinem Zimmer schnupperte, musste ich zwar wie üblich niesen, die Blume selbst duftete jedoch nach überhaupt nichts. Echt seltsam …

Auch ich selbst schien plötzlich keinerlei Gerüche abzusondern, egal ob angenehme wie das Parfüm, das ich für das Date mit Trevor aufgetragen hatte, oder lästige wie Körper- oder Mundgeruch. Was auch durchaus Vorteile hatte: So gesehen konnte man ungeniert ein ganzes Glas eingelegten Knoblauch verdrücken und sofort im Anschluss daran jemanden küssen. Rein theoretisch natürlich, nicht dass ich das vorgehabt hätte.

2.) Rätselhafte Lichtquellen: Auch wenn nirgendwo Scheinwerfer zu finden waren, wirkte Ashworth Park auch nachts immer ausgeleuchtet.

3.) Deprimierender Weise existierten in der Welt von Ashworth Park keine hässlichen Menschen. Auch wenn jemand von der Besetzung ganz offensichtlich als hässlich empfunden wurde, war er maximal durchschnittlich-hässlich in meiner Welt. Niemand war hässlich-hässlich.

4.) Und, ganz neu in meiner Liste der Erkenntnisse: Ganz offensichtlich gestattete die Serie die An- oder Abreise von der Insel nur dann, wenn Charaktere neu eingeführt wurden oder verschwanden, wie in DeWitts und Lydias Fall. Anders war das andauernde, merkwürdige Tiefdruckgebiet, das nur rings um den Hafen bestand, nicht zu erklären.

Obendrein befanden sich Ashworth Park und die Isle of Roses in einem schrägen Serien-Paralleluniversum, in dem es mich und meine Familie eigentlich gar nicht geben dürfte. Eine Rückreise in meine Welt, abgesehen von den unvorhersehbaren Seriensprüngen, war somit unmöglich.

Unmöglich. Der vierte Punkt ließ eine neuerliche Welle der Verzweiflung in mir aufsteigen. Ich spürte, wie Tränen in meine Augen traten. Wenn doch nur Morgan hier wäre. Die ließ sich von nichts und niemandem einschüchtern.

Oder meine Mum. Früher, wenn ich traurig gewesen war oder mich mit Morgan gezofft hatte, hatte Mum jedes Mal Fingerfarben ausgepackt, und wir hatten in ihrem Atelier stundenlang unsere eigenen Kunstwerke kreiert. Manchmal hatte sie mich sogar gemalt, mich dabei liebevoll angesehen und immer wieder gesagt, dass meine Gesichtszüge, meine Lippen und meine großen braunen Augen sie an da Vincis Mona Lisa erinnerten.

Meiner Meinung nach war das natürlich ausgemachter Blödsinn. Mona Lisa war eine Renaissance-Schönheit und deshalb hatte ich nie auch nur die kleinste Ähnlichkeit zwischen uns feststellen können. Selbst Deborah hatte mir da ausnahmsweise beigepflichtet. »Pah«, hatte sie kürzlich gesagt, als Mum wieder mit dieser angeblichen Mona-Lisa-Ähnlichkeit angefangen hatte. »Hätte da Vinci Abby gemalt, stünde das Gemälde mit einem Startpreis von einem Dollar auf eBay.«

Auch wenn Mum als Künstlerin manchmal etwas verrückte Ansätze an den Tag legte, sie fehlte mir. Sie hatte Deborah und mich so erzogen, dass wir früh selbstständig gewesen waren, und mit vierzehn war ich vielleicht auch etwas zu alt für Heimweh. Trotzdem machte es mich fertig, so weit weg zu sein und nicht einmal zu Hause anrufen zu können.

Ich kramte mein Tagebuch aus meiner Tasche und blätterte es durch. Für gewöhnlich schrieb ich darin kaum Dinge über mich selbst. Ich erzählte dem Tagebuch, mit welchen Problemen sich die Schüler der Riverside Manhattan Academy an Miss Troubleshoot gewandt hatten und wozu ich ihnen geraten hatte. So genau wusste ich auch nicht, warum ich überhaupt damit begonnen hatte, in meinem Tagebuch ausgerechnet die Arbeit von Miss Troubleshoot zu dokumentieren. Ich hielt es wohl für wichtig, jedes Problem und den dazu passenden Ratschlag in irgendeiner Form festzuhalten, um aus den Problemen der Menschen und den Antworten ein riesiges Nachschlagewerk für die Nachwelt zusammenzustellen und so all die großen und kleinen Probleme der Weltgeschichte zu lösen.

Troublepedia. Oder so.

Wie es aussah, hatte ich immer einen guten Rat auf Lager gehabt, schoss es mir durch den Kopf, während ich Seite für Seite durchblätterte. Ohne dass ich etwas dagegen tun konnte, füllten sich meine Augen wieder mit Tränen. Wen konnte Miss Troubleshoot denn bloß um Rat fragen, wenn sie selbst mal in der Tinte saß?

Im nächsten Moment kam mir ein neuer Gedanke. Wenn ich mich nicht im Griff hatte, würde mein kleiner Heulanfall auch noch für Deborah im Fernsehen gezeigt werden. Darauf konnte ich wirklich verzichten. Also stand ich auf und lief ein paar Schritte auf und ab. Auf dem Sekretär entdeckte ich eine Box mit Taschentüchern. Ich zog einige Tücher heraus und wischte mir damit hastig die Tränen ab.

Ich hatte mich gerade halbwegs gefangen, da klopfte jemand an der Zimmertür. Hastig fuhr ich herum und versteckte mein Tagebuch unter der Taschentuchbox.

»Ja?«, rief ich. Ich betete, dass es Tante Gladys war, die mir noch einen Nachtisch vom Abendessen brachte. Die Lordschaft schlug sich wahrscheinlich in diesem Augenblick mit Crème brûlée oder etwas ähnlich Leckerem den Bauch voll, während ich mich hier mit Teegebäck begnügen musste.

Die Tür öffnete sich und ein dunkler Haarschopf lugte durch den Spalt. »Kann ich reinkommen?«

Jasper. Nicht zu fassen. Woher wusste der hauseigene Detektiv schon wieder, dass ich hier war?

»Nein!«, rief ich kurzerhand.

Jasper ließ sich nicht beirren. Er öffnete die Tür und machte ein paar Schritte in den Raum. Dann blieb er stehen und sah mich zerknirscht an. »Komm schon. Ich bin hier, um mich bei dir zu entschuldigen. Ich war es, der dich vorhin vom Turnier vertrieben hat. Und das tut mir leid.«

»Pff.« Ich wandte ihm den Rücken zu. »Jetzt bilde dir bloß nichts darauf ein.«

Jasper trat näher, setzte sich ungefragt auf mein Bett und nahm den Rucksack ab, den er bis eben auf seinen Schultern getragen hatte. Inzwischen hatte er das Jackett vom Turniertag ausgezogen und steckte wieder in normalen Jeans und einem Sweater mit goldenem Emblem – einem wappenähnlichen Ding, das sich englische Privatschulen auf Schulkleidung nähen ließen, um besonders elitär zu wirken. »Na, jedenfalls habe ich dir was vom Dessert mitgebracht.« Er öffnete den Rucksack und holte eine kleine Plastikbox heraus. »Schokoladenbrownie. Noch ganz warm.«

Ich hob eine Augenbraue, als er mir die Box reichte. War das etwa sein Ernst? Noch vor wenigen Stunden hatte mich Jasper für eine flunkernde, erbschleichende Bedrohung unklarer Herkunft gehalten, und jetzt bot er mir Kuchen an?

Vielleicht litt Jasper ja unter einer multiplen Persönlichkeitsstörung. Menschen in Serien hatten oft die merkwürdigsten Krankheiten.

»Na los«, forderte er mich auf. »Du kannst ihn ruhig essen. Er ist nicht vergiftet.«

Ich musste zugeben, dass der Brownie äußerst appetitlich aussah. Ich nahm einen Bissen. Er schmeckte wirklich vorzüglich. Clarissas Koch- und Backkünste waren ausgezeichnet, und ich nahm mir vor, ihr nie wieder mit irgendwelchen dummen Scherzen die Suppe zu versalzen.

»Weißt du, ich kann verstehen, dass du vorhin weggelaufen bist«, begann Jasper plötzlich und sah mir in die Augen. »Das Leben hier auf Ashworth Park verlangt einem einiges ab und die meiste Zeit würde ich auch am liebsten davonrennen. Aber leider war ich in meinem ganzen Leben noch nie woanders.«

»Warum haust du nicht einfach ab? Oder durchschwimmst den Ärmelkanal?«, erkundigte ich mich, und es gelang mir nicht ganz, den leichten Spott in meiner Stimme zu verbergen. Ich war zwar längst noch nicht bereit, Jasper zu vergeben, trotzdem wollte ich mehr wissen, jetzt wo er mir plötzlich seine innersten Gedanken mitteilen wollte.

Er hob die Schultern. »Das kann ich noch nicht. Ich bin erst fünfzehn und noch längst nicht mit der Schule fertig. Außerdem schaffe ich es aus irgendwelchen Gründen nicht, von dieser furchtbaren Insel zu verschwinden. Ich habe es versucht. Letzten Sommer habe ich mir ein Ruderboot am Hafen geklaut, doch der Sturm hat es kurz nach der Küste zum Kentern gebracht. Frag mich lieber nicht, wie Mum reagiert hat.«

Ich sah ihn aufmerksam an. Das deckte sich mit meiner Vermutung, dass die Serie nur ab- und anreisenden Darstellern die Überfahrt ermöglichte. Das kosmische Drehbuch sah nicht vor, Jasper einfach verschwinden zu lassen.

»Aber irgendwann möchte ich gerne von hier weg. So weit wie möglich«, fuhr Jasper fort. »Ans andere Ende der Welt. In den Dschungel vielleicht. Oder in die Großstadt. Irgendwohin, wo ich die Stimme meiner Mutter nicht täglich hören muss. Wo es keine Teegesellschaften und Wohltätigkeitsbasare gibt.«

Ich nickte. Mit so viel Offenheit hatte ich nicht gerechnet.

»Ich interessiere mich für Fotografie, wie du vielleicht schon bemerkt hast.« Er kramte in seinem Rucksack und förderte eine Kamera zutage. Es war ein großes, teuer aussehendes Modell, keines dieser quietschbunten Digitalteile, die Morgan letztes Jahr aus Japan mitgebracht hatte.

Wie ich vielleicht schon bemerkt hatte? Pff. War er wirklich so naiv und dachte, ich hätte schon wieder vergessen, dass er mich neulich nachts beobachtet und heimlich geknipst hatte?

»Langsam gehen mir hier auch die Motive aus. Immer nur diese fade Insel. Alles ist so langweilig perfekt.« Er hielt inne und blickte nachdenklich zu Boden. »Als hätte jemand jegliche Kreativität erstickt.« Er sah wieder auf, mit einem zerbrechlichen Ausdruck, den ich noch nie an ihm gesehen hatte. Dann richtete er den Blick an die Decke, presste die Lippen aufeinander und blinzelte heftig. »Es ist … so unendlich frustrierend.«

Wie vom Donner gerührt saß ich da und konnte nicht glauben, was sich da vor mir abspielte. Waren das etwa … Tränen in Jaspers Augen? Schüttete mir Jasper gerade sein Herz aus?

Ich war kurz davor, ihn in den Arm zu nehmen, aber ihm so nah zu kommen, hätte ich mich dann doch nicht getraut. Nie im Leben hätte ich gedacht, dass dieser Junge so nah am Wasser gebaut war. So konnte man sich täuschen.

»Ich habe ja noch nicht mal Freunde«, fuhr er fort, und seine Stimme begann zu beben. »Hast du doch selbst gesagt. Und Pferde sind so ziemlich die Einzigen, die sich freiwillig von mir fotografieren lassen.« Er kramte in seinem Rucksack und holte einige Schwarz-Weiß-Fotografien heraus. »Du kannst dir gerne meine Bilder ansehen. Vermutlich sind sie noch nicht mal gut.« Er schniefte. »Entschuldige, darf ich mir ein Taschentuch nehmen?«

Ich nickte abwesend und betrachtete die Fotos, während sich Jasper erhob und hinüber zum Sekretär lief. »Was redest du da für einen Blödsinn?«, fragte ich. »Die Fotos sind richtig gut.« Gerade hielt ich das Bild eines Pferdes in der Hand, das im Nebel über eine Hecke setzte. Das nächste Bild zeigte einen jahrhundertealten, morschen Baum, den der Sturm entwurzelt haben musste. Dieses Motiv stimmte mich irgendwie traurig. »Ich finde, du hast wirklich Talent.«

Jasper drehte sich zu mir um, stellte die Box mit den Taschentüchern an ihren Platz zurück und zog mir die Bilder aus der Hand. »Ich weiß. Immerhin habe ich lange an der Belichtungstechnik gefeilt.« Er schnappte sich seinen Rucksack und wirkte mit einem Mal ungewohnt hektisch. Von dem kleinen emotionalen Ausbruch von eben war nichts mehr zu spüren, stattdessen umspielte ein leichtes Lächeln seine Lippen, das ich nicht ganz deuten konnte. »Ich muss los. Muss noch … den Hund füttern.« Jasper ließ mir nicht mal Zeit, mich zu verabschieden oder mich für den Kuchen zu bedanken. Schon war er aus meinem Zimmer gesaust und warf die Tür hinter sich ins Schloss. Etwas verdattert saß ich da und versuchte zu verstehen, was da eben passiert war. Einen Augenblick später glitt mein Blick zum Sekretär und mir blieb das Herz stehen.

Mein Tagebuch.

Mein pinkes Tagebuch, das ich unter die Box geschoben hatte, war verschwunden. Mir wurde abwechselnd heiß und kalt, während ich alle Möglichkeiten durchging. Doch damit war ich schnell fertig, denn in Wahrheit gab es nur eine einzige: Jasper. Er musste es geklaut haben. Also war dieses Rumgeheule nichts weiter als … ein Ablenkungsmanöver gewesen? Und ich war tatsächlich so blöd gewesen und darauf reingefallen? Ich hätte mich selbst ohrfeigen können.

Ich musste mir mein Tagebuch zurückholen. Und zwar schnell.

Eilig fuhr ich hoch und rannte zur Tür, um Jasper einzuholen. Doch als ich die Hand nach der Türklinke ausstreckte, hielt ich für einen kleinen Augenblick inne. Das Kribbeln war wieder da. Diesmal verstärkte es sich binnen Sekunden.

»Nicht jetzt! Nicht jetzt!«, fluchte ich und stürzte in den Flur, in Richtung der Wendeltreppe, die in die Hauptetage des Schlosses führte, die die Ashworths bewohnten. Warum wurde ich immer im spannendsten Moment aus der Serie geschleudert? Ich musste jetzt Jasper finden. Ich konnte unmöglich zurückspringen und mein Tagebuch hierlassen.

Nicht, weil es so schlimm gewesen wäre, wenn Jasper es lesen und von meinem Alter Ego Miss Troubleshoot erfahren würde. Das Problem würde schon viel früher auftauchen, nämlich auf der ersten Seite meines Tagebuchs, auf die ich rechts oben meinen Namen gekritzelt hatte. Und der endete nun mal mit dem stinknormalen Nachnamen Foster und nicht, wie Jasper und die anderen in der Serie bisher annahmen, mit dem Familiennamen von Tante Gladys' Ehemann, Barrington-Whitley.

Mist. Jasper brauchte mein Tagebuch nur einmal aufschlagen, bevor ihm klar werden würde, dass ich eine

Schwindlerin war. Eine verlogene Erbschleicherin. So würde er es nennen.

»Nur noch ein paar Minuten, bitte!«, flehte ich, als sich das Kribbeln auch noch in meinem Bein ausdehnte. Dann ging alles rasend schnell. Vor lauter Schreck nahm ich zwei Stufen auf einmal, verlor das Gleichgewicht und fiel.

11

Diesmal ging die Reise zurück in meine Welt so schnell, dass ich es kaum mitbekam. Es dauerte nur den Bruchteil einer Sekunde, bis ich mit dem Po auf die kalten Fliesen des Toilettenbodens knallte. Langsam wurde das Bild vor meinen Augen schärfer. Grelles Neonlicht blendete mich.

»Mist, verdammter!« Frustriert schlug ich mit den Fäusten auf den Boden, als mir bewusst wurde, dass ich wieder zurück war. Ohne mein Tagebuch. Das sich in diesem Augenblick in Jaspers Händen befand, voll mit persönlichen Ratschlägen von Miss Troubleshoot. Und, nicht zu vergessen, mit meinem richtigen Namen. »Warum endet diese Serie denn immer im absolut unpassendsten –«

»Abby?«, wisperte jemand hinter mir.

Ich fuhr herum.

»Es ist tatsächlich wahr.« Morgan hockte auf dem Boden, angelehnt an die gegenüberliegende Wand, und starrte mich mit großen Augen an. Anders als Deborah gestern zog sie wenigstens kein Gesicht, als hätte ich mich in einen Geist verwandelt, sondern musterte mich voller Bewunderung, als hätte man mich mindestens zur Königin des Abschlussballs gewählt. »Oh, das ist ja so cool!«, rief sie. »Erst dachte ich, Deborah hätte nun komplett den Verstand verloren, als sie mir vorhin am Telefon diese Geschichte über dich und die Serie erzählt hat, du weißt schon, wegen ihres latenten Mangels an Tageslicht und so … Aber jetzt –«

»Wo ist Trevor? Wie spät ist es?«, unterbrach ich sie und rieb mir den dröhnenden Kopf. Es dauerte eine Weile, bis ich mich wieder erinnern konnte, zu welchem Zeitpunkt ich diese Welt verlassen hatte. Ich war wie von der Tarantel gestochen aus dem Kinosessel aufgesprungen und auf die Toilette geflüchtet, während ich Trevor in der Annahme zurückgelassen hatte, mir wäre plötzlich übel geworden. Wegen des Gemetzels auf der Leinwand. Vielleicht aber auch, weil er mich küssen wollte.

Na toll. Da passierte einmal etwas bombastisch Spannendes in meinem Teenager-Leben und ein unerklärlicher kosmischer Fluch ruinierte es mir. Ich musste unbedingt mit Trevor reden.

»Trevor und Jake sind gegangen«, erklärte mir Morgan. Erstaunlicherweise schien es zumindest ihr gar nichts auszumachen. »Der Film ist seit einer Weile zu Ende. Trevor hat auch nach dir gefragt, aber ich habe ihm natürlich nicht die Wahrheit gesagt. Er glaubt, du kotzt dir über der Schüssel die Seele aus dem Leib. Wohin du wirklich verschwunden bist, sollte unser Geheimnis bleiben, findest du nicht?«

»Er ist gegangen? Oh nein!« Ich schlug mir mit der flachen Hand auf die Stirn. Es war ja nicht so, dass sich täglich ein Junge wie Trevor erbarmte, mich ins Kino einzuladen.

Davon abgesehen würde ein Ruf als Knutsch-Verweigerin garantiert nicht dazu beitragen, mein ohnehin langweiliges Image aufzupolieren.

»Wen interessiert schon Trevor?« Morgan kam zu mir herüber, setzte sich neben mich und nahm meine Hand. »Erzähl mir lieber von Ashworth Park. Stimmt alles, was Deborah sagt? Du warst wirklich IN der Serie? So richtig in der Flimmerkiste? Gemeinsam mit all den Darstellern? Und die sind richtig aus Fleisch und Blut? Auch Julian?«

Ich hob eine Augenbraue. »Ich dachte, du kannst Julian nicht ausstehen? Ich dachte, du hältst ihn für einen selbstverliebten Lackaffen mit Vaseline auf den Zähnen und dem poetischen Talent einer Nachttischlampe?«

»Tue ich auch«, verteidigte sich Morgan gekränkt. »Trotzdem hätte es schon seinen Reiz, ihn mal aus der Nähe zu sehen, oder? Ihn zu fragen, wie er es schafft, sein Haar so glänzend zu bekommen. Und dieses Volumen … denkst du, er benutzt ein spezielles Haarspray?«

Ich hob die Schultern. Mit Julian Beauty-Geheimnisse auszutauschen, rangierte relativ weit unten auf meiner Prioritäten-Liste.

»Oder auch den anderen Darstellern mal auf den Zahn zu fühlen«, schwärmte Morgan weiter. »Mit Lord Ashworth abends bei einer Tasse Tee vor dem Kamin über Pferde zu philosophieren. Oder sich mit Lady Ashworth richtig zu streiten und zu sehen, wer von uns beiden lauter kreischen kann. Oder mit Tante Gladys über die gesamte Familie zu lästern. Das stelle ich mir echt lustig vor. Außer … oh, eine

Frage hätte ich noch. Wenn du hier verschwindest und dort wieder auftauchst, bist du dann nackt?«

Grundgütiger. Das hätte mir gerade noch gefehlt.

»Äh, nein«, antwortete ich, dankbar dafür, dass dem nicht so war. »Ich nehme alle Gegenstände mit, die ich an meinem Körper trage. Sogar meine Handtasche.«

»Oh, wow, cool! Hey, wir könnten ein Experiment wagen. Wenn es wieder losgeht, stelle ich mich ganz nah an deine Seite. Vielleicht lande ich dann auch in der Serie.«

Mich beschlich die leise Ahnung, dass Morgan die Ernsthaftigkeit der Situation nicht ganz begriff. »Morgan, glaub mir, das willst du nicht. Abgesehen davon wurde der Übertritt in die Serie bis jetzt nur mit Gegenständen getestet, ich kann nicht garantieren, dass nicht nur ein Teil von dir in Ashworth Park ankommt.«

Wider Erwarten grinste Morgan. »Na, hoffentlich kommt mein oberer Teil an. Auf meine Hüften kann ich gut und gerne verzichten, aber mit meiner Oberweite bin ich doch ganz zufrieden. War ja auch nur eine Idee. Du hattest sicher einen Riesenspaß.«

»Spaß kann man es nicht gerade nennen. Es ist ein Albtraum. Und dazu kräftezehrend.« Ich zog mich am Waschbecken hoch und blickte in den Spiegel. »Ich komme mir vor, als würde ich zwei Leben gleichzeitig leben. Dabei reicht mir eins vollkommen.«

Inzwischen war ich, wenn man die Zeit in New York und in Ashworth Park zusammenzählte, bereits über zwanzig Stunden am Stück auf den Beinen. Ich fühlte mich, als hätte ich einen schlimmen Jetlag, und genauso sah ich auch aus. Meine braunen verschwitzten Locken hingen mir in die Stirn, und unter meinen Augen hatten sich dicke Ringe gebildet, schlimmer als die von Deborah, wenn sie sich über Tage in ihrem Zimmer verschanzte, um für irgendeine Prüfung zu büffeln.

Ich wusch mein Gesicht mit kaltem Wasser und ließ etwas davon über meine Arme rinnen. Abgesehen von einem dringenden Bedürfnis nach mindestens zwei Tagen durchgehendem Tiefschlaf war ich knapp vor dem Verhungern. Jaspers Stück Schokokuchen hatte daran leider nichts geändert.

»Ich habe eine Idee«, schlug Morgan vor. »Wir gehen zu *Benny's Donuts*, und du erzählst mir haargenau alles, was bis jetzt passiert ist. Oh, übrigens, hast du etwas über Julians Bauchmuskeln rausgefunden? Sind die nun echt?«

»Keine Ahnung, dazu kann ich dir nichts sagen. Aber auf Donuts hätte ich Lust«, verkündete ich, trocknete meine Hände ab und schickte danach eine SMS an Deborah. Sie war immerhin das Gehirn unserer Familie. Hoffentlich war ihr inzwischen etwas eingefallen, um mich aus dieser Misere zu befreien.

☆☆☆

Meine Lieblings-Donutsorte, die mit der blauen Zuckerglasur, den rosa Perlen und der Vanillefüllung, half, mich zu beruhigen. Eigentlich stand diese ganz besondere Sorte Donut gar nicht auf der Karte, aber Crazy Fred, der schrullige Verkäufer bei *Benny's Donuts*, fertigte für mich und Morgan täglich einige Stück davon an, weil er wusste, dass wir sie vergötterten. Nach dem halben Donut hatte ich mich schon fast mit meinem Schicksal, Ashworth Park und dem Tagebuchklau von Jasper arrangiert, als Deborah in den Laden stürmte.

Ich verschluckte mich beinahe an einem Bissen.

»Mein Gott, Abby.« Ihre Wangen glühten, so als hätte sie den Weg aus ihrem Zimmer zum Donutladen im Dauerlauf zurückgelegt. »Ich fasse es nicht. Es ist schon wieder passiert. Zwei Mal in Folge. Jetzt kann es sich um keine zufällige, kosmische Unregelmäßigkeit mehr handeln. Dahinter steckt mehr, jede Wette. Und wir sind drauf und dran, die ganze Sache aufzudecken.«

»Schscht.« Bis auf zwei knutschende Teenager ganz hinten auf der Eckbank war der Laden leer. Nur Crazy Fred sortierte die Päckchen mit den Vanillesoßen und starrte dabei unauffällig in unsere Richtung. »Geht's vielleicht ein bisschen leiser?«

Deborah rollte mit den Augen und ließ sich auf den gepolsterten Stuhl neben mir fallen. »Wie oft denn noch? Verstehst du noch immer nicht, wie wertvoll deine Erlebnisse für die Wissenschaft sind? Ein physikalisches Wunder wie dieses ist nicht dazu gedacht, geheim gehalten zu werden.« Sie holte ihr Smartphone aus der Tasche, presste den Aufnahmeknopf und sah mich an. »Stört es dich, wenn ich aufnehme, während du erzählst, was diesmal passiert ist?«

»Deborah!« Die kurze Entspannungsphase nach dem Donut war sofort wieder passé. »Sag mal, tickst du noch ganz richtig? Wie oft denn noch? Ich bin nicht dein Versuchsobjekt. Pack dein Handy sofort wieder weg. Die Sache ist G-E-H-E-I-M. Klar?«

Deborah runzelte die Stirn. »Geheim? Aber sie weiß es doch auch«, motzte sie und deutete dabei anklagend auf Morgan, die soeben die letzten Reste ihres Donuts verputzte.

»Na, entschuldige mal, Fräulein Möchtegern-Forschungspreisträgerin«, brummte Morgan mit vollem Mund. »Ich bin Abbys beste Freundin. Also habe ich ein Recht darauf, zu wissen, was hier passiert.« Sie hob den Zeigefinger. »Und auch wenn ich diese Sache mit der Reise in die Serie ehrlich gesagt ziemlich aufregend finde –«

»Was sie definitiv nicht ist«, warf ich ein.

»Okay, was sie definitiv nicht ist«, fuhr Morgan fort und wackelte mit dem Kopf, als ließe sie meinen Einwand nicht so ganz gelten. »...möchte ich Abby helfen, anstatt ihren Fall an die Spinner aus der Interessengruppe Physik zu verhökern. Ist das klar?«

»Ich möchte ihr doch auch helfen«, versicherte Deborah und grinste vertrauenswürdig wie ein Schaf. »Und deswegen ist es nun mal erforderlich, dass ich alles dokumentiere. Mehr nicht.«

»Nicht notwendig, Deborah. Ich habe mir alles gemerkt. Die besonderen Gesetze der Serie. Die Eigenschaften der Figuren. Die Dauer meiner Aufenthalte. Alles.«

»Na gut. Das könnte helfen«, meinte Deborah und rückte ihre Rahmenbrille zurecht. »Ich wollte es euch ja erst nicht sagen, weil ich, zum einen, noch sehr unsicher bin, und zum anderen, weil ihr beiden Trantüten ohnehin nur Bahnhof verstehen würdet, aber ich habe einen physikalischen Theorieansatz, was Abbys Erlebnisse betrifft.«

»Moment mal. Trantüten? Ich glaube, ich höre nicht richtig«, platzte Morgan heraus und funkelte Deborah wütend an. »Ich habe in Physik eine Drei plus, Fräulein Streberin.«

»Lieber eine Streberin als ein shoppingsüchtiges Manga-Girlie wie du.« Deborah rollte mit den Augen. »Ich trage zumindest auch andere Farben als Zuckerwattepink.«

»Schwarz ist keine Farbe«, blökte Morgan zurück.

»Kommt schon, hört auf, euch zu streiten«, mischte ich mich ein. Wenn es ging, wollte ich bis zu meinem nächsten Seriensprung morgen Abend noch eine Runde schlafen. »Ich will die Theorie hören.«

»Na fein.« Deborah pflückte eine Serviette aus der Halterung und zückte einen Kugelschreiber. Damit zeichnete sie einen Kreis, in den sie einige Buchstaben malte. Ein M für Lord Montgomery Ashworth, ein G für Tante Gladys, ein C für Lady Cordelia Ashworth und schließlich zwei Js. Wegen des kleinen Herzchens neben dem linken war mir schnell klar, welches für Julian stand. »Betrachtet den Kreis als den Kosmos von Ashworth Park. Die Variablen stehen für die Darsteller. Wir müssen davon ausgehen, dass diese selbst keine Ahnung haben, dass sie sich in einer Serie befinden. Sie nehmen ihren kleinen Kosmos als eigenständige Welt an, ohne etwas zu vermissen. Wie Delfine, die in Gefangenschaft aufgezogen wurden. Ihr kennt doch SeaWorld, nicht wahr?«

Morgan nickte.

Nun malte Deborah noch einen viel größeren Kreis und verband ihn mit dem kleinen von zuvor. »Der große Kreis hier ist unsere Welt, wie wir sie kennen. Wir müssen davon ausgehen, dass die physikalischen Grenzen zwischen deren und unserer Welt sich in einem fragilen Gleichgewicht befinden, verbunden durch …«, sie überlegte, »… ein Wurmloch, zum Beispiel.«

»Ein Wurmloch?«, echote ich. Kamen solche Dinger nicht nur in *Star Trek* vor? Ich konnte die Stimmen der Crew förmlich hören: *Wurmloch vor uns, wir beschleunigen das Schiff auf zehnfache Warp-Geschwindigkeit.* So etwas gab es doch nicht im richtigen Leben. Oder etwa doch?

»Ein Wurmloch«, bestätigte Deborah ernst und nickte, während mir einfiel, dass meiner Schwester der rot-schwarze Ganzkörperanzug der *Star Trek*-Crew sicher ausgezeichnet stehen würde. »Ein Wurmloch, direkt über unserer Couch. Das sich täglich exakt zur selben Uhrzeit öffnet.«

Ich überlegte. »Über unserer Couch, meinst du? Und wie kann es dann sein, dass mich dein ominöses Wurmloch heute auf dem Klo vom *Apollo*-Kino eingefangen hat?«

Deborah seufzte und rieb sich die Stirn. »Ich sagte doch, meine Theorie ist noch nicht ganz ausgereift. Vielleicht ist das Wurmloch auch nicht auf geografische Koordinaten geeicht, sondern speziell auf deine DNA programmiert. Das kann ich bis dato noch nicht sagen. Fest steht jedoch, dass du es als einziger Mensch geschafft hast, durch dieses Wurmloch in die Parallelwelt von Ashworth Park zu gelangen.«

»Parallelwelt«, echote Morgan und rollte mit den Augen. »Das hört sich total abgefahren an. »Als Nächstes erzählt uns deine Schwester, dass es Aliens gibt.«

»Aliens existieren. Sie sind irgendwo da draußen.« Vor lauter angestrengtem Denken war mir gar nicht aufgefallen, dass Crazy Fred neben uns stand und mit einem feuchten Lappen die Tische abwischte. »Vor einigen Jahren hatte ich auch eine Begegnung der dritten Art.« Er starrte auf uns herab, die Augen hinter seiner dicken Brille riesig. »Draußen, in Moorland Creek. Eine unbekannte Spezies hat mich entführt und mein Gehirn angezapft.« Er betastete seine Stirn. »Und seitdem habe ich hier oben ein merkwürdiges Furunkel. Dort haben sie bestimmt angedockt.«

Wie vom Donner gerührt starrten wir ihn an. Deborah nahm das besagte Furunkel mit wissenschaftlicher Genauigkeit unter die Lupe, während Morgan sich einen Lachanfall verkniff.

»Na ja, wenigstens bin ich immer noch zurechnungsfähig«, seufzte Fred, als niemand antwortete, und klopfte sich gegen die Rübe. »Wollt ihr noch etwas trinken? Du deinen üblichen Kräutertee, Deborah? Oder ihr beide noch eine Cola? Bis Mitternacht gibt's einen Viertelliter umsonst.«

»Nein danke«, presste ich hervor. Weil Morgan neben mir wie irre gluckste, fiel es mir auch nicht gerade leicht, ernst zu bleiben. Erst als Fred schließlich in den Lagerraum verschwunden war, prusteten wir alle drei los.

»Dieses Ding ist doch nichts anderes als ein dicker, fetter Pickel. Von wegen Andockstelle für Aliens«, lachte Deborah. »Armer Fred.«

»Aber zugegeben, unsere Geschichte klingt mindestens so abgefahren wie Freds Begegnung der dritten Art«, überlegte ich und wurde wieder ernst. »Parallelwelten. Kosmische Wurmlöcher. Was kommt als Nächstes?«

»Und unsere Geschichte ist noch nicht zu Ende«, ergänzte Deborah und klopfte mit dem Stift auf die Kreise auf ihrer Serviette. »Wir müssen die Sache weiter erforschen. Dazu ist es nötig, dass sich Abby auf Ashworth Park weitgehend unauffällig verhält. In der Serie mitspielt. Auf keinen Fall dürfen die Darsteller dahinterkommen, dass sie sich in einer bis dato noch unerforschten Parallelwelt befinden.«

»Hä? Was macht das denn für einen Unterschied?«, fragte ich.

»Ich denke, dass die Welten so lange einwandfrei funktionieren, bis es zu einer Überschneidung kommt.« Deborah ließ ihre Handflächen übereinander gleiten. »Wie bei Erdplatten, die sich übereinander schieben.«

»Und damit ein Erdbeben auslösen«, folgerte Morgan.

»Exakt.« Deborah nickte anerkennend. »Würde also einer der Darsteller erkennen, dass er sich in Wahrheit in einem Mikrokosmos befindet, sprich, in einer verkleinerten Version unserer Welt, würde das innerhalb des Mikrokosmos zu Revolutionen führen. Aufstände wären die Folge.«

»Du meinst … sie würden ausbrechen?«, überlegte Morgan.

Deborah nickte. »In der Interessengruppe Psychologie haben wir dazu mal ein Experiment mit Mäusen gemacht, die im Labor aufgezogen wurden. Wir haben ihnen Bilder von frei lebenden Mäusen über Miniscreens vorgespielt und selbige Mäuse im Anschluss auch noch in ihr Terrarium gesetzt. Und was denkt ihr, was danach passiert ist?«

Morgan zuckte mit den Schultern. »Eine Tierschutzorganisation hat dir aufgelauert, dich wüst beschimpft und die Mäuse in die Freiheit entlassen?«

»Nein, Dumpfbacke.«

»Schade.«

»Jedenfalls wurden die Mäuse unzufrieden. Aggressiv. Verweigerten ihre Nahrung. Einige knallten mit ihren Schädeln so lange gegen die Glaswände des Terrariums, bis wir sie kurzfristig in Styroporkästen umsetzen mussten.«

»Krass.« Morgan blieb der Mund offen stehen.

»Du musst also unter allen Umständen verhindern, dass jemand Wind davon bekommt, dass sich Ashworth Park in einer Art … veränderten Realität befindet, hast du verstanden?«, bläute mir Deborah ein. »Verhalte dich unauffällig in deiner Rolle als Tante Gladys' Nichte Abigale Barrington-Whitley. Niemand darf Verdacht schöpfen, wer du wirklich bist. Wir dürfen das fragile kosmische Gefüge keinesfalls zerstören.«

»Apropos fragiles Gefüge und Unauffälligkeit.« Ich kaute an meiner Lippe. »Deborah, ich muss dir da etwas beichten.

Also ... Jasper hat mein Tagebuch geklaut. Und darin steht mein wahrer Name.«

»Wie bitte? Ist das dein Ernst? Das heißt, ich hatte es schon fast befürchtet!«, rief Deborah. »Dieses Ding, das Jasper kurz vor Serienende von deinem Schreibtisch genommen hat, war dein Tagebuch?« Ihre blauen Augen hinter der Brille funkelten mich an. »Abby, bist du irre? Warum hast du nicht besser aufgepasst?«

Morgan schüttelte fassungslos den Kopf. »Jasper hat dein Tagebuch geklaut? Abby, der Typ ist total gestört. Ein Psychopath.«

Ich wagte es gar nicht, die beiden anzusehen. Ich schämte mich dafür, auf Jaspers blödes Schauspiel hereingefallen zu sein.

»Hol dir das Ding morgen sofort wieder zurück!«, befahl Deborah mit strenger Miene. »Brich in sein Zimmer ein, wenn es notwendig ist, ja?«

Morgen. Na toll. Ich hatte nicht die geringste Lust, jemals wieder nach Ashworth Park zu reisen. Mal abgesehen von Clarissa und Tante Gladys konnte mich niemand dort leiden. Selbst Julian war gestern viel zu sehr damit beschäftigt gewesen, sich und seinen Turniersieg feiern zu lassen, anstatt mich vor Blackwood zu retten. Man konnte es drehen und wenden, wie man wollte: Ich passte einfach nicht in diese Welt aus Reitturnieren, Fünf-Uhr-Plätzchen und Teekleidern, die aussahen, als hätten sie schon ein Vorleben als Gardinen geführt. Aber was blieb mir für eine andere Wahl?

»Okay, okay. Ich werde tun, was notwendig ist«, willigte

ich ein. »Und dann? Hast du dir, während du diesen ausgeklügelten physikalischen Plan entworfen hast, auch überlegt, wie ich jemals wieder aus der Sache rauskomme? Oder darf ich mir für den Rest meines Lebens um sieben Uhr abends nichts mehr vornehmen? Läuft Ashworth Park eigentlich auch am Wochenende?«

»Na klar, es ist ja eine Daily Soap. Aber jetzt halt die Ohren steif, ich arbeite daran, dich da rauszuholen«, versicherte mir Deborah. »Vorerst wäre es gut, wenn du dich zu gegebener Zeit in meiner Nähe aufhältst. Glaub mir, es sorgt nur für Schwierigkeiten, wenn dein Körper in einer voll besetzten New Yorker U-Bahn zu flackern beginnt.«

Na großartig. Das war ja schlimmer als Hausarrest. Und bedeutete außerdem das Aus für alle weiteren Dates mit Trevor in nächster Zeit. So gesehen war es wohl gar nicht schlecht, dass ich mich vorhin im Kino bis auf die Knochen blamiert hatte. Denn nach der Nummer würde mich Trevor bestimmt kein zweites Mal fragen.

12

Am nächsten Tag zur Redaktionssitzung erwartete mich ein ganzer Berg neuer Briefe, adressiert an Miss Troubleshoot. Ich fand sie alle in den Redaktionsbriefkasten vor dem Besprechungsraum gestopft. Auf den meisten Kuverts stand entweder überhaupt kein Absender, nur Initialen oder irgendein erfundener Name.

Es hätte sowieso keinen Sinn gemacht, Rückschlüsse auf die Identität der Personen zu ziehen. Immerhin gingen mehr als zweitausend Schüler auf unsere Schule. Und interessanterweise schlugen sich viele mit ähnlichen Problemen rum.

Jemand mit dem Namen Betty Boop nannte mir seinen Body-Mass-Index und wünschte sich Diättipps. Ein anderes Mädchen (zumindest ging ich davon aus, dass es ein Mädchen war) war bis über beide Ohren in Justin Bieber verknallt und fragte nach Ratschlägen, um an Konzertkarten für die erste Reihe zu kommen. Und hie und da kamen auch richtig blöde Briefe oder solche, die ich auf den ersten Blick als pubertäre Streiche entlarven konnte. In denen stand dann: *Hey Miss Troubleshoot, wusstest du, dass die Physik-*

tante Miss Calvin halterlose Strümpfe trägt? Ich würde gerne wissen, ob das erlaubt ist, vor Teenagern. Warum schreibst du nicht mal darüber in der Schülerzeitung? Oder, noch billiger: *Hey, Miss Troubleshoot, bist du eigentlich heiß?*

Solche Briefe ließ ich für üblich unbeantwortet.

»Wow, so viel Fanpost«, sagte jemand hinter meinem Rücken. »Ich glaube, Miss Troubleshoot ist der heimliche Star der Schule.«

Trevor. Er stand direkt hinter meinem Schreibtisch und grinste sein typisches strahlendes Grinsen, so wie er es immer tat, wenn unsere Basketballmannschaft gewann, und bei dem meine Knie weich wie Butter wurden. Ich hatte ihn gar nicht reinkommen gesehen.

»Ach, na ja, das Übliche.« Ehrlich gesagt war ich verwundert, dass Trevor nach dem Fiasko gestern Abend überhaupt noch mit mir sprach. Es kam sicher nicht oft vor, dass ihn Mädchen mitten in einem Date einfach sitzen ließen. Um zu kotzen. Oder um sich durch physikalische Wurmlöcher in andere Welten beamen zu lassen.

»Also ich könnte das nicht. Der unbekannte Wohltäter an der Schule zu sein, ohne ein einziges Wort des Dankes. Als Basketballer wirst du wenigstens gefeiert, wenn du in der letzten Sekunde noch drei Punkte wirfst. Aber du –«

»Es ist okay. Wirklich«, unterbrach ich ihn. Trevors Augen sahen mich aufmerksam an, aber ich war zu verlegen, um seinen Blick zu erwidern. »Vielleicht ist es auch gut so. Welcher Achtzehnjährige würde denn eine Vierzehnjährige um Rat fragen, wenn er wüsste, wer ich wirklich bin?«

Trevor schnaubte. »Ich finde, du stellst dein Licht unter den Scheffel, Miss Troubleshoot.«

Ich schwieg. Jetzt erst fiel mir auf, dass wir beide die Einzigen hier im Redaktionsraum waren. Vermutlich weil die Sitzung erst in zehn Minuten beginnen würde, zu der Trevor üblicherweise immer zu spät hereinschneite. Warum war er heute denn schon so früh da?

»Also bist du nicht sauer, weil ich gestern so einfach abgehauen bin?« Ich beschloss, ihn direkt darauf anzusprechen. Gleich würden Morgan und die anderen aus dem Team eintreffen, und dann würde ich mich bestimmt ärgern, dass ich die Sache nicht erwähnt hatte.

»Quatsch.« Trevor schnappte sich einen Stuhl und setzte sich mir gegenüber. »Ich hatte vor einigen Wochen eine ganz brutale Magen-Darm-Grippe, da fing es genauso an. Ich konnte nichts bei mir behalten und habe sogar noch das Essen vom Vortag ausgekotzt. Thunfisch-Sandwiches. Ist das nicht krass?«

Ich nickte. So genau hätte ich es eigentlich gar nicht wissen wollen. Na ja, wenigstens hatte er mir die Sache mit der gestrigen Übelkeit tatsächlich abgenommen.

»Hast du schon gehört, dass ich kommendes Wochenende eine Party feiere?«, begann er aus heiterem Himmel. Irgendwie niedlich, fand ich, dass er es tatsächlich als Frage formulierte, wo doch jeder in der Schule von Trevors Partys wusste. Seit Trevors Mutter nach der Scheidung von seinem Vater eine Menge Geld zugefallen war, hatte sie sich ein Penthouse zwei Blocks entfernt vom Empire State Building gekauft, so luxuriös, dass der Aufzug bis direkt in die Wohnung fuhr. Das war die beste Lage der Stadt. Angeblich wohnte direkt unter ihnen ein bekannter Rapper und zwei Stockwerke darunter der Cousin von Donald Trump. Trevor war zu beneiden.

Die Partys dort waren der Hammer, so erzählte man es sich. Abgesehen von dem Ausblick gab es sogar eigenes Personal, das Häppchen servierte, eine Karaokemaschine mit fünftausend Songs zur Auswahl, drei Gaming-Stations mit den neuesten Konsolenspielen und einen riesigen Dancefloor. Dagegen wirkte Disneyland wie ein lahmer Kindergeburtstag.

»Ach, echt?« Ich beschloss, nicht zuzugeben, dass ich mich so gut über Trevors Partys informiert hatte, dass es locker für einen Reiseführer gereicht hätte.

Trevor nickte. »Kommt doch vorbei, du und Morgan. Jake wird auch da sein. Dieses Jahr gibt's als Special einen gigantisch großen Schokoladenkuchen. Außerdem einen besonderen Auftritt eines Überraschungsgastes. Verkleidung ist Pflicht, das ist ja wohl klar.« Er schnappte sich ein Post-it von meinem Tisch und kritzelte seine Adresse darauf. »Wir starten gegen fünf, bei Sonnenuntergang.« Danach zog er etwas aus seiner Hosentasche. »Ach, beinahe hätte ich es vergessen. Zeigt diese beiden Einladungen vor. Damit lässt euch der Portier durch.«

Wie geblendet starrte ich auf die Einladungen in meinen Händen, als Trevor den Stuhl zurückschob und seinen Rucksack schulterte. Das waren sie also. Die berühmten

Einladungen zu Trevors Party mitten in Manhattan, die nur wenige Prozent aller Schüler erhielten, und normalerweise niemand aus meinem Jahrgang. Nicht mal Bethany aus meiner Klasse hatte eine bekommen, dabei sah sie aus wie sechzehn, sang in der Schulband und ging noch dazu mit einem Jungen aus Trevors Parallelklasse aus.

Morgan würde austicken vor Freude, so viel stand fest.

»Ich hole mir noch eine Cola, bevor es losgeht«, verkündete Trevor gerade. »Willst du auch eine?«

»Nein danke«, winkte ich ab. »Ich bereite hier noch vor, bevor das Meeting losgeht.« Und versuche, meinen Puls zurück auf ein gesundes Level zu bringen, fügte ich in Gedanken hinzu. Trevor Parker hatte mich tatsächlich zu seiner Party eingeladen. Konnte mich mal bitte jemand kneifen?

»Ach, du liebes bisschen. Abby, sag mir bitte, dass das da auf deinem Schreibtisch Einladungen von Trevor sind. Und wenn ja, sag mir, dass du mich mitnimmst.«

Ich fuhr herum. Morgan hüpfte auf und ab wie eine außer Kontrolle geratene Sprungfeder. Dann griff sie nach einer Einladung, legte sie auf ihre Hand und betrachtete sie von allen Seiten, als hielte sie den Hope-Diamanten.

»Es stimmt. Trevor hat uns eingeladen.« Auch wenn ich möglichst cool bleiben wollte, das dicke Grinsen konnte ich nicht verbergen. »Kommenden Samstag.«

»Oh, Abby.« Morgan gab mir die Einladung zurück und küsste mich auf beide Wangen. »Ich wusste, du würdest es schaffen, dass Trevor dich einlädt. Du bist hübsch, klug und kennst auf jedes Problem eine Antwort. Mir war klar, dass

Trevor das irgendwann bemerken würde.« Morgan blinzelte so heftig mit ihren langen Wimpern, dass ich einen Moment lang glaubte, sie würde vor Freude heulen. »Das ist unser Aufstieg in die erste Liga der schulischen Gesellschaft.«

Na ja, Morgan war nun mal eine Drama-Queen. Alles in allem war es trotzdem nur eine Party.

»Ich wusste, er würde dir die Sache mit deinem Verschwinden im Kino gestern nicht krummnehmen. Ist das nicht cool, Abby? Ich sehe es förmlich vor mir – ihr werdet auf der Party miteinander tanzen, zu irgendeinem romantischen Song, bei dem die Leute eng umschlungen von einem Bein aufs andere treten und sich dabei verliebt anhimmeln. *Unchained Melody*, so was in die Richtung. Hach, das wird schön!«

»Uagh.« Ich tat, als müsste ich würgen. »Das ist der schrecklichste Song aller Zeiten.«

»Aber er wirkt, glaub mir.« Sie zwinkerte mir zu. »Ach, Abby, ein Happy End ist in Sichtweite. Du und Trevor, ihr seid das absolute Traumpaar. *Und sie lebten glücklich und zufrieden bis ans Ende ihrer Tage.* Das ist wie in der letzten Folge irgendeiner kitschigen TV-Serie.«

Wie vom Donner gerührt starrte ich meine Freundin an. »Was hast du da gerade gesagt?«

Morgan lachte und ließ sich auf einen der Stühle plumpsen. »Na, es ist doch wie im Fernsehen. In der letzten Folge lösen sich plötzlich alle Probleme in nichts auf, als der Held das perfekte Mädchen findet.« Sie zwinkerte mir zu. »Und dann kann sich der Zuseher ausmalen, wie es weitergeht. Sie heiraten, bekommen zwanzig Babys, sie begräbt ihre Träume, und er wird fett. Aber das sieht man dann natürlich nicht.« Morgan hielt inne. »Jetzt guck doch nicht so komisch, Abby. Trevor wird bestimmt nicht fett. Zumindest nicht, wenn er seinen Burgerkonsum nach eurer Hochzeit einstellt. Und ihr müsst auch keine zwanzig Babys –«

»Das ist es nicht«, unterbrach ich sie. Ich befand mich in Gedanken längst nicht mehr bei meiner und Trevors Zukunft, ganz egal, welche Gewichtsschwankungen oder begrabenen Träume sie beinhalten würde. Ich dachte plötzlich an Ashworth Park. Daran, wie sich in der letzten Folge alle Schwierigkeiten in nichts auflösen würden. An den Moment, an dem das ganze Drama verschwinden und ein Happy End eintreten würde. Die allerletzte Folge.

»Was meinst du dann, Abby?«, bohrte Morgan weiter.

»Du sagtest, jede Serie hat einen Helden, nicht wahr?«, versuchte ich, meine neue Idee in Worte zu fassen. »Jemand, den man sympathisch findet und den das Drehbuch immer wieder absichtlich in Irrungen und Wirrungen verstrickt.«

»Damit es spannend bleibt«, ergänzte Morgan. »Denn ohne Spannung keine Serie. Niemand würde dem Helden einer Serie dabei zusehen wollen, wie er überglücklich Blumen gießt. Das wäre langweilig. Außer vielleicht, es handelt sich um fleischfressende Pflanzen und die beißen ihm einen Arm ab.« Sie verzog das Gesicht zu einer Grimasse. »Hey, das wäre doch die Idee für einen Horrorfilm. *Die Balkonpflanzen des Grauens*.«

»Was wäre, wenn man diese Irrungen und Wirrungen einfach beseitigen würde?«, überlegte ich einen Schritt weiter. »Wenn man ganz gezielt ein Happy End herbeiführen und dem Helden zu wahrem Glück verhelfen würde? Dann gäbe es nichts mehr zu erzählen.«

»Ich weiß, was du meinst.« Jetzt endlich schien bei Morgan der Knoten geplatzt zu sein. »Du sprichst von Ashworth Park. Sobald es dort keine Irrungen und Wirrungen mehr gibt, gibt es keine weiteren Folgen mehr. Und auch keinen kosmischen Fluch, der dich mit einbindet.«

Ich grinste. »Bingo. Also lass uns weiter überlegen. Wer ist der Held in Ashworth Park? Wem müssen wir zu seinem Glück verhelfen?«

»Gute Frage. Vielleicht schadet es nicht, diese Zeichnung noch mal anzusehen?« Morgan legte Deborahs Serviette von *Benny's Donuts* vor uns auf den Tisch.

Ich betrachtete nachdenklich die Buchstaben. Da hatten wir Lord und Lady Ashworth, Tante Gladys und nicht zu vergessen Julian und Jasper. »Womöglich hilft es uns, die großen Werke der Literaturgeschichte anzusehen, um den Helden von Ashworth Park zu finden«, schlug ich vor. »Romeo ist der Held in *Romeo und Julia*, das ist ja wohl klar. Tristan in *Tristan und Isolde*.«

»Und Leonardo DiCaprio in *Titanic*.«

»Ähm, ja.« In Literatur zeichnete Morgan meistens Manga-Comics. »Und was haben die drei gemeinsam?«

»Sie sind jung, hübsch und verliebt. Und geben am Ende des Films aus Liebe meist den Löffel ab.«

Ich kratzte mich an der Stirn. »Hm, damit hast du leider recht. Na ja, die Sache mit dem tragischen Tod ist ja nicht zwingend, schätze ich.« Ich überlegte. »Jung, hübsch und auf der Suche nach der großen Liebe. Eigentlich trifft diese Beschreibung exakt auf Julian zu. Jede Wette, dass Julian der Schlüssel zu der Serie ist.«

»Das muss es sein«, stimmte Morgan zu. »Der Held ist doch immer der Traummann aller Frauen. Und guck dir nur mal deine Schwester an, wie die Julian anschmachtet. Als hätten die Aliens *ihr* die Rübe ausgesaugt, nicht dem armen Crazy Fred.«

»Also Julian.« Ich tippte mir an die Lippe. »Wie schaffen wir es, dass Julian sich verliebt und bis ans Ende seiner Tage glücklich wird? Und vor allem: Wer könnte das Mädchen seiner Träume sein?«

Morgan hob die Schultern. »Woher soll ich das wissen? Du lebst doch seit zwei Tagen in Ashworth Park. Ist dir aufgefallen, ob er jemandem in seinem Umfeld neuerdings schöne Augen macht? Wenn Julian jemanden mag, dann sieht das für üblich ein Blinder. Weißt du noch, als er auf diese blonde Bedienung aus dem örtlichen Pub stand? Er hat ihr ein Gedicht geschrieben, mit dem Titel: *Ode an dein Stupsnäschen*. Haha. Oder als er für diese Gärtnerin Lily geschwärmt hat und sogar seine Blumen nach ihr benannt hat. Die Lily-Lilie. Julian macht immer dumme Sachen, wenn er verknallt ist.«

Ich schluckte. Vermutlich war es besser, vor Morgan nicht zu erwähnen, dass Julian mir neulich eine seiner Locken geschenkt hatte. Es war gänzlich unmöglich, dass er ausgerechnet mich als Objekt seiner Bemühungen auserkoren hatte. Ich konnte auf keinen Fall Teil seines persönlichen Happy Ends sein.

Und was, wenn doch?

Mir wurde zwar schon alleine beim Gedanken mulmig – aber was, wenn es mein Schicksal war, als Julians Freundin, und in späterer Folge, seine Braut zu enden? Wenn es mein Job war, als Countesse von Ashworth Park Gartenschauen zu veranstalten, Teepartys zu schmeißen und jährlich die Wahl zur schönsten Rose der Insel zu arrangieren? Was, wenn ich nur deswegen erst in diese Serie gelangt war?

Ich, Lady Abigale Ashworth.

Nein, völlig ausgeschlossen. Wenn Julian das Yang war, war ich ganz sicher nicht sein Yin. Das konnte nicht sein. Das durfte nicht sein. Ich trug ja noch nicht mal einen blasiert klingenden Zweitnamen.

Für Julian musste es jemand anderen geben.

»Lydia!«, rief ich, einer plötzlichen Eingebung folgend. »Vor Kurzem ist ein Mädchen namens Lydia DeWitt auf die Isle of Roses gezogen. Und blaublütig ist sie auch. Sie ist die Nachfahrin von irgendeiner alten Markise und erbt nach ihrem achtzehnten Geburtstag ein beachtliches Vermögen. Und jetzt halt dich fest: Sie ist total in Julian verknallt. Sie könnte es sein. Sie könnte seine Prinzessin sein!«

»Klingt gut. Und du findest, sie passt zu ihm?«

»Aber klar. Lydia ist wunderschön und steht genau wie Julian auf Pferdesport.« Und ist außerdem eine spießige,

Blumen kultivierende Elite-Schnepfe aus dem Mädcheninternat, die alle Amerikaner für dumm wie Bohnenstroh hält, fügte ich in Gedanken hinzu.

»Gut.« Morgan lief die Fensterfront des Redaktionsraums auf und ab, wobei ihre Absätze bei jedem Schritt klackerten. »Also haben wir nun Prinz und Prinzessin gefunden. Das ist doch schon mal was. Wie können wir die beiden zusammenbringen? In Märchen gibt es meistens irgendeinen pompösen Ball, der sich dafür eignet.«

»Den gibt es auch auf Ashworth Park. Nächste Woche findet die Gala zur Wahl der schönsten Rose der Insel statt. Und ich weiß, dass Lydia daran teilnehmen will.«

Morgan wollte gerade etwas erwidern, da flog die Tür zum Redaktionszimmer auf, und Trevor betrat den Raum. Im Schlepptau hatte er Bree, unsere Fotografin, und Jeremy, der für die Grafik verantwortlich war.

»Können wir anfangen?«, erkundigte sich Trevor und zückte brav einen karierten Block.

Ich nickte, während mir Morgan noch ins Ohr flüsterte: »Die Gala ist perfekt. Und du bist immerhin Miss Troubleshoot, die Expertin für alle großen und kleinen Probleme. Also zeig Ashworth Park, was du kannst, Abby.«

13

Der nächste Sprung in die Serie setzte planmäßig und wie üblich begleitet von Geigenklängen und dem Kribbeln um neunzehn Uhr ein. Doch diesmal hatten Deborah, Morgan und ich alles vorbereitet. Deborah hatte sich bereit erklärt, Mum und Pebbles in die Mall zu begleiten – einen Ort, den meine Schwester normalerweise hasste. Das tat sie bloß, um dort Zeit zu schinden und sicherzugehen, dass Mum auf keinen Fall rechtzeitig zu Ashworth Park zu Hause war. An ihrer Stelle hatte nun Morgan den Posten auf dem Sofa bezogen, um mich mental zu unterstützen. Ich hingegen hatte mir, nach Wichtigkeit geordnet, für den kommenden Aufenthalt eine To-do-Liste geschrieben.

Ich musste a) so schnell wie möglich Jasper finden und mein Tagebuch zurückerobern (wie ich das anstellen würde, hatte ich mir noch nicht überlegt, allerdings hatte ich vor, mir einen ähnlich heimtückischen Plan auszudenken wie er), b) mir von jemand Vertrauenswürdigem, vorzugsweise Clarissa, Insiderinformationen über die Gala zur Wahl der schönsten Rose der Insel geben lassen und c) vorsichtig und nicht zu auffällig vor Julian erwähnen, dass Lydia wie geschaffen war, von ihm auf besagte Gala eingeladen zu werden.

Ganz schön viel Arbeit bis zum nächsten Cliffhanger, der mich aus der Serie holen würde.

Glücklicherweise schien zwischen meinem letzten Verschwinden keine Zeit vergangen zu sein. Ich landete auf der Wendeltreppe, die nach unten in die Räumlichkeiten der Ashworths führte – in exakt dem Moment, als ich zuletzt die Serie verlassen hatte. Ich konnte also einfach aufstehen und Jasper hinterherlaufen.

Das Problem war nur, dass ausgerechnet Julian in diesem Augenblick um die Ecke bog. »Abigale«, stieß er aus und blieb überrascht stehen.

Der Treppenaufgang war so schmal, dass ich mich nicht einfach an ihm vorbeizwängen konnte.

»Julian.« Ich hatte jetzt wirklich keine Zeit für ihn. Was fiel dieser Serie eigentlich ein, mir ständig Steine in den Weg zu legen? Selbst wenn es gut aussehende Steine wie Julian waren.

In seinem Turnieroutfit sah er zugegebenermaßen ziemlich schick aus. Er war vermutlich einer der wenigen Jungs, der in weißen Hosen nicht lächerlich wirkte. Wenn man von den schrecklichen Gedichten und der Selbstverliebtheit absah, würde Julian eine richtig gute Partie abgeben.

Eigentlich war er zu gut für eine Schnepfe wie Lydia.

»Ich wollte zu dir«, verkündete er und baute sich vor mir auf. Genau in diesem Augenblick wehte eine Brise durch seine blonde Mähne, wieder einmal ohne erkennbaren Auslöser, und er warf sein Haar zurück wie ein unruhiges Fohlen. »Hast du vielleicht Zeit für einen Tee?«

»Leider nein. Geht es auch etwas später?«, bat ich. Ich musste Jasper erwischen, bevor er sich mit meinem Tagebuch in seinem Zimmer verbarrikadierte. Dass ich nicht so genau wusste, wo Jaspers Zimmer eigentlich lag, machte die Sache nicht leichter.

»Na gut, dann keinen Tee. Ich möchte dich nur etwas fragen. Es geht ganz schnell«, meinte Julian und knetete plötzlich seine Hände, eine Geste, die mir noch nie bei ihm aufgefallen war. Er wirkte fast ein wenig nervös. »Begleitest du mich morgen auf die Gala zur schönsten Rose der Insel?«

Mir war, als hätte mir jemand einen Schlag in die Magengrube verpasst. Nein, bitte nicht. Das durfte nicht wirklich passieren. Julian sollte gefälligst Lydia fragen, aber doch nicht mich. Ich war nicht Teil dieser Serie, zum Teufel!

»Was sagst du dazu, Abigale?« Julian sah mich irritiert an, was wohl daran lag, dass mir jegliches Blut aus dem Gesicht gesickert war, zumindest fühlte es sich so an. »Du wirst doch sicher auch daran teilnehmen. Das Fest findet unten im Ballsaal statt. Hier im Haus.«

»Das geht leider nicht, Julian. Ich …« Oh Mist, ich brauchte dringend eine gute Ausrede. »Ich bin zur Gala nicht mehr da. Ich reise zurück nach Amerika.«

»Was?« Julian sah plötzlich aus, als hätte ich ihn geohrfeigt. »Ist das die Wahrheit? Oder sagst du mir ab wegen …« Er zögerte für einen Augenblick und zog die Augenbrauen zusammen. »Wegen ihm?«

»Hä? Wegen wem?«

»Na, wegen Jasper!«, platzte Julian heraus. »Ich hab gesehen, dass er soeben hier langgelaufen ist. Mit einem breiten Grinsen im Gesicht, wie man es bei ihm sonst nicht mal an Weihnachten sieht. Jasper hat dich vor mir gefragt.« Seine Stimme wurde plötzlich dünner. »Sag es mir ruhig, ich verkrafte das.«

Ich lachte auf. Waren denn hier alle plötzlich durchgeknallt? Ich konnte mir gut vorstellen, warum dieser Schmierenkomödiant vorhin selbstzufrieden vor sich hin gegrinst hatte. Aber dem würde das Lachen schon noch vergehen.

»Bitte lach nicht, Abigale. Ich merke doch, dass da irgendetwas im Busch ist. Dass er dich nicht aus den Augen lässt.«

»Du interpretierst da etwas völlig falsch«, versicherte ich ihm wohlwollend. »Können wir das vielleicht später klären? Gerne bei einer Tasse Tee. Nur jetzt muss ich weg und es ist wirklich dringend.«

Julians Miene blieb ernst. »Zu Jasper?«

»Nein!« Ich zögerte. »Das heißt, ja.« Sollte er doch eingeschnappt sein und denken, was er wollte. »Könntest du mir … vielleicht sagen, wo sein Zimmer liegt?«, fragte ich kleinlaut.

»Pah.« Julian hob das Kinn, schnaubte und schritt wortlos an mir vorbei. Einen Teufel würde er tun und mir verraten, wo Jaspers Zimmer lag, das war mir klar. Ich konnte nur hoffen, dass er sich demnächst von seinem Bruder persönlich versichern ließ, dass ich eine gemeingefährliche Bedrohung mit ungewisser Herkunft war, die nach Tante Gladys' Erbe trachtete.

Das würde seine Zweifel aus dem Weg räumen.

Ich fasste den Entschluss, Clarissa nach Jaspers Zimmer zu fragen. Leider lief ich auf der Suche nach ihr auch noch Lady Ashworth über den Weg, die sich darüber mokierte, dass ich beim Essen nicht anwesend gewesen war, und danach schadenfroh verkündete, dass mein Steak und meine gedünsteten Erbsen inzwischen an Gatsby verfüttert worden waren. Obwohl ich mich reuevoll entschuldigte, wetterte sie etwas von »Gladys' furchtbarer Familie«, bevor sie mit erhobener Nase abdampfte. Ich fand Clarissa in der Küche. Zum Glück stellte sie keine dummen Fragen und erklärte mir, dass Jaspers Zimmer direkt unter dem Dach lag. Naiv, wie sie war, ließ sie sich einreden, dass ich bloß dort hochwollte, weil ich gehört hatte, dass man von dort den besten Ausblick über die Insel genießen konnte.

Später, als ich über gefühlt tausend Teppiche geschlichen und endlich oben angelangt war, fiel mir auf, dass es längst dunkel war und ich vom tollen Ausblick nicht die Bohne sehen würde. Vermutlich war Clarissa einfach nur diskret gewesen und hatte meine Aussagen nicht infrage gestellt. Blieb zu hoffen, dass sie nicht so wie Julian auch den Verdacht hegte, Jasper und ich würden oben heimlich herumknutschen. Das fehlte mir gerade noch.

Vor Jaspers Tür blieb ich stehen. Vorsichtig drückte ich die Klinke hinunter, öffnete die Tür einen Spalt und blickte hindurch.

»Hallo?« Als niemand antwortete, öffnete ich die Tür etwas weiter. Das Zimmer war leer.

Ich machte einen Schritt in den Raum und sah mich um. Jasper hatte sich das schönste Zimmer unter den Nagel gerissen, so viel stand fest. Hier oben wurde das Dach von zahlreichen hölzernen Balken gehalten, die den Raum wie ein großes Künstleratelier erschienen ließen. Außerdem kam es ganz ohne den Protz und Prunk der unteren Räumlichkeiten aus.

Jasper selbst war nicht da, also nutzte ich die Gelegenheit und machte mich auf die Suche nach meinem Tagebuch. Allerdings musste ich schnell sein – womöglich holte er sich unten nur noch Kekse und eine Kanne Tee, bevor er es sich mit meinen Aufzeichnungen gemütlich machen wollte.

Auf dem Schreibtisch fand ich es nicht, ebenso wenig in den Schubladen oder in der Kommode neben dem Bett. Als ich mit der Suche weiter hinten angelangt war, fiel mir eine Tapetentür in einer Ecke des Zimmers auf. Ob das eine Art Dunkelkammer für das Entwickeln seiner Bilder war?

Vorsichtig spähte ich hinein. Ich hatte recht gehabt. In der Kammer befanden sich reihenweise Chemikalien, außerdem mit Wasser gefüllte Schalen, Zangen und, gespannt über die Breitseite der gesamten Kammer, eine Wäscheleine, auf der eine Vielzahl von getrockneten Bildern mit Wäscheklammern befestigt waren.

Sofort fiel mir ein Bild ins Auge, auf dem ich zu sehen war. Er musste es wohl heimlich aufgenommen haben, denn ich konnte mich gar nicht an die Situation erinnern. Das Foto zeigte mich sitzend und etwas nachdenklich vor mich hin starrend, während mir mein Haar ins Gesicht fiel. Doch es war nicht dieses Bild, das ein seltsam beklommenes Gefühl in mir hervorrief. Es war das Motiv, das mit einer Klammer befestigt daneben hing und das ich so gut kannte wie kein anderes berühmtes Kunstwerk.

Die Mona Lisa. Ein Nachdruck im Postkartenformat, natürlich nicht das Original. Und doch groß genug, dass ich zum ersten Mal die Ähnlichkeit zwischen mir und dem Kunstwerk sah, von der Mum so gerne sprach. Dieselbe Form und Farbe unserer Augen. Die dichten Locken. Die fein geschwungenen, pfirsichfarbenen Lippen.

Es war nicht zu fassen, dass es Jasper auch aufgefallen war. Was hatte das zu bedeuten? Für einen kleinen Moment verpuffte all meine Wut auf diesen Jungen und wich einem merkwürdigen Stechen in der Magengegend.

Doch dann krachte unten eine mächtige Tür ins Schloss und riss mich aus meinen Gedanken. Hastig verließ ich die Kammer und spähte aus dem nächstgelegenen Fenster. Jasper schritt soeben den Lichtern des Pferdestalls entgegen, und das auch noch ungeniert quer über Tante Gladys' heiligen Rasen. In der rechten Hand hielt er ein kleines pinkes Etwas. Mein Tagebuch.

Instinktiv wich ich einen Schritt zurück. Da steckte er also. Ich verlor keine Sekunde und rannte die drei Stockwerke vom Dach hinab, über die Freitreppe bis in den Hof.

Doch als ich unten angekommen war, war niemand mehr

zu sehen. Der perfekt gepflegte Park schlief im Dunkel vor sich hin. Wo zum Geier steckte Jasper?

Vielleicht im Stall? Dort brannte immerhin Licht. Kurz entschlossen lief ich über knirschenden Kiesweg, vorbei an gestutzten Hecken bis zu einem hölzernen Tor, dem Zugang zu den Boxen, wo die hochdekorierten Pferdezüchtungen der Ashworths untergebracht waren.

Komisch, dass sich Jasper hier versteckt hatte. Im Gegensatz zu seinem Bruder hatte er es gar nicht so mit Pferden. Ich wusste noch nicht einmal, ob er überhaupt reiten konnte. Lord Ashworth hatte mir beim Dinner gestern verraten, dass er einfach nicht verstehen konnte, warum aus Jasper kein Pferdenarr geworden war. Was das betraf, kam Jasper wohl ganz nach seiner Mutter.

Möglichst leise schlich ich vorbei an Julians Schimmelstute Leondra, die gerade eine Portion Heu verspeiste, sowie an ein paar anderen Boxen, bis ich schließlich Schritte hörte. Jemand stöckelte auf hohen Absätzen den Stallgang entlang, direkt auf mich zu. Womöglich Lady Ashworth. Aber was tat die denn nachts hier im Stall? Sie hielt Lord Ashworths Pferdezucht doch für ein dümmliches Hobby.

Möglichst geräuschlos zog ich eines der Eisengitter auf, drückte mich in die nächstgelegene frei stehende Box und spähte durch die Bretter. Moment mal! Das war nicht Lady Ashworth. Es war Lydia! Und sie war nicht alleine.

Durch die Bretter entdeckte ich außer ihrer noch eine zweite Silhouette. Um wen auch immer es sich handelte, die beiden waren ohne jeden Zweifel wild am Knutschen.

Ich rückte von der Wand weg, um einen Blick zu erhaschen.

»Sag mal, sucht dein Vater nicht nach dir?«, fragte der Junge, unterbrochen von einigen atemlosen Japsern. »Ich dachte, der will nicht, dass sich seine Prinzessin nach Einbruch der Dunkelheit mit fremden Männern herumtreibt.«

»Egal. Der kann mich mal«, entgegnete Lydia und zog ihn noch näher an sich heran. Sie trug immer noch ihr hübsches lachsfarbenes Kostüm vom Nachmittag, nur ihre Frisur hatte sich inzwischen aufgelöst und stand in wilden Büscheln von ihrem Kopf ab. Blieb nur eine Frage ... wer war der Junge? Es brauchte nur eine schwungvolle Drehung, bis eine bekannte, dunkelblonde Lockenmähne zum Vorschein kam.

Cooper. Dieser Oben-ohne-Cowboy, der aussah, als wäre er einer Abercrombie-Werbung entsprungen. Na, wenigstens trug er nun endlich wieder ein Hemd. Unfassbar, Lydia und Cooper! Wie war denn das passiert? Doch dann erinnerte ich mich wieder an Lydias Stielaugen, als sie Cooper halb nackt auf der Rampe des Pferdehängers entdeckt hatte und gleich großmütig angeboten hatte, mit ihm die Pferde zu versorgen.

Merkwürdig. Dabei hatte sie noch am Abend davor an Julians Rockzipfel gehangen wie ein verliebtes Rind.

»Was ist mit Blackwood, diesem Handlanger von deinem Dad?«, fragte Cooper gerade und löste sich für einen Moment von Lydia. »Hab gehört, der macht jeden platt, der sich zwischen dich und Julian stellt.«

»Cooper, mein Dad ist mir total schnuppe«, knurrte sie und küsste ihn nur noch wilder. So wie die sich an Cooper ranschmiss, war das ja beinahe schon gemeingefährlich. Was war denn plötzlich mit der Vereinsgründerin zur Erhaltung der … äh … englischen Mondschein-Pelargonie los? »Er hat sich vierzehn Jahre nicht um mich gekümmert und jetzt schleppt er mich plötzlich auf die Isle of Roses. Um ihn bei irgendetwas zu unterstützen. Keine Ahnung, was der Alte plant, aber ich tanze ganz sicher nicht nach seiner Pfeife.«

»Unterstützen?« Cooper wich ein Stück zurück. »Bei was denn?«

»Keinen Schimmer, verrät er mir nicht. Vermutlich will er sich bei den Ashworths einschleimen. Und dabei so tun, als wäre er vermögend. Dabei bin nur ich eine blutsverwandte Nachfahrin der DeWitts und müsste standesgemäß mit dem Titel Lady angesprochen werden, nur leider tut das keiner hier. Mein Dad selbst ist in etwa so adelig wie mein Goldfisch Chester.« Sie grinste und biss ihm in die Lippe. »Hast du schon mal mit einer Lady rumgeknutscht, Cooper?«

Cooper sah sie argwöhnisch an. »Und wozu braucht er dann dich?«

Lydia pfiff durch die Zähne und kletterte auf Coopers Schoß. »Ich soll Julian schöne Augen machen. Dabei finde ich diesen Gockel so attraktiv wie diesen Haufen Pferdeäpfel da. Und jetzt genug mit den Fragen. Oder willst du, dass ich abhaue?«

»Nein, nein«, hechelte Cooper treudoof, und die Knutscherei ging wieder von vorne los.

Ach herrje! Ich wagte es gar nicht, Luft zu holen. Lydia hatte also nicht das geringste Interesse an Julian. Und trotzdem wurde auf mich Jagd gemacht? Ich konnte doch gar nichts dafür.

Na toll! Diese neue Wendung der Geschichte passte mir so gar nicht in den Kram. Welche kosmische Macht hier auch immer das Drehbuch schrieb, sie hatte sie nicht mehr alle. Wie sollte ich denn Lydia und Julian jetzt noch verkuppeln, wenn nicht nur Julians Begeisterung für Lydia zu wünschen übrig ließ, sondern nun auch Lydia Julian so attraktiv wie Pferdemist fand?

Ja, ich war verdammt gut darin, Probleme zu lösen. Schulprobleme. Aber die hier waren für eine Kummerkastentante wie mich zu anspruchsvoll. Aber was blieb mir für eine andere Wahl? Miss Troubleshoot musste sich wohl kräftig ins Zeug legen.

14

Am nächsten Morgen weckte mich ein ohrenbetäubender Schuss. Nervös fuhr ich hoch, und mein erster Gedanke war, dass wir womöglich gerade überfallen wurden oder die englischen Kanalinseln sich im Krieg befanden. Auf Ashworth Park wusste man schließlich nie.

Zu meiner Erleichterung war die Verursacherin des Krachs nur Tante Gladys in einem Tweedjackett, die unten im Hof mit einer Jagdflinte in den Himmel schoss.

Ich öffnete mein Fenster und formte meine Hände zum Trichter. »Tante Gladys? Was ist denn das für ein Krach? Du … schießt doch nicht etwa auf Möwen?«

»Nur auf Tontauben, Zuckerküchlein!« Sie winkte zu mir hoch und schulterte dabei ihre Flinte. So wie sie da stand, hätte sie locker aufs Titelblatt einer Jagdrevue gepasst. »Nichts weiter als ein wenig Morgensport.«

»Du jagst Tontauben hier im Hof?«

»Wo denn sonst?«, lachte Tante Gladys. »Es gibt keinen besseren Platz, um ein wenig Schwarzpulver zu verschwenden, als direkt vor den Schlafgemächern von Lady Ashworth.«

»Oh.« Tante Gladys war wirklich die Verrückteste in diesem Laden. Allein dafür musste man sie mögen. Ein wenig erinnerte sie mich an Mum, die ordnete sich auch keinem unter und malte, was ihr passte. Auch wenn es niemandem gefiel.

»Übrigens, Abby, wir treffen uns in zehn Minuten im Frühstückssalon!«, rief sie zu mir hoch. »Lord Ashworth hat uns beide eingeladen.«

Oh, nicht doch. Ich hatte heute wirklich keine Zeit, mir erneut hitzige Streitereien zum Thema Rechte und Pflichten der englischen Privilegierten anzuhören. Ich musste Jasper mein Tagebuch abluchsen. Und ganz nebenbei einen neuen Schlachtplan für ein Happy End aushecken.

»Tante Gladys, ich bin überhaupt nicht hungrig«, log ich, auch wenn ich gut und gerne auf der Stelle ein Wildschwein hätte verdrücken können. Oder zumindest ein Dutzend Erdbeerdonuts von *Benny's Donuts*.

»Du brauchst mir keine Ausreden aufzutischen!« Tante Gladys grinste zu mir hoch. »Wir sind beinahe alleine. Die Jungs sind in der Schule und Lady Ashworth beglückt uns diesmal leider, leider nicht mit ihrer Anwesenheit. Sie fährt in die Stadt, um die Torte für das Fest heute Abend zu holen. Schade aber auch.« Sie zwinkerte mir zu. »Clarissa wird gleich bei dir sein und dir etwas zum Anziehen bringen. Wir sehen uns in zehn Minuten.«

Na großartig. Frustriert ließ ich mich auf den Teppich fallen und starrte an die Decke. Es blieben nur noch wenige Stunden bis zum Ball, und ich hatte nicht die leiseste Ahnung, wie ich dort für mein geplantes Happy End sorgen sollte. Erschwerend musste ich davon ausgehen, dass Jasper inzwischen den Beweis dafür gefunden hatte, dass ich nicht Abigale Barrington-Whitley, sondern nichts weiter als eine Hochstaplerin war.

Was Tante Gladys wohl mit mir anstellen würde, wenn Jasper die Lüge auffliegen ließ? Ob sie mich zurück in die Küche degradierte?

Lady Ashworth zumindest würde mich wie im Mittelalter vor ihre Schlossmauern jagen und in der Pampa verhungern lassen. Nicht mal Julian würde mir noch helfen, jetzt wo er dachte, dass ich ihm seinen Bruder vorzog.

Das waren ja rosige Aussichten.

»Abby?« Clarissa stand in der Tür, auf dem Arm ein geblümtes Ungetüm im Plastiküberzug. Ich konnte nur hoffen, dass das neue Vorhänge waren und nicht etwa mein Frühstückskleid. »Huch, ist dir nicht gut?«

Ich rappelte mich vom Boden hoch. »Nein, ich wollte nur mal ... die Weichheit des Teppichs testen. Tante Gladys sagte, Lord Ashworth hat uns eingeladen?«

Clarissa nickte, trat ein und hielt mir den Vorhangalbtraum an die Brust. »Hier. Lady Gladys hat extra für dich ein wunderschönes Tageskleid anfertigen lassen. Der Stoff ist aus einer Seidenmischung mit kleinen eingestickten Blumen. Schau mal. Wie passend für den Tag der Wahl zur schönsten Rose der Insel, nicht wahr?«

Einen Moment lang fragte ich mich ernsthaft, ob ihr diese abgrundtief hässliche Textilkatastrophe wirklich gefiel oder ob sie nur, typisch Clarissa, einfach alles gut fand, was von den Ashworths kam.

»Und warte mal ab, bis du dein Kleid für heute Abend siehst.« Clarissa strahlte bis über beide Ohren. »Soll ich es mal holen?«

»Clarissa, ich habe selbst eins dabei«, erklärte ich und griff nach meiner Tasche. Im Stillen dankte ich Morgan, dass sie mir so geistesgegenwärtig eins ihrer Kleider für den Ball geborgt hatte. Es war eins der dezenteren Modelle, die Morgan im Schrank gehabt hatte, und eins der wenigen, in denen man sich nicht fühlte wie ein lebendiger, rosafarbener Cupcake. »Hier, sieh mal. Das ist aus New York.«

»Aus New York«, flüsterte Clarissa ehrfürchtig, trat näher und befühlte den Stoff. Er war ein wenig zerknittert vom Transport in der Tasche und dazu nur eine billige Fasermischung, die an manchen Stellen kratzte, aber Clarissa tat, als wäre es chinesische Seide. »Hellblau, wie der Himmel. Und dann auch noch dieses Seidenband. Ein Kleid für eine Prinzessin.«

Na ja, sie musste es nicht übertreiben. Am Po hatte das Ding auch schon einen weißen Fleck, weil sich Morgan im Central Park in frische Taubenkacke gesetzt hatte, die nie ganz rausgegangen war.

»Was ist mit dir?«, erkundigte ich mich. »Weißt du schon, was du trägst?«

»Was, ich?« Clarissa hob abwehrend die Hände und sah mich dabei an, als hätte ich nicht alle Tassen im Schrank. »Ich gehe nicht da hin. Nein, wirklich nicht.«

»Mann, Clarissa, wir leben doch nicht im vorigen Jahrhundert.« Sie wollte ja wohl nicht allen Ernstes allein in ihrem Zimmer hocken, während im Ballsaal alle die Puppen tanzen ließen. »Natürlich kannst du hin, auch wenn du in den Diensten der Ashworths stehst. Außerdem hat mir Tante Gladys erlaubt, Begleitung mitzubringen, und das kann ja theoretisch auch ein Mädchen sein.«

»Ich kann nicht.« Clarissa presste die Lippen aufeinander. »Lady Ashworth hat mir aufgetragen, die Bestände in der Vorratskammer zu sortieren.«

»Die Vorratskammer? Das machst du doch nicht wirklich! Ich übernehme das für dich, okay?«

»Danke, aber nein. Ich werde bestimmt nicht hingehen. Ich, auf einem Ball? Sieh mich doch mal an.« Sie hatte die Worte kaum ausgesprochen, da fiel wie auf Kommando ein Sonnenstrahl durch das Dachfenster, direkt auf Clarissa. Ihre blasse Haut begann zu schimmern und ihr dunkelblondes Haar sanft zu glänzen, bis mich die Erkenntnis traf wie ein Blitz.

Sie war es. Clarissa. Sie war Cinderella in dieser Geschichte. Ich meine, dazu musste man sie ja nur einmal genauer ansehen. Unter der langweiligen Hausmädchenuniform und dem achtlos zusammengesteckten Haar verbarg sich eine wahre Schönheit. So lieb und so unschuldig, dass vermutlich jeden Augenblick eine Schar Spatzen zum Fenster hereinflattern und ihr dabei helfen würde, mein zerknautschtes Bett zu machen.

Ob sie wohl auf Julian stand?

»Ach Quatsch.« Ich fasste sie an den Schultern. »Clarissa, du musst unbedingt auf diesen Ball gehen, hörst du?«

Clarissa stutzte. »Wer sagt das? Und warum?«

»Warum? Na, um Jungs kennenzulernen.« Ich wippte mit den Augenbrauen. »Gibt es vielleicht schon jemanden, der dir gefällt? Vielleicht einen begnadeten Reiter? Oder Poeten? Jemanden ... ganz in deiner Nähe?«

Clarissa sah mich an, als hätte sie plötzlich Angst vor mir. »Nein ... Abby, ich verstehe nicht, was du –«

»Hier.« Ich drückte ihr mein Kleid in die Hand. »Nimm es. Es steht dir bestimmt.«

Doch Clarissa wollte es nicht annehmen. »Ich gehe nicht hin, und damit basta. Es gehört sich nicht. Abby, es tut mir leid, aber meine Entscheidung steht fest.« Dann machte sie kehrt und stürmte wortlos an mir vorbei, zurück nach draußen in den Flur.

Mist. Da hatte ich endlich meine Heldin gefunden, die Prinzessin dieser ganzen Kitschparade hier, hübsch, liebenswert und bescheiden. Nur dass meine Cinderella es vorzog, lieber Vorräte zu sortieren. Na toll. Die gute Fee musste sich nie mit solchen Problemen herumschlagen.

15

Leider hatte Tante Gladys mit keinem Wort erwähnt, dass auch DeWitt und Lydia zum Frühstück eingeladen waren. Diesmal fuhren die beiden allerdings nicht mit ihrem eigenen Auto, sondern mit einem Lieferwagen vor. An der Freitreppe sprangen drei Männer heraus und hievten eine lebensgroße griechische Statue aus Marmor bis zum Eingangstor.

»Meine Güte, DeWitt«, flötete Tante Gladys. »Was haben Sie denn da wieder für ein Geschenk angeschleppt? Ist die etwa für uns?«

»Das ist Aphrodite«, verkündete DeWitt und verbeugte sich zur Begrüßung höflich vor Tante Gladys und mir. »Eine kleine Aufmerksamkeit für Lady Ashworth. Gestern beim Turnier hat sie erwähnt, wie sehr sie die Geschichten aus der griechischen Mythologie mag und dass sie diese vielen Ritterrüstungen hier im Schloss nicht mehr sehen kann.«

Tante Gladys lachte und warf mir einen schiefen Blick zu. »Glauben Sie nicht, dass Sie sie inzwischen genug beschenkt haben? Sie hat nur einmal im Jahr Geburtstag, wissen Sie? An dem sie aus unerfindlichen Gründen immer wieder neununddreißig wird ... Und ich muss doch sehr infrage stellen, ob sie Ihre geschätzte Aufmerksamkeit verdient hat.«

»Aber Lady Gladys, natürlich hat sie das«, beteuerte er, während er den Lieferanten ein großzügiges Trinkgeld zusteckte, so, dass Tante Gladys und ich es gut sehen konnten. »Sie hat mich und Lydia heute Abend zur Gala eingeladen. Und das, obwohl sie uns kaum kennt.«

Damit waren seine Lobgesänge auf Lady Ashworth jedoch noch nicht zu Ende. Während Clarissa das Frühstück servierte (eine etwas gewöhnungsbedürftige, aber durchaus leckere Mischung aus Bohnen und Toast), rühmte er Lady Ashworths unermüdlichen Einsatz für das Kultivieren englischer Pflanzen und ihren wunderbaren Einfall, mit der Wahl zur schönsten Rose zum gesellschaftlichen Leben der Insel beigetragen zu haben.

Ich empfand eine gewisse Genugtuung, als niemand am Tisch in seine Lobeshymnen einstimmte. Denn heute saßen bloß Lydia, Lord Ashworth und Tante Gladys am Tisch. Und während die Erste etwas teilnahmslos aus dem Fenster Richtung Stall starrte (sicher hing sie dabei irgendwelchen Tagträumen von Cooper nach), machten die beiden anderen erst recht keine Anstalten, DeWitt beizupflichten.

Ich selbst hatte nicht vor, mich sonderlich am Tischgespräch zu beteiligen. Einerseits, um mich nicht in noch mehr Lügenmärchen zu verstricken, andererseits, um DeWitt keine weitere Angriffsfläche zu bieten. Inzwischen war ich mir sicher, dass nicht nur Blackwood, sondern auch De-

Witt selbst gefährlich war. Hatte ich zunächst noch geglaubt, DeWitt wolle sich nur für das Glück seiner Tochter einsetzen (auch wenn seine Methoden etwas fragwürdig waren), war ich seit dem Gespräch zwischen Lydia und Cooper sicher, dass DeWitt einen klaren Plan verfolgte. Einen Plan, der eine enge Beziehung zwischen Lydia und Julian erforderte. Für die ich wiederum in DeWitts Augen eine Bedrohung darstellte.

Wenn ich nur wüsste, was dieser Kerl vorhatte!

»Wie außerordentlich schade, dass die Lady des Hauses heute nicht anwesend ist«, murmelte DeWitt und nahm sich noch ein Stück Kuchen. So wie DeWitt jedes Mal bei den Ashworths reinhaute, konnte man glauben, es gäbe bei ihm zu Hause nichts zu essen. »Ich hoffe sehr, sie hat unsere Gesellschaft nicht schon satt?«

»Kriegen Sie sich wieder ein, DeWitt, sie ist bloß in Rosington und kauft mit ein paar Bediensteten eine Torte. Sie kommt ja wieder. Leider.« Tante Gladys rührte geräuschvoll in ihrem Tee. Dann wedelte sie mit der Hand vor ihrer Nase. »Sehen Sie auch diese furchtbaren Schwaden aus Zigarettenqualm? Kaum ist die Schreckschraube außer Haus, spielt das Personal verrückt. Unser Butler Giles nutzt jede Abwesenheit der Herrin, um seiner Nikotinsucht zu frönen. Ein frevelhaftes Laster, wenn Sie mich fragen. Aber was soll ich sagen, es ist so schwer, gutes Personal zu finden.«

»In der Tat. Was für ein Laster«, murmelte DeWitt, den ich während des Springturniers selbst schon mit einer Zigarre gesehen hatte. Sicher war der Seitenhieb von Tante Gladys beabsichtigt gewesen, das ahnte wohl auch DeWitt, darum wechselte er schnell das Thema: »Gladys, finden Sie nicht, dass ein solcher Ball eine grandiose Sache für unsere Jugend ist? Lydia freut sich auch schon. Sie hat gestern den ganzen Abend lang Kleider anprobiert. Nicht wahr, Prinzessin?«

»Hmm«, nickte Lydia abwesend und starrte aus dem Fenster.

»Jasper musste ihr bei der Auswahl helfen. Jedoch fürchte ich, Ihr Junge bringt nicht sonderlich viel Begeisterung für Kleider oder Bälle mit, Lord Ashworth.«

Ich blickte von meinem geblümten Porzellanteller hoch. »Jasper war abends bei Ihnen im Cottage?«, rief ich erstaunt und biss mir sogleich auf die Lippe. Ich hatte mir doch eigentlich vorgenommen, mich aus allen Gesprächen herauszuhalten.

»Bereits zum zweiten Mal«, verkündete DeWitt lächelnd, doch er sah dabei nicht mich, sondern Lord Ashworth an. »Ich habe ihm angeboten, die Bibliothek im Cottage zu nutzen, wann immer es ihm beliebt. Wenn er ungestört sein möchte. Oder lediglich lesen möchte.«

Nun war mir alles klar. Jasper war gestern also mit meinem Tagebuch zu DeWitt unterwegs gewesen. Dass die beiden offenbar eine Art Freundschaft pflegten, gefiel mir ganz und gar nicht. Bestimmt hatte Jasper DeWitt längst erzählt, dass ich gar nicht Gladys' Nichte war.

Oje. Mit einem Schlag war mir der Appetit auf Clarissas leckeren Bohnen-Toast-Mix gehörig vergangen. »Er ist ein besonderer Junge«, holte DeWitt gerade zu einer neuerlichen Lobhudelei aus. »So klug, so tiefgründig, und außerdem wirkt er viel älter als fünfzehn. Jasper erinnert mich an mich selbst.«

Das glaubte ich DeWitt aufs Wort. Nur die Eigenschaften hinterlistig und dreist hatte er vergessen.

»Ach, ja.« Lord Ashworth seufzte. »Ich wünschte nur, Jasper könnte sich mehr für unser privilegiertes Leben hier auf dem Land begeistern. Sie haben bestimmt gehört, dass er Teile des Westflügels in Brand gesetzt hat?«

DeWitt nickte. »Leider ja. Jugendlicher Leichtsinn.«

»Er schob es auf einen Unfall mit Kerzen und den brennbaren Substanzen, mit denen er Fotos entwickelt, aber Cordelia ist überzeugt, dass es pure Absicht und ein bewusster Affront gegen seine eigene Familie war.« Er schüttelte den Kopf. »Er macht momentan eine rebellische Phase durch, müssen Sie wissen. Wie ich ihn kenne, hat er sich noch nicht mal um einen anständigen Haarschnitt für heute Abend gekümmert, wie ich es ihm nahegelegt hatte. Oder sich nach passender Kleidung umgesehen. Aus dem alten Smoking ist er so schnell herausgewachsen, dass die Schneiderin kaum hinterherkam.«

Es war, als widmeten alle dem schwarzen Schaf der Familie eine vorwurfsvolle Gedenkminute, bis sich Lord Ashworth schließlich an mich wandte. »Abby, haben Sie denn schon ein passendes Kleid?« Er grinste breit und gemütlich wie der Weihnachtsmann. »Haben Sie denn schon mal einen richtigen Ball besucht? Gibt es in Amerika überhaupt Bälle?«

»Doch, die gibt es«, erwiderte ich und nippte an meinem Tee. »Aber ich war noch nie auf einem. Ich stelle sie mir ein wenig vor wie … wie die Oscarverleihung.«

»Hört, hört!« DeWitt warf den Kopf in den Nacken und lachte herzlich, als hätte ich einen besonders geistreichen Witz gerissen. »Die Oscarverleihung. Wie niedlich. Gladys, Ihre Nichte ist wirklich herzerfrischend.«

»Ja, wir sind froh, dass Abby zu Besuch gekommen ist.« Lord Ashworth bedachte mich mit einem liebevollen Blick. »Wir haben sie alle bereits ins Herz geschlossen. Unser Sohn Julian besonders, wie mir scheint.«

Lord Ashworth machte eine bedeutsame Pause, während mir vor Schreck fast die Porzellantasse aus der Hand geglitten wäre. Dabei hefteten sich die Blicke von DeWitt und Tante Gladys auf mich, Gladys' Blick eher neugierig, DeWitts sichtlich wütend. Geräuschvoll legte er die Kuchengabel ab.

»Ach ja?« DeWitt bemühte sich um einen gleichgültigen Tonfall.

»Durchaus.« Lord Ashworth lachte. »Abby, er hat Sie doch gestern gefragt, ob Sie ihn zum Ball begleiten, nicht wahr? Er hat mich davor um Rat gebeten, denn rein theoretisch gesehen sind Sie und er ja Teil derselben Familie, wenn auch nicht blutsverwandt. Julian ist so ein guter Junge, er macht sich immer Sorgen, ob sein Handeln der gesellschaftlichen Etikette entspricht.« Dabei warf er seine dicken Arme in die Luft, als interessierte ihn die gesellschaftliche Etikette in Wahrheit nicht die Bohne. »Aber wissen Sie, was ich dazu gesagt habe? Verwandtschaft? Familie? Pah. Wen kümmert es, mein Junge? Noch vor hundert Jahren hättest du wohl deine Cousine geheiratet, also lass dir deswegen keine grauen Haare wachsen.«

Ich konnte fühlen, wie sich mir der Magen umdrehte. Was waren die Ashworths denn bitte schön für eine Familie, in der man die Beziehungsangelegenheiten von Teenagern beim Morgentee besprach? Fehlte gerade noch, dass man Hochzeiten arrangierte.

»Und?«, fragte mich Tante Gladys. »Hast du angenommen?«

»Nein, habe ich nicht«, verkündete ich tapfer und begegnete Lord Ashworths Blick. Mir gefiel es gar nicht, dass Julian und ich in den Mittelpunkt der Aufmerksamkeit gerückt waren. Und dass DeWitt mich anfunkelte, als würde er mich mit dem Frühstücksmesser am liebsten um einen Kopf kürzer machen.

»Oh.« Mit dieser Antwort schien Lord Ashworth nicht gerechnet zu haben, vermutlich kam eine Absage an seinen ältesten Sohn nicht gerade oft vor. »Warum denn nicht?«

»Lord Ashworth, nur eine kleine Empfehlung meinerseits, aber Sie könnten Ihrem Sohn nahelegen, meine Lydia zu fragen«, unterbrach ihn DeWitt. »Soweit ich weiß, hat sie für heute Abend niemanden, der –«

»Dad! Lass das!«, zischte Lydia und wurde dabei so schweinchenrosa wie die Bluse, die sie heute trug. Dieser Wink mit dem Zaunpfahl war so offensiv und peinlich, dass sogar jemand wie Lydia erstmals menschliche Züge an den Tag legte.

»Nicht mal einen einzigen Tanz, Abby? Einen Walzer? Julian ist ein hervorragender Tänzer«, versuchte es Lord Ashworth erneut, ohne auf DeWitts und Lydias Gezanke zu achten.

»Ich kann nicht tanzen«, antwortete ich, während mir das Blut in den Kopf stieg. Bestimmt glühten meine Wangen inzwischen so rot wie eine Laterne. »Und jetzt muss ich los. Ich habe Clarissa versprochen, ihr mit den Vorräten zu helfen.«

Mit diesen Worten schob ich den Stuhl zurück und trug meinen Frühstücksteller in die Küche. Ich hatte schon jetzt genug von dieser Gala, dabei hatte sie noch nicht mal begonnen. Clarissa hatte keine Lust hinzugehen, und nun musste ich mich auch noch dafür rechtfertigen, warum ich nicht, wie jedes andere anständige Mädchen hier auf der Insel, Hals über Kopf in Julian verknallt war.

Die Vorratskammer auf Ashworth Park war riesig, mindestens so groß wie mein Gästezimmer bei Tante Gladys. In dem spärlich beleuchteten Raum reihten sich Unmengen von Regalen aneinander, auf denen sich staubige Konservendosen und riesige Säcke mit Lebensmitteln stapelten. Arme Clarissa. Einen ganzen Abend lang hier festzusitzen und die verdorbenen Speisen auszusortieren, anstatt wie alle anderen auszugehen, war wirklich fies. Außerdem verdammt nah an der Geschichte von Cinderella, da war die Serie ja nicht sonderlich kreativ gewesen. Aber was hatte ich von dieser schlechten Soap denn auch anderes erwartet?

Weil Clarissa noch nicht hier war, beschloss ich, mit dem

erstbesten Regal anzufangen. Erbsen. Einige der schweren Konservenbüchsen waren bereits vor etlichen Jahren abgelaufen, dabei war ich noch gar nicht bei den richtig großen, staubigen Dingern angelangt, die sich ganz oben auf dem Regal stapelten.

Nach einer Weile hörte ich, dass jemand hereinkam. »Hi Clarissa. Ich habe schon mal angefangen«, sagte ich und drehte eine der Dosen in meinen Händen. »Das ist ja mehr Arbeit als gedacht.« Ich fuhr herum. »Könntest du vielleicht eine Leiter –«

Doch es war nicht Clarissa, die die Kammer betreten hatte, sondern DeWitt. Er schritt auf mich zu, dabei lagen seine Gesichtszüge im Dunkeln. War er mir etwa gefolgt?

»Abby. Gut, dass ich dich gefunden habe«, sagte er genauso freundlich, als säßen wir noch bei Tisch. »Ich wollte dir vor heute Abend noch etwas Wichtiges mitteilen. Es betrifft Julian. Und meine Tochter Lydia.«

Nicht das schon wieder. »Ja?«

»Mädchen, ich glaube, du hast vor Kurzem einen meiner treuesten Diener kennengelernt.« Er lehnte sich an das Regal hinter meinem Rücken und kam mir dabei beunruhigend nahe, während er mich aus dunklen Augen anstarrte. Himmel, er sah wirklich genauso aus wie George Clooney in der Kaffeewerbung. »Mr Blackwood.«

Na klar, Blackwood, diesen Irren mit dem Vollbart und dem geistesgestörten Blick, der mich in eine Kammer gezerrt und dort hätte verhungern lassen. Wie könnte ich den vergessen?

»Blackwood hat dir bereits nahegelegt, dich von Julian fernzuhalten. Ich bin hier, um dieser Aufforderung Nachdruck zu verleihen.« Er brach ab und bemühte sich offensichtlich um Fassung. Dann zeigte er wieder sein Strahlelächeln, doch seine Augen blieben kalt. »Du wirst verstehen, dass eure dumme kleine Teenagerromanze ohnehin keine Zukunft hat, sobald du wieder in Amerika bist, nicht wahr?«

Langsam reichte es mir. »Meine Güte, was wollen Sie denn von mir? Haben Sie etwa nicht gehört, dass ich nicht vorhabe, Julian heute Abend zu begleiten?« Nicht zu fassen, dass ich George Clooney mal ganz cool gefunden hatte. Sein Zwilling hier hatte leider den Verstand verloren.

»Ach.« DeWitt kam noch näher. »Aber er hat dich doch eingeladen, warum in aller Welt tut er denn das? Stell das ab. Und zwar sofort.« Einen Moment lang durchbohrte er mich mit seinen dunklen Augen, dann setzte er plötzlich einen mitleidigen Blick auf. »Ich verrate dir jetzt ein Geheimnis, Mädchen. Meine Tochter Lydia ist schon seit Jahren in Julian verliebt, seit sie in einem Lokalblatt einen Artikel über ihn gelesen hat. Nur deswegen hat sie mich auf die Isle of Roses begleitet, um in Lady DeWitts Cottage zu leben.«

»Das ist doch kompletter Quatsch!« Ich nahm all meinen Mut zusammen und bot ihm die Stirn. Dieser Lackaffe log wie gedruckt, so viel stand fest. »Ihnen ist Ihre Tochter vollkommen egal. Falls Lydia sich jemals für Julian interessiert hat, dann tut sie es inzwischen längst nicht mehr. Sie selbst verfolgen doch ganz andere Pläne, geben Sie es zu. Sagen Sie, worum es Ihnen wirklich geht!«

DeWitts Blick verfinsterte sich, doch im nächsten Moment entspannte er sich wieder und grinste. »Was bringt es, dir die Hintergründe zu erklären? Du bist ein vierzehnjähriges Mädchen aus Amerika.«

»Fast fünfzehn«, feuerte ich zurück.

»Na, meinetwegen. Niemand hier auf Ashworth Park nimmt dich ernst. Und niemand wird dir glauben. Für Lady Ashworth bist du ein unwichtiger Eindringling und für den Lord eine niedliche Ablenkung für Julian. Du bist doch nicht mal Teil der adeligen Gesellschaft.«

Pah! Ich war wahrlich froh darüber, nicht Teil dieses blaublütigen Irrsinns zu sein. »Und Sie? Sie ja wohl auch nicht, bloß Ihre Tochter Lydia. Sie sind doch nur ein ... ein stinknormaler Emporkömmling.« So nannte Mum die neureichen Leute in New York, die sich nach ein paar guten Wall-Street-Geschäften für besonders einflussreich hielten. »Sie schleimen sich bloß bei Lady Ashworth ein.«

Er lächelte hintergründig. »Und es funktioniert. Bald werde ich Teil des inneren Zirkels sein, während du wieder zurück in Amerika bist, zwischen Gettoschluchten Rapmusik hörst und man dir dein läppisches Taschengeld klaut.«

Das wäre wirklich schön, zumindest der Teil mit der Rückkehr nach Amerika, nicht der mit den Gettoschluchten und dem Taschengeldklau. Zum Glück war unser Eck von Brooklyn ziemlich friedlich.

»Warten Sie es ab. Es wird Sie überraschen, wie schnell Sie von der Bildfläche verschwinden werden«, zischte ich und fand es gleichzeitig ein wenig bedauernswert, dass sich De-

Witt der Zweideutigkeit meiner Worte nicht bewusst war. Denn wenn es heute zwischen der wahren Prinzessin Clarissa und dem Helden Julian funkte, hätte diese dämliche Serie endlich ein Happy End, und DeWitt würde es endgültig vergessen können, Lydia zwanghaft mit Julian zu verkuppeln.

Das Gute triumphiert. Das Böse verliert. Eine klassische letzte Episode, und ab morgen gäbe es auf Channel Island TV einen freien Sendeplatz.

»Da täuschst du dich«, fauchte DeWitt. »Aber das wirst du schon noch erkennen. Und bis dahin wünsche ich keine weitere Einmischung mehr. Und untersteh dich, heute Abend auf dem Ball aufzutauchen. Ist das klar?«

»Was? Ich soll hierbleiben?« Ich würde ganz sicher nicht fehlen. Wie sollten Julian und Clarissa denn zueinanderfinden, wenn ich nicht ein wenig nachhalf? Cinderella hatte immerhin auch eine gute Fee an ihrer Seite gehabt. »Aber Tante Gladys hat mich eingeladen.«

»Selbst wenn dich die englische Königin eingeladen hätte. Du setzt keinen Fuß in den Ballsaal.« Er machte eine flinke Handbewegung, und ehe ich mich's versah, glänzte etwas Silbriges in seiner Hand. Ein Messer!

Mir blieb beinahe das Herz stehen, als er noch näher kam. Ich sah das Blitzen in seinen Augen, als er ausholte und das Messer mit voller Wucht in einen Mehlsack über mir rammte. »Sonst könnte es sein, dass du es bereust«, sagte er gefährlich leise. »Und kein Wort zu irgendjemandem über diese Unterhaltung. Tante Gladys wäre bestimmt sehr traurig, wenn ihre Nichte plötzlich ... unter rätselhaften Umständen verschwände. Alles klar, Miss Barrington-Whitley?«

Ein unaufhaltsamer Mehlstrom rieselte auf meinen Kopf, während ich verdutzt zusah, wie DeWitt aus der Vorratskammer trat und sich dabei das dunkle Haar nach hinten strich. »Mach hier sauber!«, befahl er. »Dann hast du abends was zu tun.« Mit diesen Worten verschwand er.

Ich ballte die Fäuste. Dieser Kerl war verrückt. Ich würde ganz sicher nicht auf den Ball verzichten – welche Chance gäbe es denn dann noch für ein Happy End? Doch kaum hatte ich den Gedanken zu Ende gedacht, drängte sich ein neuer auf: DeWitt hatte mich Miss Barrington-Whitley genannt, also hielt er mich offenbar immer noch für Tante Gladys' Nichte. Jasper hatte ihm wohl doch nicht verraten, dass ich eine Hochstaplerin war. Oder hatte er mein Tagebuch gar nicht gelesen?

Als die Tür hinter DeWitt ins Schloss gefallen war, stürzte ein Schatten aus dem hinteren Teil des Lagerraums auf mich zu. Jemand packte mich an den Schultern. »Abby! Gott sei Dank geht es dir gut. Ich war hier drin, die ganze Zeit. Nur zwei Reihen weiter hinten, bei den Karottensäcken. Ich habe alles gehört und war starr vor Angst, als ich DeWitts Messer gesehen habe. Ich wollte eingreifen, aber ... es ging alles so schnell!«

»Clarissa!« Mein Blick wanderte von meinem verängstigten Gegenüber zu dem Haufen Mehl, der sich zu unseren Füßen gebildet hatte. »Alles ist gut. Er ist weg. Wir müssen bloß dieses Chaos hier in den Griff bekommen.«

Clarissa machte keine Anstalten, das Mehl zu beseitigen. »Mit Mr DeWitt ist nicht zu spaßen. Er hat dir gedroht«, stellte sie fest und lief zwischen den Regalen unruhig auf und ab. »Und er ist ein schlechter Vater, wenn er sich durch seine Tochter Vorteile bei den Ashworths erhofft.«

»Das kann er sich sowieso abschminken. Julian kann Lydia nicht leiden. Und umgekehrt.«

Clarissa überlegte. »Wie auch immer. Abby, du darfst auf keinen Fall zu diesem Ball gehen, hörst du? Bestimmt wartet DeWitt nur darauf, dich dort anzutreffen.«

»Ich habe keine Angst vor diesem Lackaffen.« Trotzig verschränkte ich die Arme. »Tante Gladys hat mich eingeladen, ich habe ein Recht darauf, dort zu sein. Und du auch. Möchtest du nicht doch mitkommen, Clarissa?«

Clarissa seufzte. »Nein. Ich dachte, das Thema hätten wir durch.« Sie ließ sich resigniert zu Boden sinken und sah mich aus ihren runden Augen an. »Aber wenn du gehst, musst du mir versprechen, dass du auf dich aufpasst.«

»Das kann ich nicht versprechen.« Mir war plötzlich eine Idee gekommen, wie ich Clarissa austricksen konnte. »Ich stehe nun mal auf Abenteuer. Gefahren sind mein Hobby.«

Okay, das klang ein klein wenig überzogen, fast so, als hielte ich mich selbst für James Bond, doch Clarissa nahm es mir trotzdem ab.

»Ich weiß. Du bist viel mutiger als ich. Selbst Gatsbys Exkremente konnten dir nichts anhaben. Aber kannst du nicht ein wenig vernünftig sein? Mir zuliebe?«

»Du kennst mich doch.«

»Sei nicht stur. Wenn dir etwas zustößt, werde ich mir die Schuld geben, weil ich dich nicht davon abgehalten habe, auf das Fest zu gehen.« Sie überlegte, dann machte sie einen Schritt auf mich zu. »Okay, du wolltest es nicht anders. Wenn du nicht selbst auf dich aufpassen kannst, muss ich es tun. Ich begleite dich heute Abend und weiche dabei nicht von deiner Seite. Gilt das Angebot mit deinem Kleid noch?«

Na also, ging doch. Das war gar nicht mal so schwer gewesen. Die Prinzessin ging auf ihren Ball, und das ganz ohne Magie, bloß mit einer Prise umgekehrter Psychologie.

»Aber natürlich, Clarissa.« Ich gab mir Mühe, nicht zu breit zu grinsen, sonst hätte sie es sich womöglich noch anders überlegt. »Wie ich schon sagte, du kannst es gerne tragen. Und ich wette, es steht dir ganz hervorragend.«

16

Mit Klamotten war das so eine Sache. Es gab Kleider, da wussten Morgan und ich sofort, dass sie gut an uns aussehen würden. Und dann gab es wiederum Kleider, die auf dem Bügel einfach nur scheußlich aussahen und sich erst angezogen zu einem echten Lieblingsteil entwickelten.

Tante Gladys' Ballkleid gehörte leider zu keiner der beiden Kategorien. Als ich mich abends in den festen glänzenden Stoff gezwängt hatte und mich im Spiegel betrachtete, fand ich das Stück nur noch hässlicher als vorhin, als es mir Tante Gladys gebracht, geheimnisvoll mit den Wimpern geklimpert und dabei den Kleidersack abgezogen hatte.

Abgesehen vom großflächigen Rosenprint (ich hatte es fast befürchtet), reichte das Ding bis zum Boden und besaß hinten eine kleine Schleppe. Doch das war noch nicht mal das Schlimmste an dem Ungetüm. Die Ärmel gingen bis zum Handgelenk und waren so aufgeplustert, dass es aussehen musste, als hätte ich einfach mal schnell das Doppelte meines Körpergewichts zugelegt.

Ein Glück, dass ich heute Abend niemand gefallen wollte und sich mein Plan nur um Clarissa drehte.

»Du siehst allerliebst aus, Honigtörtchen«, säuselte Tante Gladys und zupfte meinen Unterrock zurecht. Die Unmengen an Stoffbahnen an meinem Körper raschelten bei jeder Bewegung. »Habe ich dieses Kleid nicht toll ausgewählt? Es ist wunderschön, vielleicht ein wenig zu lang, aber da kann man nichts machen. Diese untalentierte Schneiderin hat es mit den Maßen nicht ganz genau genommen. Aber das soll uns nicht daran hindern, Spaß zu haben. Du musst bloß achtgeben, dass du beim Tanzen nicht über den Saum stolperst. Besser, du lässt die schnellen Schrittfolgen bei den Tänzen aus, die bringen dich nur in Gefahr.«

Da machte sie sich völlig unbegründete Sorgen. »Tante Gladys, ich kann überhaupt nicht tanzen. Jedenfalls keine Standardtänze.« Heimlich hatte ich gehofft, dass die Ashworths normale Partymusik spielen würden, aber da war ich wohl einem Irrtum erlegen. Ich konnte nämlich nur zu stinknormalen Hits tanzen, das aber dafür richtig gut. Morgan besaß eines dieser witzigen japanischen Konsolenspiele mit dem Titel *Tokio Dance Party*, bei denen man im Beat irgendwelcher schrägen asiatischen Songs die richtigen Schrittfolgen nachtanzen musste. Meinen Highscore hatte seit Monaten niemand geknackt, nicht mal Morgans älterer Bruder, und der tanzte immerhin in einem Broadway-Musical.

»Ach, Quatsch. Natürlich tanzt du.« Inzwischen zupfte Tante Gladys am Ausschnitt ihres eigenen Outfits herum, einem nicht minder schrecklichen, tief ausgeschnittenen Kleid aus türkisem Samt mit vielen Rüschen um die Beine.

Mit ihren roten Haaren erinnerte sie mich an eine in die Jahre gekommene Arielle, die Meerjungfrau. »Julian ist ein guter Tänzer, der hat schon mit so vielen linksfüßigen Dumpfbacken getanzt, und niemandem wäre es aufgefallen.«

»Tante Gladys!«, rief ich empört. »Entschuldige mal, bitte.«

»Tut mir leid, Butterkeks.« Tante Gladys tätschelte mir die ausgeplusterte Schulter und sah mich durch den Spiegel an. »Ich habe nur festgestellt. Damit wollte ich dich natürlich nicht beleidigen.«

»Und außerdem habe ich nicht vor, mit Julian zu tanzen, das weißt du doch«, stellte ich klar. Offensichtlich wollte das niemand hier in Ashworth Park so recht glauben. Dachten die etwa alle, ich würde mich bloß ein wenig zieren, um besonders anständig zu wirken und meine Würde zu bewahren? Ich war definitiv nicht verknallt in Julian Ashworth, und ich wusste nicht, was sich daran jemals ändern sollte.

»Schon gut, schon gut.« Tante Gladys trug zum Abschluss noch eine dicke Schicht Lippenstift auf. Zufrieden spitzte sie die Lippen, dann glitt ihr Blick auf mich. »Liebes, ich finde, du könntest auch noch etwas Farbe vertragen. Dieser Farbton nennt sich Rosenrot. Er passt sicher ganz wunderbar zu deinem Teint und dem Kleid. Außerdem hält er vierundzwanzig Stunden und ist kussecht.«

Musste ich es ihr schriftlich geben? »Tante Gladys, Julian und ich werden nicht –«, wehrte ich ab, doch da hatte Tante Gladys schon nach meinem Kinn gegriffen. Bevor ich sie abschütteln konnte, hatte sie mir einen knallroten, etwas verzogenen Kussmund aufgemalt. Na großartig. Jetzt sah ich aus wie die böse Herzkönigin aus *Alice im Wunderland*.

»Wer weiß, vielleicht lerne ich heute Abend meinen fünften Ehemann kennen«, verkündete sie fröhlich. »Man weiß ja nie.« Sie steckte den Lippenstift in ihr mit Federn verziertes Handtäschchen, riss davon eine lange Feder ab und steckte sie sich zum Abschluss ins Haar. »Und die Liebe sollte man nicht warten lassen. Bereit für den großen Auftritt über die Festsaaltreppe? Wenn wir gleich losgehen und ich die Liederfolge des Orchesters richtig im Kopf habe, könnten wir zu den Takten von Beethovens Fünfter in den Saal schreiten. Dann richten sich bestimmt alle Blicke auf uns.«

Mir wurde plötzlich heiß. Festsaaltreppe? Alle Blicke auf uns gerichtet? Das klang ja so offiziell wie ein Staatsbankett. Ich hatte gehofft, dass ich mich irgendwo heimlich unter die Menge mischen konnte, ohne dass DeWitt gleich auf mich aufmerksam werden würde. Es sollte so lange wie möglich geheim bleiben, dass ich trotz seiner Drohung in der Vorratskammer auf den Ball ging. Mit diesem auffälligen Riesenkleid war das ohnehin schon schwierig genug.

Ich musste Tante Gladys irgendwie loswerden. »Geh du schon mal vor, ohne mich«, bat ich. »Ich finde, dass mein Outfit ... das Motto des Festes noch nicht genug wiedergibt. Zu wenig Rosen. Ich würde gerne aus dem Garten noch einige Knospen pflücken und Clarissa bitten, sie in mein Haar zu stecken.« Ich grinste sie an. »Du weißt schon, damit alles zusammenpasst.«

Ich dachte schon, damit hätte ich den Bogen überspannt,

aber Tante Gladys schien die Idee tatsächlich zu gefallen. »Wunderbar.« Sie strahlte. »Nur Hände weg von meinen wunderschönen Gladys-Rosen. Das ist meine eigene Zuchtsorte und ich habe mindestens zwanzig Kreuzungsversuche mit verschiedensten Samen hinter mir. Aber jetzt ist sie perfekt. Die gibt es auf der ganzen Welt kein zweites Mal.« Sie lief zu meinem Nachtkästchen, hob eine Vase hoch und betrachtete die Rose darin. Die Blätter leuchteten in einem satten Rotton, wie der Lippenstift, den Gladys ständig trug. »Das ist sie übrigens. Sie ist genauso einzigartig wie ich. Und außerdem ist die Gladys-Rose meine Bewerbung für den Rosenzüchtungspreis heute. Cordelia würde sich zwar eher bei lebendigem Leibe die Haut bügeln, als eine meiner Züchtungen zu küren, aber diesmal wird ihr keine andere Wahl bleiben. Meine Rose muss gewinnen. Also wenn du etwas Grünzeug für dein Haar brauchst, schneide die Rosen vor Lady Ashworths Fenster ab, das ist nichts als billiges Saatgut aus dem Gartenbaucenter in Rosington.«

»Oh … okay, wird gemacht.«

»Und lass dir nicht zu lange Zeit«, schärfte mir Tante Gladys zum Abschied ein. »Sonst verpasst du noch den Eröffnungstanz, dafür wählt Julian jedes Jahr eine Partnerin.«

»Tante Gladys –«

»Ja, ja, ich weiß. Julian interessiert dich nicht.« Sie warf einen letzten, prüfenden Blick in den Spiegel. »Das haben bisher noch alle gesagt.« Und dann tänzelte sie mit erhobenem Kinn in den Flur, summte dabei Beethovens Fünfte und ließ mich im Zimmer zurück.

Ich würde mir nicht zu lange Zeit lassen, so viel war sicher. Nicht wegen Julians Eröffnungstanz, sondern aus Sorge, dass Jasper womöglich doch nicht aus seinem Festtagsanzug herausgewachsen war, zum Fest ging und Tante Gladys die Wahrheit über mich steckte. Denn solange Tante Gladys alleine war, standen ihm dazu alle Möglichkeiten offen.

Ich hatte eben mein Zimmer verlassen und lief durch den Flur ins Treppenhaus, als Clarissa um die Ecke bog. Zu meinem Entsetzen steckte sie immer noch in ihrer Dienstmädchenuniform.

»Clarissa, was tust du noch hier?« Ich hob mein Kleid und stürmte auf sie zu. »Bitte, sag nicht, dass du es dir anders überlegt hast. Ich dachte, wir hätten abgemacht, dass –«

»Keine Panik, Abby.« Sie lachte und nahm meine Hand. »Ich bin schon unterwegs in mein Zimmer und schlüpfe nur noch in dein Kleid.« Sie blickte an mir herab. »Oh, du trägst ja wirklich das Kleid, das Tante Gladys für dich hat schneidern lassen.«

Ich stutzte. »*Wirklich?*«, wiederholte ich skeptisch. »Moment, hast du denn angenommen, dass ich es nicht tragen würde? Weil es abgrundtief hässlich ist? Gib es zu!«

»Äh, nein, so meinte ich es nicht.« Schlagartig nahmen Clarissas Wangen dieselbe Farbe an wie die Rosen auf meinem Kleid. »Es ist wirklich … nett.«

»Nett ist ein anderes Wort für *zum Kotzen*, das weiß jedes Kind«, stellte ich fest und verschränkte meine Arme.

Clarissa wackelte unschlüssig mit dem Kopf. »Dafür ist

dein Haar toll«, wechselte sie das Thema. »Die Hochsteckfrisur mit den Zöpfen sieht niedlich aus.«

»Mein Haar war auch das Einzige an mir, bei dem Tante Gladys nicht ihre Hände im Spiel hatte.« Ich hob hilflos meine raschelnden Riesenärmel. »Das täuscht auch nicht über diese Stoffkatastrophe hinweg. Ein Gutes hat die Sache zumindest – nach dem Ball kann man daraus fürs ganze Haus Vorhänge nähen.«

Clarissa ließ sich auf eine samtene Sitzbank fallen und sah nachdenklich zu mir hoch. Danach griff sie in die Vordertasche ihrer Schürze und förderte eine Schere zutage. »Ich habe eine Idee«, verkündete sie. »Sofern Tante Gladys dir nicht streng verboten hat, das Kleid zu … äh … optimieren.«

»Hat sie nicht«, behauptete ich felsenfest, begleitet von einer leisen Ahnung, was Clarissa vorhatte.

»Also los. Befreien wir dich aus diesem Stoffmonster. Halt still, sonst verletze ich dich womöglich noch.« Clarissa kam näher, setzte die Schere über meinem Busen an und begann, den Stoff zu zerschneiden. Erst fielen die beiden Ärmel, dann der Stoff rund ums Dekolleté. Was blieb, war ein wirklich gelungenes trägerloses Kleid und ein neues, vollkommen befreites Lebensgefühl. Am liebsten hätte ich Clarissa gebeten, auch die Länge des Kleides zu kürzen, aber dann lief ich womöglich Gefahr, nicht in den Ballsaal zu kommen. Was den Dresscode betraf, kannte Lady Ashworth kein Pardon.

»Mit dem Muster ist natürlich nichts zu machen«, meinte

Clarissa abschließend, schlug die frisch abgeschnittenen Stellen um und befestigte sie mit Sicherheitsnadeln. »Und vielleicht zeigst du auch ein bisschen zu viel Haut für Lady Ashworths Geschmack. Aber ich finde, jetzt siehst du ganz hervorragend aus.«

Ich warf einen Blick in den Garderobenspiegel. Nachdem das Kleid einiges an Stoff verloren hatte (Gladys würde durchdrehen, das Material war bestimmt sehr teuer gewesen), wirkte es gleich viel weniger erdrückend. Dazu hatte Clarissa das Oberteil so gut abgeschnitten, dass es selbst bei meiner kleinen Körbchengröße ohne Träger hielt. Vielleicht würde mir bis in den Festsaal eine gute Ausrede einfallen, warum ich das Kleid kurzfristig hatte abschneiden müssen. Ein ungeschicktes Brandloch oder ein plötzlicher Zusammenstoß mit einem wilden Tier waren schon mal ganz gute Ansätze, fand ich.

»Danke, Clarissa.« Dankbar umarmte ich sie. Wer hätte gedacht, dass man in einer Soap gute Freunde wie Clarissa finden konnte? Sie war die wahre Heldin hier, davon war ich mehr und mehr überzeugt. »Und jetzt mach dich fertig, Julians Eröffnungstanz geht gleich los. Da solltest du nicht fehlen.«

Sie schnappte ihre Sachen. »Pah, als ob Master Julian heute ausgerechnet mit mir tanzen würde«, lachte sie, winkte mir zum Abschied und eilte über die Treppe nach draußen, in Richtung des Pförtnerhauses.

Na, die würde sich noch wundern.

17

Für jemanden wie mich, der in einer Siebzig-Quadratmeter-Wohnung aufgewachsen war, besaß Ashworth Park gigantische Ausmaße. Während ich mich hier aufgehalten hatte, hatte ich Dutzende Prunkräume gesehen, die gut und gerne für diesen Rosenball hätten herhalten können, aber da ich nicht wusste, wo sich der eigentliche Ballsaal befand, beschloss ich, dem unaufhaltsamen Menschenstrom zu folgen, der sich von den parkenden Taxis in der Auffahrt über die hufeisenförmige Treppe wälzte.

Tante Gladys hatte nicht übertrieben. Heute Abend war tatsächlich die ganze Insel anwesend, ungeachtet des Alters jedes Einzelnen. Einige hatten sich richtig ausstaffiert, während andere sich anscheinend nicht an Lady Ashworths strengen Dresscode gehalten hatten. Laut diesem waren bodenlange Abendrobe für Frauen und Smoking für Männer Pflicht. Sie hatte es auf den Einladungen extra dreimal unterstrichen.

»Tut mir leid, junge Damen, Minikleider sind nicht erlaubt. Das hier ist keine Party, sondern ein Ball«, verkündete Butler Giles soeben, der die undankbare Aufgabe abbekommen hatte, die Einladungen zu kontrollieren. Dabei musterte er drei Mädchen in meinem Alter.

»Oh, bitte, bitte, Mr … äh … Butler«, säuselte die eine, deren Minikleid gerade mal das Nötigste bedeckte. »Mein Kleid ist doch schick, was passt daran nicht?«

»Ungeachtet meines persönlichen Geschmacks hat Lady Ashworth strenge Vorgaben gemacht, an die ich mich halten muss«, wehrte Giles ab.

Ich beschloss zu helfen. »Giles, das hier sind meine Freundinnen«, log ich und hakte mich bei den Mädchen unter. Zum einen fand ich es witzig, Lady Ashworths spießigen Dresscode zu boykottieren, andererseits taten mir die Mädchen wirklich leid. »Ich habe wohl vergessen, ihnen die Einladungen auszuhändigen, wo der Dresscode vermerkt war.«

Giles rümpfte die Nase, doch wegen der drängelnden Menschentraube, die sich bereits hinter uns gebildet hatte, winkte er uns durch. Als wir außer Hörweite waren, fielen mir die drei um den Hals.

»Oh vielen, vielen Dank!«, rief ein rothaariges Mädchen mit vielen Sommersprossen und küsste mich dabei auf die Wange. »Du hast uns gerettet! Ich weiß, es war ziemlich dumm, dass wir uns nicht an den Dresscode gehalten haben, aber wie sollen wir denn sonst Julian auf uns aufmerksam machen?« Sie blickte an sich herab. »Ich habe ewig lange Beine, die kann ich nicht unter irgendeinem bodenlangen Stoff verstecken.«

»Ist es nicht gigantisch, dass Julian ohne Date unterwegs ist?«, säuselte ihre Freundin. »Seit Jahren warte ich auf so eine Gelegenheit, aber es hat sich einfach nie ergeben. Es war immer eine andere an ihm dran. Aber heute wird mein großer Tag, ich spüre es. Ich musste drei Liter von Mums ekeliger Diät-Kohlsuppe runterwürgen, bevor ich schlank genug für dieses Kleid war. Dabei bekomme ich von diesem widerlichen Zeug immer Blähungen.«

Oh nein. Ich war in eine Gruppe von Julian-Groupies geraten. Und ich Dussel hatte ihnen auch noch geholfen, hier reinzukommen.

»Und du? Bist du etwa auch an Julian dran?«, erkundigte sich die Dritte, eine dunkelhäutige Brünette, während die beiden anderen inzwischen ihre Smartphones aus der Tasche geholt hatten und ein Selbstporträt nach dem anderen schossen. »Oder etwa an seinem Bruder? Aber lass dir gesagt sein, nur der Erstgeborene erbt nach britischem Recht den Titel. Also würde ich an deiner Stelle auf den Leithammel setzen.« Sie grinste und zeigte eine riesige Zahnlücke. »Wenn schon, denn schon.«

Hilfe! Was waren denn das für Tanten? Wenn es in meiner Geschichte Cinderella gab, dann mussten das hier Cinderellas dämliche Stiefschwestern sein. Inklusive Smartphones. Ging es denen nur darum, sich einen reichen Freund zu angeln? Was war denn bitte schön mit emanzipierten Frauen passiert, die es selbst zu etwas bringen wollten? Bis in die englische Pampa hatte es der Feminismus wohl nicht geschafft.

»Vielen Dank, ich werde es mir merken«, verkündete ich, machte kehrt und ließ die Mädchen stehen. Am liebsten hätte ich diese Truppe wieder nach draußen befördert, aber jetzt war es zu spät. Ich tröstete mich damit, dass meine Cinderella diese drei Groupies wie einen Haufen Sumpfkröten aussehen lassen würde, wenn sie erst mal hier eintraf. Blieb zu hoffen, dass sie es vor dem Eröffnungstanz schaffte.

In einiger Entfernung begann ein Streichorchester aufzuspielen und in den Gängen entstand rege Betriebsamkeit. Rasch gaben die letzten Damen an der Garderobe ihre Pelzjäckchen ab und stöckelten durch die wuchtige Tür und hinab in den Festsaal.

Es ging los. Ich musste mich beeilen und schnell einen zweiten, unauffälligeren Eingang in den Saal ausfindig machen. Aus den Augenwinkeln sah ich eine Horde Lakaien durch eine Tapetentür schlüpfen und beschloss, ihnen zu folgen. In einigen Metern Abstand schlich ich einen versteckten, dunklen Treppenabgang hinunter, immer den Geräuschen nach, bis die Truppe durch eine weitere Tür in der Wand in den Saal trat.

Ich ließ einige Sekunden verstreichen, dann stieß ich die Tür auf und schlüpfte in den Ballsaal.

Ich hatte kaum einen Fuß auf den glänzenden Marmorboden gesetzt und schon nahm ich um mich herum nichts als Lichter, Lärm und Tumult wahr. Der Ballsaal der Ashworths war riesig, zehn Mal so groß wie unsere Sporthalle, und außerdem um vieles pompöser. Gigantische Gemälde schmückten die Wände und alle paar Meter hing ein prunkvoller Kronleuchter von der Decke. Auf der gegenüberliegenden Seite des schier endlosen Saales hatte man eine mit unzähligen Blumen geschmückte Bühne aufgebaut, wo sich Lady Ashworth gerade vorm Mikrofon positionierte.

Also gut. Wie lautete mein Plan für heute Abend? Ich musste Julian im Auge behalten. Ich musste ihn in meiner Nähe wissen, sobald Clarissa auftauchen würde. Und das am besten aus sicherer Entfernung, damit mich DeWitt dabei nicht entdecken würde. Vermutlich hielt Julian sich in der Nähe von Lady Ashworth vorne am Podium auf. Ich schob mich eilig durch die nächste Menschentraube, immer weiter nach vorne, als jemand nach meinem Handgelenk griff.

Ich erschrak und fuhr herum. Mein erster Gedanke war: DeWitt. Wie hatte er mich in den Menschenmassen so schnell ausfindig machen können? Oder hatte er etwa wieder Blackwood auf mich angesetzt?

Als sich herausstellte, dass es Jasper war, der nach meiner Hand gegriffen hatte, war ich zwar nicht sonderlich erfreut, aber zumindest erleichtert. Entgegen Lord Ashworths Befürchtungen war Jasper offenbar doch noch nicht aus seinem Smoking herausgewachsen und hatte sich entschieden, auf den Ball zu gehen. Also wirklich, ich hatte aber auch immer ein Pech.

»Abby.« Er zog mich hinter eine der dicken Marmorsäulen. Auch wenn ihm der Anzug ganz gut stand, war er der Bitte seines Vaters, zum Friseur zu gehen, wohl nicht nachgekommen. Sein braunes Haar stand immer noch in alle Richtungen vom Kopf ab. »Ich habe schon die ganze Zeit darauf gewartet, dass du auf der Festsaaltreppe auftauchst. Aber Tante Gladys ist alleine gekommen. Übrigens, hübsches Kleid.«

»Du hättest es vorher sehen sollen.« Ich hob meinen bauschigen Unterrock, so würdevoll, wie es nur ging. »Spar dir deinen Sarkasmus. Ich weiß, ich habe mächtiges Glück, dass es hier keine Feuerstelle gibt, aber ich werde mich sicherheitshalber trotzdem von allen glühenden Zigarren fernhalten, ich verspreche es.«

»Hä?« Er lachte kurz auf und kam näher, bis die Säule uns gänzlich verdeckte. Seine blauen Augen blitzten im gedämmten Licht. »Nein, das meinte ich ohne Sarkasmus. Ausnahmsweise.«

»Fein. Besten Dank auch.« Was war das denn? Hatte Jasper etwa vergessen, dass er mir, nach Serienzeitrechnung, erst gestern mein Tagebuch geklaut hatte? Und jetzt tat er so, als wären wir beste Freunde? Ich hatte ihm nichts zu sagen und machte auf dem Absatz kehrt.

»Warte.« Er griff nach meiner Schulter. »Ich muss mit dir sprechen.«

»Keine Zeit.« Ich drehte mich noch einmal zu ihm um. »Schreib es dir auf. Du hast ja jetzt ein hübsches Tagebuch.«

»Genau darum geht's ja.« Er folgte mir und drückte sich dabei durch eine Gruppe halbwüchsiger Kids. »Hör mal, es tut mir –«

Da war er plötzlich, ein leiser Anflug eines Déjà-vus.

Ich fuhr herum und imitierte Jaspers gefakten Heulanfall mit einer Prise mehr Theatralik. »Was wird denn das jetzt wieder? Wieder mal eine herzzerreißende Entschuldigung? Vielleicht mit noch mehr Krokodilstränen? Was willst du mir diesmal klauen?«

Auf mein Stichwort klemmte eine alte Lady ihr Handtäschchen unter die Achsel, warf Jasper einen panischen Blick zu und huschte davon.

Jasper starrte betreten auf seine Schuhe. Dann seufzte er und zog etwas aus der inneren Tasche seines Jacketts. »Lassen wir das«, brummte er. »Dann nimm wenigstens diesen Brief entgegen. Deswegen sollte ich nämlich auf dich warten.«

Ich starrte auf das edel wirkende Kuvert mit Goldrand, auf dem in eleganter Schrift mein Name stand. Das sah ziemlich offiziell aus.

»Ist von Julian«, meinte Jasper, noch bevor ich die nächste Frage stellen konnte. »Aus unerfindlichen Gründen war er der Ansicht, dass er dich in meiner Nähe antreffen würde.«

Unsicher drehte ich das Kuvert in meinen Händen. »Und was steht da drin?«, erkundigte ich mich.

Jasper warf die Arme in die Luft. »Mein Gott, Abby, ich habe den Brief nicht gelesen. Ich muss mich nicht immer jeder Regel widersetzen, weißt du?«

Ich antwortete nicht, sondern öffnete das Kuvert, zog einen Bogen hübsches Briefpapier heraus und faltete es auseinander. Mir schwante Übles.

Und tatsächlich stand darauf ein Gedicht, in geschwungener Handschrift verfasst, sogar mit Tinte. Es war ein Vierzeiler, und der Titel lautete: *Für Abby.*

Du hast mein Herz gebrochen,
doch heut ist's wieder ganz.
Erweise mir die Ehre
und schenk mir einen Tanz.

Oh nein. Ich schluckte. Das konnte er nicht ernst meinen.

»Nicht schlecht, für Julian. Scheint, als ob er das mit den Versmaßen endlich heraushat«, behauptete Jasper, der über meine Schulter mitgelesen hatte. »Glückwunsch dazu, Glückwunsch, Abby. Wie es aussieht, mag Julian dich. Aber bitte, keine Eitelkeit deswegen. Julians Gefühle sind … na ja, etwas sprunghaft. Dank seiner ständigen Verknalltheit hat er schon die halbe Insel durch und weicht deshalb offenbar nach Übersee aus.«

Ich hörte Jaspers schnippischen Kommentar nur mit halbem Ohr. Ehrlich gesagt hatte ich gehofft, dass Julian immer noch aus Eifersucht sauer sein würde. Doch die Tatsache, dass er mich heute nicht in Jaspers Begleitung entdeckt hatte, musste seine Hoffnungen wieder entfacht haben.

Und jetzt hielt ich ein Liebesgedicht in meinen Händen.

So ein Mist aber auch. Ich hatte nicht die geringste Ahnung, warum ich Julian gefallen könnte. Ich passte in keinster Weise in dieses stocksteife Setting, konnte weder durch gute Besteckführung noch durch Interesse am Reitsport punkten und hielt zudem Etikette für Klebepapier. Die meiste Zeit des Tages konnte ich meine Klappe nicht halten, während Clarissa viel mehr Selbstbeherrschung an den Tag legte. Außerdem war Clarissa älter, besaß keine lästige Naturkrause und dafür deutlich mehr Oberweite.

»Ach du Schande!« Jasper zog mir den Brief aus der Hand. »Ist das etwa ein Kussabdruck da am Ende des Briefes?« Er konnte sich vor Lachen kaum halten.

»Zeig her.« Erst dachte ich, Jasper wollte mich veräppeln, aber er hatte recht. Julian musste seine Lippen auf das Briefpapier gepresst haben und hatte davor im besten Fall irgendeine Art von Farbe und im schlechtesten Fall Lippenstift aufgetragen.

»An manchen Tagen frage ich mich, ob mein Bruder tatsächlich ein Y-Chromosom besitzt«, konstatierte Jasper und gab mir den Brief zurück.

»Ich muss nach ihm suchen«, erklärte ich kurzerhand und steckte den Brief in mein Täschchen. Ich stellte mich auf die Zehenspitzen, um die Menge zu überblicken, doch Julians blonder Haarschopf war nirgendwo auszumachen. Und nun wurde es auch immer voller, denn Lord Ashworth hatte die Bühne betreten. Elegant gekleidet mit Fliege und Kummerbund, der seine füllige Mitte umspannte, hatte er bereits mit seiner Festtagsansprache begonnen.

Jaspers Grinsen ebbte für einen Moment lang ab. »Ihn suchen? Du willst tatsächlich mit ihm tanzen?« Er schürzte die Lippen. »Unfassbar, dass Julians Techniken im einundzwanzigsten Jahrhundert immer noch funktionieren. Bestimmt klaut er das alles aus einem Ratgeber mit dem Titel *Liebeswerben für junge Adelige des achtzehnten Jahrhunderts*.«

»Schscht. Ich habe nicht vor zu tanzen. Und außerdem glaube ich nicht, dass meine Kenntnisse aus *Tokio Dance Party* für das hier ausreichen«, zischte ich ihm noch zu, bevor ich ihn einfach stehen ließ. Eilig drängelte ich mich vorwärts und sah dabei aus den Augenwinkeln, wie die Lakaien hinter Lord Ashworths Rednerpult sieben Blumentöpfe mit Rosengewächsen auf die Bühne rollten.

Hä? Wozu waren denn die Blumentöpfe gut? Es gab doch hier wohl schon genug Rosen als Dekoration. Die Blumengirlanden. Die gemeingefährlichen Rosenblätter, die man über den Marmorboden gestreut hatte und auf denen ich schon zwei Mal beinahe ausgerutscht wäre. Und sogar die Melonen am Büfett hatte man kunstvoll in Rosenform geschnitzt. Es dauerte eine Weile, bis mir einfiel, dass heute noch die schönste Rose der Insel gewählt wurde. Das war ja der eigentliche Grund für dieses ganze Brimborium.

Ich musste mich beeilen. Nach der Preisverleihung stand Julians Eröffnungstanz an, doch dazu musste ich zuerst Julian selbst und dann Clarissa ausfindig machen, die hoffentlich schon eingetroffen war. Im Anschluss brauchte ich noch eine ganz passable Ausrede, warum ich mich schleunigst aus dem Staub machen musste, während zeitgleich Lady Ashworth die Tanzfläche eröffnen, das Streichorchester die ersten Takte spielen und Julian die atemberaubend hübsche Clarissa statt mir zum Tanz auffordern würde.

So weit der Plan.

Bevor ich allerdings Julian fand, stieß ich auf Tante Gladys. Sie lehnte an der Bar, balancierte zwei bunte Champagnergläser in ihren Händen und zeigte bereits leichte Unsicherheit, was den Gleichgewichtssinn betraf. Dafür war ihr Lippenstift immer noch perfekt, und ich deutete das als Zeichen, dass sie wohl noch nicht auf ihren fünften Ehemann getroffen war. Das, oder der Stift war wirklich kussecht, wie sie behauptet hatte.

»Tante Gladys.« Ich nahm ihr den Champagner aus der Hand, stellte ihn am Tresen ab und schob mir eins von den leckeren Lachsbrötchen in den Mund, die hier herumstanden. »Sag mal, bist du etwa beschwipst?«

»Nicht beschwipst, Champagnerflötchen«, korrigierte Tante Gladys mit erhobenem Zeigefinger. »Ich habe nur ein paar Gläschen getrunken, um mir dieses Fest leidlicher zu gestalten.«

Oh. Na ja, zumindest hatte sie zu viel Champagner intus, um zu erkennen, dass ein Teil meines Kleides fehlte.

»Cordelias One-Woman-Show ist mehr, als ich ertragen kann«, plapperte sie weiter. »Dieses freundliche Wohltätigkeits-Getue, das sie ständig an den Tag legt, bereitet mir unsägliche Qualen.« Gladys schüttelte missbilligend den Kopf. »Siehst du diese Frau in dem karierten Kleid, das aussieht wie eine umgenähte Tischdecke, mit der sich die Lady gerade unterhält?«

Ich nickte.

»Das ist Marge Petterson, aus einer der ärmsten Familien hier in Rosington. Im letzten Jahr hat Cordelia für Marge und ihre Kinder eine Wohltätigkeitsveranstaltung inszeniert und sich danach wochenlang darüber aufgeregt, dass Mrs Petterson mit dem Erlös für einen ihrer Söhne einen iPod gekauft hat. Mein Gott, wenn es ihr nicht passt, wofür die Leute ihr Geld ausgeben, dann soll sie es doch einfach bleiben lassen. Die Pettersons leiden ja nicht unter den Pocken oder hungern. Das hätte Ihre Ladyschaft wohl gern, damit ihr Werk noch ehrwürdiger erscheint und sie dann in der Zeitung oder, noch besser, in einem dieser Society-Magazine landet.«

»Lady Ashworth lebt eben im vorletzten Jahrhundert«, murmelte ich und schnappte mir noch ein Käsebrötchen. Abgesehen von all dem Chaos war das Essen auf Ashworth Park nämlich wirklich gut. Vorausgesetzt, man stellte nichts damit an.

»Wahre Worte. Darauf trinke ich ein Gläschen«, stimmte mir Tante Gladys zu, griff nach ihrem Champagner und schüttete ihn schnurstracks die Kehle hinunter. »Oh, jetzt wird es ernst, die Preisverleihung geht los, Cordelia öffnet schon den Umschlag. Sieh mal, sind die anderen Blumen nicht abgrundtief hässlich? Nichts als widerliches Gestrüpp. Die Gladys-Rose überstrahlt sie alle.«

Damit hatte sie allerdings recht. Vier von den sieben Anwärtern schieden schon mal aus, weil sie bereits verblüht waren und nur mehr vereinzelt traurige Blätter an der Knospe baumelten. Zwei von den verbleibenden, blühenden Rosen besaßen zudem eine wirklich seltsame Farbe, eine braun, die andere ein merkwürdiges Schlammfarben, nur Tante Gladys' Züchtung strahlte wie frisch vom Morgentau geküsst.

»Wie jedes Jahr hat eine anonyme Jury aus hochkarätigen Experten und Expertinnen der Botanik die Züchtungen in Augenschein genommen und nach vielfältigsten Kriterien bewertet«, hauchte Lady Ashworth elegant ins Mikrofon. Mit ihrem cremefarbenen, perlenbesetzten Kleid und ihren kunstvoll hochgesteckten Haaren hatte sie wieder größtmöglichen Aufwand betrieben, um die Fassade der perfekten Lady aus einer perfekten Familie aufrechtzuerhalten. Zudem hatte sie einen ganzen Drogeriebestand an Make-up, Rouge und Lidschatten aufgetragen, um die Alterserscheinungen einer Mittvierzigerin zu übertünchen. Aber mich konnte sie nicht täuschen. Ich hatte sie in einer Folge frühmorgens ohne Make-up gesehen und wusste, wie sie wirklich aussah.

»Hochkarätige Jury?« Tante Gladys verschluckte sich fast am Champagner. »Pah. Dass ich nicht lache! Diese Botanik-Experten würde ich gerne mal sehen. Es weiß doch jeder, dass nur sie selbst über den Gewinner entscheidet. Dabei hat sie von Pflanzen so viel Ahnung wie Julian von Dichtern. Der Junge hält Shakespeare doch für einen Regisseur.«

»Dieses Jahr war es besonders schwierig«, fuhr die Lady lächelnd fort. Erwartungsvoll blickte sie dabei auf das Kuvert in ihren Händen, als würde sie jeden Moment verkünden, wer den Oscar für die beste Hauptrolle bekam. »Jede der ausgewählten Züchtungen versprüht ihren eigenen Charme, doch schließlich konnte nur eine Blume überzeugen.« Bedeutungsvolle Pause. »Ich gratuliere der Englischen Matschrose unserer allseits beliebten, hiesigen Lehrerin Mrs Buckingdale.«

Verhaltener Applaus war zu hören, während die füllige Mrs Buckingdale die Bühne erklomm, ihre schlammbraune

Rose entgegennahm und sich von Lady Ashworth eine Schärpe mit Aufschrift »Rosenkönigin« umhängen ließ.

»Unmöglich! Skandal! Unverschämtheit! Das kann sie nicht machen. Ich erhebe Einspruch!« Tante Gladys griff nach dem Champagner und nahm einen Schluck direkt aus der Flasche. »Diese hinterlistige, manipulative Schlange. Na, warte, das wird ein Nachspiel haben.« Sie trat einen Schritt nach vorne, stemmte die Arme in die Hüften und richtete sich bis zu ihrer gesamten Körpergröße von einem Meter sechzig auf. »Holt mir Gregory Petterson und eine Gartenschere. Jetzt sofort.«

»Eine Gartenschere? Tante Gladys wird doch nicht die Englische Matschrose vernichten wollen. Und was hat der Sohn von Mrs Petterson damit zu tun?«, wisperte eine bekannte Stimmte hinter mir, so nah, dass ich warmen Atem auf meinem Rückenausschnitt spüren konnte.

Julian. Er hatte mich gefunden. Schön wie eh und je, mit perfektem Smoking, blütenweißem Hemd, zurückgekämmtem blondem Haar und einem Glas gänzlich alkoholfreiem Apfelsaft in der Hand lehnte er hinter mir an der Bar und lächelte mich an.

»Julian, da bist du ja«, begrüßte ich ihn, vielleicht eine Prise zu überschwänglich. »Ein Glück, dass ich dich gefunden habe.«

»Ja?« Julian grinste erwartungsvoll. »Warum denn?«

»Na weil ... ich dich dringend fragen wollte, ob du vielleicht Clarissa gesehen hast«, rettete ich mich, bevor er etwas falsch verstehen konnte.

»Clarissa?« Julian kratzte sich am Kopf. »Du meinst unser Hausmädchen Clarissa? Ich wusste gar nicht, dass sie heute Abend hier Dienst hat.« Er hielt inne, als er meinen verdatterten Gesichtsausdruck sah. »Oder meinst du etwa als Gast?«

»Natürlich als Gast.« Ich versetzte ihm einen sanften Klaps auf die Schulter. »Oh, Julian, jetzt sei doch bitte nicht so ein Snob. Ich habe sie eingeladen.«

Julian nickte, dann wanderte sein Blick über meine Schulter hinauf zur Festsaaltreppe. Für einen Augenblick weiteten sich seine Augen. »Oh, da ist sie ja. Zumindest nehme ich an, dass das Clarissa ist. Ich hätte sie fast gar nicht erkannt.«

Clarissa stand oben an der Treppe und sah noch viel besser aus, als ich erwartet hatte. Morgans blaues Ballkleid saß wie angegossen, dazu trug sie rosafarbenen Lippenstift und Perlenohrringe. Bei dem Anblick konnte Cinderella echt einpacken. Blieb nur zu hoffen, dass das auch Julian erkannte.

»Wunderschön, nicht wahr? Kaum zu glauben, dass sie keine Begleitung hat«, startete ich einen Versuch, ihm Komplimente zu entlocken, während uns Clarissa zuwinkte und die Treppen hinabstieg.

»Allerdings. Nur in diesen Schuhen wirkt sie etwas wackelig«, behauptete Julian, und ich merkte sogleich, was er damit meinte. Vielleicht war es doch keine so gute Idee gewesen, Clarissa zu überreden, sich ein Paar von Tante Gladys' hochhackigen Pumps auszuborgen. Die Dinger waren bestimmt fünfzehn Zentimeter hoch, glitzerten wie Christbaumkugeln und hätten auch in einer Travestieshow gute Dienste geleistet.

Na toll. Nur weil Cinderella in Glasschuhen laufen konnte, musste das nicht für Clarissa und Killer-High-Heels gelten. Aber daran hatte ich leider nicht gedacht. Inzwischen stöckelte die arme Clarissa die polierten Marmorstufen, eine nach der anderen, seitwärts hinab – was den glamourösen Gesamteindruck des Auftritts etwas trübte.

Still betete ich, dass sie es heil nach unten schaffen würde. Wenn Clarissa stürzen oder sich nur den Knöchel verstauchen würde, wäre es vorbei mit dem Abend, und ich müsste mit diesem Happy-End-Zirkus wieder ganz von vorne anfangen.

Ich wollte ihr schon zu Hilfe eilen, da kam mir Julian zuvor und reichte ihr auf den letzten Stufen die Hand. Doch gerade als Clarissa danach greifen wollte, rutschte ihr rechter Fuß weg, sie ruderte mit den Armen, kippte in Richtung Boden und landete – direkt in Julians Armen.

»Yes!« Triumphierend ballte ich die Faust. »Volltreffer.« Auch wenn ich diese Soap verabscheute, in manchen Momenten liebte ich sie für die total überzogenen Szenen, die im wahren Leben nie so passierten.

»Huch«, machte Clarissa, fegte sich eine Strähne aus der Stirn und blickte mit ihren Rehaugen zu Julian hoch.

»Das war aber knapp.« Julian half ihr wieder auf die Beine. »Wenn ich nicht da gewesen wäre, wäre Gott weiß was passiert. Es ist aber auch ganz schön gefährlich, mit solchen

Schuhen hier runterzugehen. Vielleicht sollte Mum demnächst einen Aufzug einbauen lassen.«

Clarissa richtete ihr Kleid. »Das war sehr aufmerksam von Ihnen, Master Julian.«

»Nicht der Rede wert.« Julian setzte zu einer kleinen Verbeugung an. »Und vielleicht solltest du nun endlich aufhören, mich *Master* Julian zu nennen, nachdem ich dir das Leben gerettet habe.«

Das Leben? Clarissa war doch bloß gestolpert. Allerdings sah sich Julian nun mal gerne als strahlender Held, und Clarissa machte keine Anstalten, ihn zu korrigieren.

»Natürlich.« Sie grinste scheu und schien es nicht übers Herz zu bringen, ihm in die Augen zu sehen. Vielleicht war es Respekt vor dieser ganzen Lord-Julian-Ashworth-Sache, vielleicht aber auch nur Schüchternheit. »Wenn es weiter nichts ist, womit ich mich für dein beherztes Eingreifen revanchieren kann?«

Doch! Einem Tanz! Einem Tanz!, schrie ich in Gedanken in Julians Ohr. Doch da Julian gerade von einem Bein zum anderen trat, abwägend, ob er einen Tanz mit Clarissa gemäß der höfischen Etikette riskieren konnte, beschloss ich, ihm auf die Sprünge zu helfen.

»Hör mal, Julian, wenn du deine Aufforderung an mich zum Tanz lieber zurückziehen möchtest, dann –«

»Julian! Da bist du ja.« Ich hatte den Satz noch nicht zu Ende gesprochen, da schob sich Lady Ashworth zwischen uns und drängte mich ins Abseits. Wo kam die denn plötzlich her? Das war nicht Teil meines Plans. »Wir haben ein kleines Problem. Und zwar mit unseren Gästen. Mr DeWitt hat mir erzählt, dass wir in der Menge zusehends Sympathien verlieren und Stimmen laut werden, dass die Rosenprämierung getürkt sei. Wir müssen verhindern, dass dieser Ball ein Fiasko wird.«

Julian seufzte. »Mutter, wenn du ehrlich bist, weißt du doch –«

»Ich weiß wirklich nicht, warum die Leute darauf kommen«, schimpfte Lady Ashworth weiter und reckte die Nase empor. »Böse Zungen behaupten, dass ich nur deshalb deine Lehrerin Mrs Buckingdale habe gewinnen lassen, damit deine Noten in Englischer Literatur besser werden. Das ist natürlich eine unerhörte Frechheit und eine infame Unterstellung.«

»Vielleicht sollten Sie ganz einfach den Preis an die rechtmäßige Gewinnerin vergeben, Lady Ashworth«, mischte ich mich ein. Es wäre wohl besser gewesen, meine Klappe zu halten, doch bevor Julian sich gleich in Clarissa verlieben würde und ich zurück nach New York käme, konnte ich ja noch schnell meine Meinung loswerden, oder nicht?

»Dummes Geschwätz«, brüskierte sich die Lady.

Julian seufzte. »Aber Mutter, ich kann mir nicht vorstellen, wie ich dir hierbei helfen könnte.«

»Aber ich.« Lady Ashworth hakte sich bei Julian ein. »Wir geben den Gästen, was sie wollen. Ein besonderes Special, nur heute, an diesem einen Tag. Einen ganzen Abend mit meinem ältesten Sohn, Lord Julian Ashworth, Stammeshalter und künftiger Träger des Titels.«

Julian schien nicht ganz zu verstehen. »Einen Abend mit mir? Mum, ich kann ja wohl schwer einen ganzen Abend mit allen sechshundert Gästen verbringen, die du eingeladen hast. Sechshunderteins, wenn man Clarissa mitzählt. Das ist rechnerisch unmöglich.«

Lady Ashworth verdrehte die Augen. »Das musst du gar nicht. Mr DeWitt hat mich auf eine wunderbare Idee gebracht, auf die vor allem in Kreisen der Prominenten häufig zurückgegriffen wird: Wir versteigern dich einfach an den Höchstbietenden.«

»Was?«, schrie ich, doch Lady Ashworth hörte mich gar nicht.

»Oder an die Höchstbietende«, korrigierte Lady Ashworth und überlegte. »Wir sollten definitiv darauf achten, dass nur Frauen mitsteigern dürfen.« Sie kam näher. »Vorhin habe ich in einer Gruppe als Frauen verkleideter Männer deinen Namen fallen hören. Das waren … *Drag Queens*. Ich wundere mich, dass das Giles am Eingang gar nicht aufgefallen ist. Seine Augen werden immer schlechter, muss wohl am Nikotin liegen. Nikotin schädigt so ziemlich alles.«

Wie in Trance starrte ich Lady Ashworth an. Diese Frau war irre. Komplett durchgeknallt. Ohne mit der Wimper zu zucken, verkaufte sie ihren eigenen Sohn wie ein Stück Fleisch an die Höchstbietende. Die, und das war mir leider klar, weder ich noch Clarissa sein würde.

Mist. Mein solider Plan löste sich soeben in seine Einzelteile auf. Und meine Hoffnungen, bald für immer nach Hause zu kommen, gleich mit ihm.

18

Lady Ashworth zog ihren Plan tatsächlich durch. Ich an Julians Stelle wäre vor lauter Scham im Erdboden versunken, doch er nahm es gelassen, positionierte sich für alle gut sichtbar neben seiner Mutter auf dem Podest und sonnte sich im gleißend hellen Scheinwerferlicht. Etwas oberhalb wurden die Geschehnisse auf der Bühne auf die Saalwand projiziert. Der Geräuschpegel ebbte langsam ab und alle Blicke richteten sich auf Julian.

»Liebe Festgemeinde«, begann Lady Ashworth. »Nur für Sie haben wir uns heute ein besonderes, gemeinnütziges Highlight einfallen lassen. Um unseren Verein, den National Roses Fund zu speisen und damit zur Erhaltung und Zucht solch wunderbarer Gewächse wie der Englischen Matschrose beizutragen, hat sich mein ältester Sohn, der begehrteste Junggeselle der Insel, bereit erklärt, sich heute Abend an die Höchstbietende versteigern zu lassen.«

»Pah. Ein gemeinnütziges Highlight?«, flüsterte ich Clarissa zu. »Ist Lady Ashworth in diesem Rosenzüchtungsverein nicht Vorsitzende, Schriftführern und Kassiererin in Personalunion?«

Clarissa nickte.

»Wer meinen Sohn noch nicht kennen sollte und eine eventuelle Teilnahme an der Auktion in Erwägung zieht, hier sind die Eckdaten«, fuhr Lady Ashworth fort und spähte auf einen Zettel. »Lord Julian James Llewelin Ashworth, geboren vor etwas mehr als sechzehn Jahren, Sternzeichen Wassermann, Körpergröße ein Meter dreiundachtzig. Haarfarbe blond, Augenfarbe blau, besondere Merkmale keine, Piercings/Tattoos keine.« Sie holte Luft. »Dreifacher Springreitturniersieger, ausgezeichnet mit der goldenen, silbernen und bronzenen Reiternadel, dem ehrenamtlichen Pfadfinder-Naturliebhaber-Hilfsabzeichen und dem Freischwimmer. Des Weiteren Schulsprecher, passionierter Dudelsack-Spieler, Freiwilliger des Rettungsdienstes, der Küstenwache und der Rentnerbetreuung im Altenheim ›Zur Himmelspforte‹«.

»Und er liebt Poesie«, zischte Julian seiner Mutter zu.

»Stimmt. Er liebt Poesie«, wiederholte Lady Ashworth.

Stille. Einen Augenblick später setzte aufgeregtes Gemurmel ein. Einige ältere Damen spähten gerade in ihre Handtaschen und sichteten ihr mitgebrachtes Bargeld.

»Schläft Julian auch irgendwann?«, fragte ich Clarissa.

Clarissa zuckte mit den Schultern. »Er hat wohl einfach viele Interessen.«

»Ich definiere einen Rufpreis von hundert Pfund«, begann Lady Ashworth. »Wer sich an der Auktion beteiligen möchte, hebt die Hand.«

»Ich biete hundert Pfund«, kam es aus der letzten Reihe.

Es war eines dieser Mädchen von vorhin, denen ich Eintritt verschafft hatte. Verdammt. Mit diesen Groupies hatte ich mir wirklich selbst ein Ei gelegt.

»Zweihundert Pfund.« In der ersten Reihe schoss eine Hand nach oben. Ich brauchte gar nicht hinsehen, um zu wissen, wer da bot. Es waren DeWitt und sein Diener Blackwood. Für DeWitt und Lydia war diese Versteigerung ein Glücksfall. Wenn Lydia Julian schon nicht mit schwülstigen Komplimenten und schönen Blicken gewinnen konnte, dann zumindest mit dem einzigen Argument, das in DeWitts Welt zählte. Geld.

»Fünfhundert Pfund.« Eine alte Lady, die der Queen nicht unähnlich sah, war auf einen Tisch geklettert, um besser sehen zu können. »Ich biete ganze fünfhundert Pfund für einen Abend mit diesem Prachtkerl.«

Julian kniff die Augen zusammen und lächelte irritiert.

»Ich dachte immer, Mrs Milham wollte ihr Erspartes an den Reverend spenden, um das Kirchendach zu sanieren.« Clarissa zuckte mit den Schultern. »Sie muss es sich wohl anders überlegt haben.«

Ich musste etwas tun. Ich konnte unmöglich zulassen, dass DeWitt oder jemand anderes mir Julian vor der Nase wegschnappte. Vielleicht hatte Tante Gladys eine Idee.

Nur wo steckte die denn wieder? Nachdem ihre Gladys-Rose ausgeschieden war, war sie wütend von dannen gezogen, und ich hatte sie nicht mehr gesehen. Kurzerhand bat ich Clarissa, auf mich zu warten, quetschte mich durch die Menge und erspähte Tante Gladys schließlich, als sie gerade aus einer Nebentür hinter der Bühne gehuscht kam. Inzwischen standen die Gebote für Julian bei über achthundert Pfund.

»Tante Gladys!« Ich lief auf sie zu, auch wenn das mit diesem umständlichen Kleid nicht ganz einfach war. »Du musst mir helfen! Julian wird gerade versteigert.«

»Versteigert?« Tante Gladys blinzelte verwirrt und schloss die Tür hinter ihrem Rücken. »Brauchen sie den Jungen nicht noch?«

»Ist doch nur für diesen Abend. Als Date sozusagen«, erklärte ich ihr. Inzwischen bot wieder Mrs Milham. »Tante Gladys, könntest du für mich mitsteigern? Ich weiß, es ist unerhört, dich das zu fragen, aber ich weiß keinen anderen Ausweg. Die Gebote liegen inzwischen bei neunhundert Pfund.«

»Neunhundert Pfund?« Tante Gladys sah mich an, als wäre ich nicht ganz bei Trost. »So viel ist der Junge nicht wert, mein Waffelhörnchen, glaub mir. Niemand vom anderen Geschlecht ist so viel wert … außer vielleicht … Marlon Brando. Aber der ist leider tot.«

»Aber Tante Gladys …«

Tante Gladys spitzte ihre bemalten Lippen. »Dir ist schon klar, dass du diesen Jungen gestern noch umsonst hättest haben können?«, erinnerte sie mich.

Damit hatte sie leider recht. Hätte ich die Einladung, Julian auf den Ball zu begleiten, von Anfang an angenommen, wäre er heute nicht solo unterwegs und müsste nicht für diese peinliche Versteigerungsaktion herhalten, die Lady

Ashworth jetzt abzog. Hier ging aber auch wirklich alles der Reihe nach in die Binsen. Was war nur mit der Abby passiert, die alle Arten von Problemen in null Komma nichts beseitigen konnte?

»Ich weiß, du hast natürlich recht. Aber ich muss gewinnen«, bettelte ich. »Ich muss Julian ersteigern. Tante Gladys, du hast keine Ahnung, wie wichtig das für mich ist. Für mein Leben. Und meine Zukunft.« Einen kurzen Augenblick erwägte ich, zu ergänzen, dass ich Julian gar nicht für mich selbst, sondern für Clarissa ersteigern wollte, aber hätte mir das denn geholfen? Auch wenn Tante Gladys große Stücke auf Clarissa hielt, vermutlich war es doch besser, so zu tun, als hätte ich mich einfach umentschieden. Teenager waren in Herzensangelegenheiten manchmal ziemlich wankelmütig. Bestimmt wusste sie das.

»Na fein.« Tante Gladys ließ die Arme hängen und sah mich aus ihren grauen Augen etwas mitleidig an. »Da du meine Nichte bist, betrachte es als die Vorauszahlung auf dein Erbe.« Dann wandte sie sich um, hob die Hand und verkündete mit einer Stimme, die man vermutlich bis in den Garten hinaus hören konnte: »Ich biete für meine verliebte Nichte Abby. Eintausend Pfund für den Jungen, der es gar nicht wert ist. Weil Liebe manchmal blind machen kann!«

Nein! Das hatte sie jetzt nicht gesagt! Vor Scham wäre ich am liebsten augenblicklich im Boden versunken, als sich die Blicke der Gäste ringsum auf Tante Gladys und mich richteten. Clarissas. Lady Ashworths, die angewidert das Gesicht verzog, wobei unschöne Falten hervortraten. Jaspers, der hinten auf dem Treppengeländer saß, um besser sehen zu können. Und natürlich Julians, oben auf der Bühne. Dazu hatte er ein Grinsen aufgesetzt, das ihm nichts und niemand jemals aus dem Gesicht wischen konnte.

Konnte sich bitte der Erdboden unter mir auftun und mich verschlucken? Jetzt sofort? Egal ob Happy End oder nicht, konnte ein Cliffhanger eintreten, der mich fürs Erste von hier wegbrachte? Bitte!

Doch nichts geschah. Einige endlos lange Augenblicke verstrichen, bis Lady Ashworth endlich verkündete: »Tausend Pfund. Geboten von Lady Gladys für ihre Nichte Abigale. Eine stattliche Summe. Verkauft an Gladys zum Ersten, zum Zweiten –«

»Zweitausend Pfund«, kam es von DeWitt zwei Reihen vor uns. Er flüsterte seinem Assistenten Blackwood etwas zu, und die beiden musterten mich mit Blicken, die mir das Blut in den Adern gefrieren ließen. Spätestens jetzt war ihm klar geworden, dass ich mich seiner Abmachung widersetzt hatte, anwesend und – in Julian verknallt war.

Okay. Alles wird gut, sagte ich mir selbst und atmete tief durch. DeWitt und Blackwood konnten mir nichts tun. Solange ich mich nicht alleine herumtrieb, gab es zu viele Zeugen, um mir in irgendeiner Art und Weise Gewalt anzutun. Ich durfte mich nur nicht in finsteren Ecken aufhalten. Nicht alleine aufs Klo gehen. Und sicherheitshalber nicht von der Bowle trinken.

Tante Gladys beugte sich zu mir. »Und du bist dir wirklich sicher, dass du Julian ersteigern möchtest?«, erkundigte sie sich. »Mit diesem Geld könnte man über den Sommer auch einen, nein, gleich zwei neue Gärtner einstellen, die meinen Rasen in Schuss halten würden. Wäre das nicht viel nützlicher? Gatsby hat ihn ohnehin schon in Mitleidenschaft gezogen.«

»Es tut mir leid, Tante Gladys. Es muss sein. Ich muss Julian ersteigern.« Zugegeben, ich hatte ein richtig schlechtes Gewissen, Tante Gladys so viel Geld aus den Rippen zu leiern. Andererseits nagten die Ashworths und Lady Gladys nicht gerade am Hungertuch, und da das Geld ohnehin Lady Ashworth zufallen würde, blieb es zumindest in der Familie.

»Na fein.« Tante Gladys hob die Hand. »Mein letztes Gebot!«, rief sie in Richtung des Podiums. »Fünftausend Pfund für den Jungen.«

Aufgeregtes Murmeln ging durch den Saal, während Mrs Milham in der letzten Reihe einen verärgerten Fluch ausstieß und vom Tisch kletterte. Fünftausend Pfund, das war eine unglaubliche Summe. Im Kopf rechnete ich sie schnell in meine Landeswährung um, wobei mir gleich noch schummriger wurde. Julian indes schien sich geehrt zu fühlen und ließ mich nicht aus den Augen.

»Fünftausend Pfund«, wiederholte Lady Ashworth mit hintergründigem Lächeln, als beglückwünschte sie sich gerade selbst zu ihrer grandiosen Idee. »Geboten zum Ersten, zum Zweiten und zum –«

»Zehntausend Pfund.«

Das war DeWitt. Verflucht! Die Anwesenden schnappten hörbar nach Luft und mein Herzschlag setzte für einen Moment lang aus. Dieser schleimige, hinterlistige ... Widerling! DeWitt war fest entschlossen, Julian für Lydia zu ersteigern, und daran konnte ihn niemand hindern. Es sah so aus, als würde er für diesen Abend sein letztes Hemd geben.

Tante Gladys biss sich auf die Lippe. »Käsebrötchen, das hier ist verrückt. Zehntausend Pfund. Ich weiß nicht, was in diesen DeWitt gefahren ist, aber ich würde mich lieber nicht weiter mit ihm messen.« Mit ihren langen Fingern nahm sie mein Kinn und hob es an. »Was auch immer der Grund ist, warum du heute Abend gewinnen möchtest, es wird bestimmt nicht die letzte Gelegenheit sein, mit Julian Zeit zu verbringen. Ja?«

Ich nickte stumm. Wir hatten uns nichts vorzuwerfen, denn wir hatten es zumindest versucht. Sollte doch Lydia den Abend mit Julian verbringen. So, wie sie auf diesen muskelbepackten Stallburschen Cooper abfuhr, liefen Clarissa und ich ohnehin nicht Gefahr, dass sie uns Julian heute ausspannte.

»Versteigert für zehntausend Pfund an Mr DeWitt und seine Tochter Lydia«, verkündete Lady Ashworth und beendete damit die Auktion. »Wenn nun bitte die glückliche Gewinnerin Lydia auf die Bühne kommen möge, um ihren Preis abzuholen.«

Einige Sekunden verstrichen und um DeWitt und Blackwood herrschte aufgeregtes Getuschel. Vorhin noch siegessicher, wirkten die beiden plötzlich beunruhigt. Nichts war mehr von ihrem diabolischen Grinsen zu sehen, als Blackwood mit großen Schritten ausschwirrte, während DeWitt lauthals durch den Saal nach Lydia rief.

Ein Verdacht beschlich mich. Offensichtlich war Lydia nicht aufzufinden. DeWitt tippte eben eine Nummer in sein Handy, legte wieder auf, fluchte. Blackwood war inzwischen über die Festtreppe nach oben gestürmt, verschwand im Foyer und kam wenige Sekunden später kopfschüttelnd wieder zurück.

»Wo steckt nun die glückliche Gewinnerin?«, rief Lady Ashworth und sah sich um. »Lydia DeWitt, in wenigen Momenten beginnt der Eröffnungstanz. Du musst dir deinen Preis abholen.«

»Hat sich's wohl anders überlegt!«, rief ein dicker Herr im Smoking aus der ersten Reihe.

Die Dame mit der Pelzstola daneben kicherte. »Hat sie Muffensausen bekommen? Oder vielleicht hat sie ein billigeres Exemplar gefunden.«

Lady Ashworth wurde unruhig. Sie trommelte nervös mit ihren lackierten Nägeln auf das Rednerpult, knetete dabei ihre Hände und stöckelte schließlich von der Bühne, um mit DeWitt Rücksprache zu halten. Vor lauter Lärm konnte ich nichts verstehen, ich sah die beiden nur wild gestikulieren.

»Meine Güte, wie lähmend ist denn das?«, lästerte Tante Gladys, für alle gut hörbar. »Jetzt müssen wir auf einen geflüchteten Teenager warten, ehe wir das Parkett eröffnen können? Wir sind hier, um zu tanzen, in Gottes Namen.«

»Wirklich unprofessionell«, empörte sich ein Gentleman neben ihr. »Mitbieten und dann nicht erscheinen.«

»Such sie, Blackwood!«, rief DeWitt mit schneidender Stimme und deutete dabei auf den Ausgang über der Festtreppe. So aufgebracht hatte ich ihn noch nie gesehen, nicht mal, als er mir in der Speisekammer gedroht hatte. Sein Haar lag nicht mehr so geschniegelt glatt am Kopf wie sonst und seine Wangen glühten dunkelrot. »Das wird mir dieses Gör büßen!«

»Oh, oh.« Tante Gladys kicherte. »Ich möchte jetzt nicht in Lydias Haut stecken.«

»Und was nun?«, rief jemand aus der Menge zu Lady Ashworth hinauf. »Gibt's jetzt endlich Musik? Oder ist das Orchester dahinten nur zur Dekoration?«

Lady Ashworth holte tief Luft, als wollte sie etwas sagen, schwieg dann jedoch.

»Lasst doch einfach die Zweitplatzierte gewinnen, Lady Ashworth«, schlug eine alte Dame vor. Ich hätte sie auf der Stelle küssen können.

Lady Ashworth stand sichtlich unter Druck. Nervös blickte sie vom einen Saalende zum anderen, auf der Suche nach Lydia, und wirkte dabei, als sei sie in den letzten Minuten um Jahre gealtert. Ihr fein säuberlich geplantes Fest geriet zusehends außer Kontrolle und gefährdete ihren Ruf innerhalb der Bevölkerung. Dabei wusste ich, wie wichtig es ihr war, ihr Image aufrechtzuerhalten. Sie musste handeln.

»Na fein.« Lady Ashworth war wieder auf ihren Platz auf der Bühne zurückgekehrt und wies mit ausgestreckter Hand auf mich. Sie zwang sich zu einem schmalen Lächeln, doch es war nicht zu übersehen, dass sie diese Turbulenzen aus der Fassung gebracht hatten. »Gladys, Abigale, kommt und holt euch euren Preis.«

»Oh Himmel, Rosentörtchen, guck dir diesen Julian an, der grinst ja bis zu den Ohren. So fröhlich habe ich ihn nicht mehr gesehen, seit er letztes Jahr zu Weihnachten ein gemaltes Porträt von sich selbst bekommen hat«, verkündete Tante Gladys und stupste mich nach vorne. »Na los. Geh schon. Aber vergiss nicht, beim Tanzen auf dein Kleid aufzupassen. Du weißt schon, der zu lange Saum.«

Ich schluckte, überfordert mit der plötzlichen Wendung und der neuen Aufmerksamkeit im Saal, während mir klar wurde, dass ich trotz Gewinn immer noch ziemlich in der Patsche steckte: Abgesehen davon, dass es nun die vollkommen falsche Strategie wäre, jetzt selbst mit Julian zu tanzen, hatte ich keinen einzigen Tanzschritt drauf. Keinen Walzer, keinen Foxtrott, gar nichts. Und die Tanzschritte aus *Tokio Dance Party* kamen wahrscheinlich nur in Japan gut an. Ich würde mich hier vor allen zur Lachnummer machen – als das Mädchen, das fünftausend Pfund für einen Tanz mit Julian hingeblättert hatte, obwohl es nicht mal tanzen konnte.

Doch mir blieb keine Wahl. Mit klopfendem Herzen schritt ich durch die Menschenmenge, die sich vor mir teilte, in Richtung Bühne und erklomm dort die Treppen. Bestimmt hielt mich der ganze Saal für ein überglückliches Julian-Groupie, dessen größter Traum gerade wahr geworden war. Die Sache war einfach ultrapeinlich. Ich durfte gar nicht erst daran denken, dass meine Schmach gerade im Fernsehen zu sehen war.

»Abby«, strahlte Julian und fiel mir beinahe um den Hals, als ich kam, um ihn abzuholen. »Du hast mitgeboten. Ich hatte ja meine berechtigten Zweifel, ob du heute tatsächlich meine Einladung zum Tanz annehmen würdest. Oder ob dir Jasper den Brief tatsächlich aushändigen würde. Bei ihm weiß man nie, was er wieder im Schilde führt.«

»Er hat ihn mir gegeben«, murmelte ich und wagte nicht, mich umzusehen, aus Angst, Jaspers Blick zu begegnen. Was er nun wohl dachte, nachdem ich zuvor noch über Julians Gedicht und den Kussabdruck geschmunzelt hatte? Ich trat noch etwas näher an Julian heran und senkte meine Stimme. »Nur, Julian, bitte, versteh doch, ich kann nicht mit dir tanzen.«

Julian machte einen Schritt rückwärts. Seine blauen Augen wirkten verändert. »Was? Aber warum hast du dann –?«

»Ich schreibe für die *Rosen-Gazette*. Bitte, nur ein Foto von dem hübschen Pärchen«, unterbrach uns ein junger Mann und knipste uns im nächsten Moment mindestens ein Dutzend Mal. »Wäre die Gewinnerin im Anschluss an den Eröffnungstanz bereit für ein Interview?«

Ich tat, als hätte ich den Journalisten überhört, und beschloss kurzerhand, Julian die Wahrheit zu sagen. Ich hatte nichts mehr zu verlieren. »Julian, ich habe nicht für mich geboten. Sondern für Clarissa. Ich habe für Clarissa mitgesteigert. Sie sollte den Abend mit dir verbringen.«

Julian hielt inne. Dabei runzelte er die Stirn und setzte

ein Gesicht auf, als hätte sich die Welt vor seinen Augen in ein verwirrendes Shakespeare-Stück verwandelt. »Aber warum tust du denn das? Clarissa mag mich doch gar nicht. Sie ist nett, aber distanziert und nennt mich außerdem Master Julian.«

Im Hintergrund setzten die ersten Takte der Musik ein, und ich bemerkte, dass ich das Lied kannte. »Aber –«

»Nichts *aber*«, wehrte Julian ab, verschränkte die Arme und zeigte wieder einmal seine sture, gekränkte Seite. »Ich sehe keinen Grund, mit Clarissa zu tanzen.«

Mist. Hier stand ich nun, beobachtet von allen Gästen, und musste einsehen, dass die Sache aussichtslos war. Auch wenn ich Julian ersteigert hatte, aus Clarissa und Julian würde niemals ein Paar werden. Entgegen aller Logik schien er sich tatsächlich etwas aus mir zu machen. Ein Glück, dass Julians Verliebtheitsphasen nur wenige Wochen anhielten. Wenn ich schon heute kein Happy End erzeugen konnte, vielleicht klappte es ja dann ... so in einem Monat?

Oh Gott. Der Gedanke an einen weiteren Monat mit täglichen Ausflügen von unserem Sofa nach Ashworth Park ließ mich augenblicklich verzweifeln. Mir war nach Heulen und nach einer Prise Selbstmitleid zumute – aber nicht im Beisein der ganzen Insel. Ich musste hier raus. Am besten ins Freie, wo ich unbeobachtet auf meinen Rücksprung warten und mich im Anschluss mit Deborah beraten könnte, was zu tun wäre. Deborah war das Gehirn der Familie, die künftige Nobelpreisträgerin und heiße Anwärterin auf allerlei Elite-Colleges.

Entschlossen nahm ich mein Kleid, flüchtete über die Treppen und biss mir dabei die Tränen weg. Gleichzeitig dröhnten zu meinem Erstaunen E-Gitarren und ein Schlagzeugsolo durch den Saal, und mir wurde klar, dass ich gar keinen Walzer oder eine andere hoch komplizierte Schrittfolge hätte tanzen müssen. Aber das war jetzt auch schon egal.

»Was zur Hölle ist denn *das*? Wer hat diese Musik aufgelegt?«, kreischte Lady Ashworth. »Dreht diesen Gitarrenkrach sofort ab. Streichorchester, auf die Plätze!«

Tumult entstand hinter meinem Rücken und die Menge begann zu tuscheln. Hier lief tatsächlich Rockmusik. Die Art von Musik, die Lady Ashworth nach eigener Aussage nur in der Hölle duldete. Vermutlich war das Tante Gladys geplante Rache. Unwillkürlich musste ich kichern. Es war die perfekte Gelegenheit, um diesem Debakel den Rücken zu kehren.

Ich hatte es beinahe bis zur Treppe geschafft, da spürte ich eine feste Hand, die sich um meinen Oberarm legte und mich zwang, stehen zu bleiben.

»Was zur –« Vor Schreck wandte ich mich um und starrte direkt in DeWitts verschwitztes Gesicht, keinen halben Meter von mir entfernt. Er kam noch etwas näher, griff nach meinem Kinn und drehte es wieder nach vorne.

»Ganz ruhig. Keinen Mucks. Sieh nach vorne«, flüsterte er über meine Schulter in mein Ohr. Die Eiseskälte in seiner Stimme ließ mir augenblicklich das Blut gefrieren.

»Was soll das?«, zischte ich und sog Luft durch die Zähne

ein. Er hatte mich so fest am Oberarm gepackt, dass es richtig wehtat. »Wenn Sie mir vor allen Menschen hier etwas antun, wandern Sie –«

»Nicht hier, Abigale«, brummte er zurück und presste etwas Metallenes, Hartes von hinten gegen mein Kleid. »Geh nach draußen. Ohne einen Mucks. Ohne dich umzusehen.«

Mir war, als würden meine Beine einknicken, und ich spürte, wie sich heiße Schweißtropfen in meinem Nacken ausbreiteten. DeWitt zielte mit einer Waffe auf mich! Und während Lady Ashworth verzweifelt versuchte, die zentrale Steuerung der Lautsprecherboxen zu finden und die Musik abzudrehen, nahm keine Menschenseele davon Notiz. Es war, als hätte DeWitt auf diesen Moment gewartet.

Ich zitterte und zweifelte, dass meine Beine einen einzigen Schritt gehen konnten, doch dann taten sie es doch. Langsam, Meter für Meter, näherte ich mich dem Ausgang und spürte bei jeder Bewegung DeWitts Blick in meinem Nacken.

»Im Foyer marschierst du schnurstracks nach draußen«, wies er mich flüsternd an. »Du holst keine Jacke. Kein Wörtchen, zu niemandem. In der Auffahrt steigst du wortlos in den Rücksitz des grauen Bentleys, der beim Brunnen parkt. Hast du das verstanden?«

Ich nickte, panisch. Ich sollte in sein Auto steigen? Was hatte er vor? Wohin brachte er mich? Zu den Klippen? Wollte er mich hinunterstoßen? Im Meer konnte man eine Leiche relativ rasch beseitigen. Niemand würde mich jemals finden.

Ich hatte das Gefühl, mich jeden Moment übergeben zu müssen. Keiner der Gäste, die DeWitt und mir entgegenkamen, schien zu bemerken, was hier los war. Keiner von ihnen sah mir ins Gesicht. Jeder war mit sich selbst beschäftigt, tanzte, schrie, lachte oder tuschelte angesichts der für Ashworth Park unüblichen Musik.

»Nach vorne schauen«, knurrte DeWitt und drückte den Lauf seiner Waffe noch fester an mein Steißbein.

Dieser Widerling! Ich fuhr herum und warf ihm über die Schulter eine finstere Miene zu. Dabei glitt mein Blick über die Köpfe der Menge, als ich zu meiner Linken, bestimmt noch zehn Meter entfernt, Tante Gladys' rot gefärbten Haarschopf ausmachen konnte. Noch hatte sie mich und DeWitt nicht gesehen, aber wenn ich etwas nach links steuern würde, würden wir ihr begegnen. Ich musste es riskieren.

»Geht's nicht etwas schneller?«, drängte mich DeWitt und schubste mich unsanft nach vorne. Um ein Haar wäre ich über mein Kleid gestolpert.

Zentimeter für Zentimeter schob ich mich nach vorn, immer weiter in Tante Gladys' Richtung. Als sie uns entdeckte, stöckelte sie auf uns zu. »Oh, Abby, Mr DeWitt, ihr kommt mir gerade recht. Mögen Sie Rockmusik?« Ihre rot bemalten Lippen verzogen sich zu einem schadenfrohen Grinsen. »Ich wollte diese stocksteife Feier etwas aufheitern, also habe ich mir den iPod von Gregory Petterson ausgeliehen und ihn mit dem Soundsystem verbunden. Ich finde, *Highway to Hell* ist ein absoluter Klassiker.«

Ich lachte nicht. Mir war klar, dass jedes Wort, das DeWitt

nicht passte, mich das Leben kosten konnte. Also biss ich mir auf die Lippen und startete einen letzten, ziemlich wahnwitzigen Versuch. Als ich klein gewesen war, hatte mir Deborah das Morsealphabet beigebracht. Also versuchte ich, Tante Gladys durch Augenzwinkern die nötigen Buchstaben zu senden. S. O. S. Dreimal kurz, dreimal lang, dreimal kurz.

Tante Gladys sah mich irritiert an. »Liebes, ist dir nicht gut? Magst du AC/DC etwa nicht?«

»Wir müssen weiter!«, befahl DeWitt hinter mir und schob mich an. »Ich habe … einen riesigen Strauß frisch geschnittene Rosen für Lady Ashworth im Auto, und Abby hat angeboten, mir zu helfen. Kommst du?«

Tante Gladys hielt inne. Ich befürchtete, dass sie uns einfach ziehen lassen würde, doch dann packte sie DeWitts Handgelenk und zog ihn zu sich. DeWitt ließ flugs seine Waffe in die Tasche seiner Anzughose gleiten.

»Aber nicht, bevor Sie mit mir einen Ausflug auf den Balkon gemacht haben«, sagte sie bestimmt und deutete auf die offen stehenden Flügeltüren an der anderen Seite des Saals. »*Highway to Hell* entfacht bei mir immer ungeahnte romantische Gefühle. Ich will den Vollmond sehen. Mit einem Mann wie Ihnen an meiner Seite. Kommen Sie.«

DeWitt wirkte irritiert. »Lady Gladys, ich fühle mich geehrt, aber der Zeitpunkt ist –«

»Keinen Einspruch.« Sie schubste ihn mit aller Gewalt in die Menge, in Richtung des Balkons. »Gehen Sie und sichern Sie uns ein lauschiges Eckchen. Ab Mitternacht fängt nämlich Hinz und Kunz an, auf diesem Balkon herumzuknutschen, und darauf hab ich keine Lust. Also flott. Ich hole uns noch schnell etwas Champagner.«

DeWitt seufzte, drehte sich um, um mir einen eisigen Blick zuzuwerfen, doch dann verschwand er gehorsam in Richtung Balkon. Tante Gladys packte mich und zog mich an sich heran.

»Schnell. Ab auf die Tanzfläche. Dort bleibst du eine Weile, bis ich mich um DeWitt gekümmert habe. Dann verschwindest du von hier, irgendwohin, wo er dich nicht finden kann. Verstanden?« Sie deutete auf den dicken Ring, den sie am Mittelfinger trug. »Ich habe etwas geheimes Schlafpulver hier drinnen, das ich ihm jetzt einflößen werde. Habe ich immer dabei, für aufdringliche Verehrer.«

Ich machte einen Schritt auf sie zu. »Woher wusstest du, dass … ähm, konntest du etwa meine Morsebotschaft entschlüsseln?« Tante Gladys machte große Augen. »Deine Morsebotschaft? Ich dachte, du hättest etwas im Auge. Aber mir war klar, dass etwas nicht stimmen kann, als DeWitt von dieser Wagenladung Rosen gesprochen hat – wo ich doch weiß, dass du davon ständig niesen musst. Und jetzt los, ab ins Getümmel. Sieh zu, dass du nicht alleine bleibst, solange DeWitt noch auf zwei Beinen steht.« Eilig sah sie sich um, griff nach einem Jackettärmel und zog ihn zu uns heran. Leider war es Jaspers Jackettärmel. »Da. Tanz mit Jasper.«

Jasper stolperte mir beinahe vor die Füße, mit Gladys' Griff schien er nicht gerechnet zu haben. »Aua, das tat weh, was sollte denn –«

»Keine Zeit für Fragen, mein Junge. Auf die Tanzfläche, mitten rein ins Getümmel. Sofort!«, befahl Gladys schroff, stahl danach zwei halb volle Champagnergläser aus den Händen der nächstbesten Gäste und folgte damit DeWitt auf den Balkon.

19

Zugegeben, diesen Abend hatte ich mir etwas anders vorgestellt. Ich, Abby, phänomenale Kupplerin, talentierte Problemlöserin und Herrscherin über das kosmische Drehbuch, würde mit Cleverness und Planungsgeschick zwei einsame Seelen auf einem romantischen Ball zueinander führen.

Die tatsächliche Bilanz fiel nüchtern aus: Als Kupplerin hatte ich auf allen Ebenen versagt, anstatt Probleme zu lösen, verursachte ich neue, und das Drehbuch legte mir Steine in den Weg, wo ich nur hinsah. Dazu glich der romantische Ball einem Rockkonzert, und die einsamen Seelen, Clarissa und Julian, lehnten in sicherem Abstand voneinander an der Saalwand und machten Gesichter, als hätte gerade jemand einen tragischen Serientod erlitten.

Von dem ich, wohlgemerkt, auch nur eine Haaresbreite entfernt gewesen war.

Zumindest die übrigen Gäste amüsierten sich blendend. Während ich den immer noch völlig verdatterten Jasper auf die Tanzfläche zog, entwickelte sich Tante Gladys' Songauswahl zum Höhepunkt des Abends. Von einem Moment zum anderen hatte die ganze Insel ihre Etikette an den Nagel gehängt. Ein Grüppchen Teenager spielte Luftgitarre, eine alte Lady sang lauthals und mit vielen Fehlern den Text mit, und ein bärtiger Herr hatte bereits die Fliege abgenommen und ließ sie wie ein Lasso über seinem Kopf rotieren. Die Stimmung war am Siedepunkt.

Und Lady Ashworth kurz vorm Überkochen. Ihr Kopf glühte, als sie vom einen Ende der Bühne zum anderen hechtete, auf der Suche nach der geheimen Musikquelle.

»Und was sollen wir jetzt tun?«, fragte Jasper, sah sich um und steckte die Hände in die Hosentaschen.

»Ich weiß nicht. Einfach tanzen«, schlug ich vor und begann, mich zu bewegen. Wir standen direkt neben den Boxen, und der Bass wummerte uns nur so ins Ohr, doch wenigstens waren wir hier von fremden Leuten umzingelt, und so bestand hoffentlich keine Gefahr, dass DeWitt mir erneut auflauern könnte. Ich betete, dass Tante Gladys' Schlafmittel schnell wirkte.

»Ich glaube nicht, dass wir jemals diese Art von Musik hier hatten!«, rief mir Jasper entgegen. Dabei hielt er so viel Sicherheitsabstand zu mir, dass sich immer wieder fremde Paare zwischen uns schoben. »Julian zumindest scheint sie gar nicht zu gefallen. Aber so ist Julian nun mal. Das hier ist ihm wohl zu unorthodox.«

Ich folgte seinem Blick. Inzwischen hatte Julian uns entdeckt und beobachtete uns mit einem Ausdruck, der mich rätseln ließ, was er wohl abscheulicher fand: die Musik oder Jasper und mich, die dazu tanzten.

»Na los, geh schon. Geh hin zu ihm«, forderte Jasper mich plötzlich auf und hielt inne.

»Was? Wie bitte?«

Jasper rollte mit den Augen, als sei ich schwer von Begriff. »Vielleicht gefällt sie ihm ja besser, wenn du ihn bittest, mit dir zu tanzen.« Er hob die Augenbrauen. »Abby, Tante Gladys hat fünftausend Pfund für Julian hingeblättert, und nun lehnt dein Gewinn schmollend an der Wand und funkelt uns an, als würde er uns am liebsten in der Bowle ertränken. Findest du nicht, du solltest den Abend nutzen? Das wäre … als würde sich mein Vater einen Ferrari nur für die Garage kaufen. Oder eher ein Springpferd nur für den Stall.«

Verwirrt starrte ich ihn an. Es ging nicht so schnell, weil mir immer noch der Schock mit DeWitt und der Knarre in den Knochen steckte, doch schließlich kam die Erkenntnis: Jasper dachte, ich wäre bis über beide Ohren in Julian verknallt. Und nun fühlte er sich mies, weil ich mit ihm tanzte.

Pah! Geschah ihm ganz recht. Er hatte mich bestohlen, belogen und mir Erbschleicherei unterstellt. Dass er mich vorhin bei den Brötchen nicht überwacht hatte, damit ich nichts klauen konnte, grenzte an ein Wunder.

»Ich trete von meinem Kauf zurück«, verkündete ich und verzichtete auf weitere Erklärungen. »Ich fände es besser, wenn Julian den Abend mit Clarissa verbringen würde. Bestimmt langweilt sie sich und hasst mich inzwischen, weil ich sie überredet habe, hierher mitzukommen.«

»Julian und Clarissa?« Jasper stemmte die Arme in die Seiten. »Das wird nicht passieren.«

Na, schönen Dank auch für das Rauben meiner Illusionen. »Und warum nicht? Etwa weil sie euer Dienstmädchen ist?«

»Nicht deshalb.« Über meine Schulter warf Jasper einen Blick auf Julian und Clarissa, die sich immer noch die Beine in den Bauch standen und sich keinen Deut angenähert hatten. »Im Prinzip würden die beiden ein nettes Pärchen abgeben. Und erstaunlicherweise ist Clarissa für Julian, der sich zweitausend Mal pro Jahr verknallt, immer noch ein weißer Fleck auf der Landkarte. Er hat ihr noch nie irgendwelche Avancen gemacht.«

»Na bitte. Ist doch perfekt.«

»Du hast eine Sache nicht bedacht. Es scheitert an Clarissa. Sie ist viel zu kühl.« Jasper hatte aufgehört zu tanzen und kam ganz nah heran, damit ich auch jedes Wort verstand. »Sieh sie dir an. Die einzige Möglichkeit, Clarissa zu knacken, ist über ihr gutes Herz. Man muss möglichst mitleiderregend wirken, dann kriecht sie aus ihrem Schneckenhaus.« Jasper grinste. »Vielleicht hat sie sich darum so schnell mit dir angefreundet.«

»Klappe!«

»War nur ein Scherz.«

Ich überlegte. »Und warum wechselt sie kein Wort mit Julian? Er sieht über alle Maßen mitleiderregend aus. Steht da und macht ein Gesicht wie ein ausgesetztes Hundebaby.«

»Du hast ihn eben verletzt. Er ist bis oben hin voll mit gekränktem Stolz und schreibt bestimmt nie wieder Gedichte. Oder verwendet Lippenstift.« Er lachte böse, dann fügte er hinzu: »Vielleicht sieht er für Clarissa einfach noch nicht zerstört genug aus.«

Jaspers letzter Satz ließ eine neue Idee in mir hochsteigen. Sie war ziemlich tollkühn, verrückt und verlangte mir mehr ab, als ich bereit war zu geben. Aber vielleicht war es genau das, was es brauchte, um Julian und Clarissa zusammenzuführen. Sie standen beide ohne Partner herum und brauchten nichts als einen kleinen Stups.

Wenn ich es richtig anstellen würde, konnte ich doch noch heute Abend nach Hause – für immer.

»Ist irgendwas? Was siehst du mich so an?«, murmelte Jasper und runzelte die Stirn, als wüsste er, dass er Teil meines Plans war.

»Warte hier. Und bewege dich nicht vom Fleck«, trug ich ihm auf, ließ ihn zurück, hob mein Kleid und lief zur Bühne. Hinter dem Vorhang kauerte Lady Ashworth neben dem riesigen Technikpult und wirkte wie ein Häufchen Elend.

»Abby.« Sie steuerte auf mich zu und packte mich an den Schultern. »Welcher dieser Stecker ist nur für die Tonanlage zuständig? Ich habe alles hier nach einem versteckten CD-Player abgesucht, aber ohne Erfolg. Jemand hat es auf mich abgesehen. Wer macht denn nur so was? Ich finde, wir sollten die Polizei rufen.«

Und denen was erzählen? Dass ein mysteriöser Fremder diesem langweiligen Ball eine längst überfällige Prise Pfeffer verliehen hatte? Dafür bekäme er bloß ein Verdienstkreuz. »Lady Ashworth, so schlimm ist es doch nicht.« Wegen ihres Rumgeheules hatten sich schon unschöne

Schatten unter ihren Augen gebildet und das konnte ja nun wirklich nicht in ihrem Sinne sein. Sie sah aus wie ein topgestylter Waschbär. »Sie tun ja so, als hätten Sie eine Morddrohung erhalten.«

»Mord? Jemand ruiniert mein Fest, das ist viel schlimmer!« Sie blinzelte. »Was habe ich nur getan? Ich bin doch überall beliebt. Ich bin Lady Cordelia Ashworth, verdammt noch mal!«

»Beruhigen Sie sich und lassen Sie mich das machen«, sagte ich und schob sie vom Pult weg.

Lady Ashworth nickte. »Ich sehe inzwischen nach den Streichern. Es ist zum Verzweifeln, jemand hat ihnen mit einer Gartenschere die Saiten durchgeschnitten. Na ja, sie müssen jetzt improvisieren. Singen. Was auch immer. Sobald du diesen Höllenlärm abgedreht hast, kehren wir zurück zur Klassik, so wie es sich für ein Fest wie dieses gehört.« Sie schob den Vorhang beiseite und blickte in die Menge. »Sieh dir nur unsere Gäste an, die werden von der entsetzlichen Musik schon ganz ... überdreht.«

Als Lady Ashworth endlich außer Reichweite war, widmete ich mich dem Technikpult und betrachtete die Stecker, Kabel und die blinkenden Lichter. Wenn Tante Gladys tatsächlich einen iPod angeschlossen hatte, musste das Ding ja irgendwo versteckt sein. Ich musste gar nicht lange suchen, da entdeckte ich ein Kabel, das sich über die Alu-Gestänge bis nach oben zur Bühnenbeleuchtung zog. Einige Meter über meinem Kopf, zwischen den Oberlichtern, saß ein Junge im Anzug und ließ die Beine baumeln. Bingo.

»Gregory?«, rief ich, doch der Junge reagierte nicht. Abgelenkt starrte er auf das Display seines Players.

Na toll. Ich raufte mir die Haare. Ich musste da irgendwie hoch und mit dem Jungen sprechen. Nur wie sollte ich das anstellen? Kurzerhand steckte ich meinen Schuh ins Alu-Gestänge, um die Stabilität der Bühnenkonstruktion zu testen. Sie schien fest im Boden verankert zu sein.

Also los. Ich schluckte, rieb mir die Hände und machte mich auf, nach oben zu klettern. Im Prinzip war die Sache nicht so schwer – im Turnunterricht kletterten wir ständig irgendwo hoch, und als New Yorkerin war ich auch größtenteils schwindelfrei, immerhin war ich Dutzende Male über die verbogene Feuerleiter in mein Zimmer eingestiegen. Nur, in einem bauschigen Rosenkleid und in Ballschuhen Kletterübungen zu machen, war mir nicht ganz geheuer.

Als ich mich auf halber Höhe befand und das Gestänge zu wackeln begann, sah Gregory endlich zu mir herab.

»Bist du hier der DJ?«, rief ich. Der Junge war höchstens zehn, sein Gesicht war über und über mit Sommersprossen übersät, und die Anzughose war ihm viel zu lang.

Gregory nickte stolz und grinste. »Lady Gladys hat mir zwanzig Pfund gegeben, damit ich den ganzen Abend die abscheulichste Musik spiele, die ich habe. Und davon habe ich noch eine ganze Menge. Hast du irgendwelche Wünsche? Ich hätte noch Alice Cooper und ein paar Sachen von Ozzy Osbourne.«

»Ich … dachte an etwas Ruhigeres«, schlug ich vor. »Einen Schmusesong. Hast du so was?«

»Pff.« Gregory tippte sich an die Stirn. »Kannst du vergessen.«

»Ach, komm schon«, bettelte ich und klimperte mit den Wimpern. »Spiel doch mal etwas für Mädchen. Nur einen Song.«

»Mädchen stinken.«

Oje. Die Verhandlung lief nicht gerade so, wie ich es mir ausgemalt hatte. Dieser kleine Teufelsbraten dachte nicht daran, mir zu helfen. Also ließ ich mit einer Hand das Gestänge los, zog mit der anderen einen Geldschein aus meiner Handtasche und wedelte ihm damit zu. Gregory kniff die Augen zusammen, dann schüttelte er den Kopf.

»Das Spielgeld kannst du behalten, du Betrügerin«, schnaubte er.

»Das ist kein Spielgeld. Das sind US-Dollar, verdammt!«, knurrte ich, drauf und dran, den Schein wieder verschwinden zu lassen, doch da weitete Gregory plötzlich die Augen, streckte die Hand danach aus und steckte ihn ein.

»Okay. Einen Song, verstanden«, verkündete er streng. »Was hättest du gerne?«

»Hast du vielleicht … *Unchained Melody*?«, erkundigte ich mich. Uagh. Abscheulich! Ich konnte selbst kaum glauben, dass ich mir diesen Schmachtfetzen tatsächlich wünschte. Hoffentlich würde Morgan recht behalten, was die romantische Wirkung dieses Songs betraf.

»Würg.« Gregory verzog das Gesicht, als müsste er gleich auf die Bühne kotzen. »Aber du hast Glück, das ist Mums Lieblingssong, den hab ich.«

Zufrieden nickte ich und kletterte vorsichtig wieder zurück auf den Bühnenboden, während die letzten Takte eines Songs von Marilyn Manson ertönten. Von dort aus eilte ich zurück aufs Parkett, wo Jasper noch immer auf mich wartete. Dabei sah ich mich aus den Augenwinkeln nach Tante Gladys und DeWitt um. Von beiden fehlte jede Spur und ich deutete das als gutes Zeichen.

Gregory Petterson hielt Wort und spielte mein gewünschtes Liebeslied. Kaum waren die ersten Takte verklungen, gingen die Gäste in den klassischen Schmusesong-Modus über.

Ach du liebes bisschen. So viel Schmalz in einem Lied war nicht zu ertragen.

»Abby, das ist wirklich billig. Das klappt nie!« Jasper war hinter mir aufgetaucht, während das Licht gedimmt wurde und eine Glitzerkugel sich über uns zu drehen begann. Er trat näher, legte seinen Arm auf meine Taille und begann, mit mir zu tanzen. Dass er sich gar nicht zierte, kam ziemlich überraschend, denn ich hatte mich schon auf eine Menge von Jaspers Ausflüchten vorbereitet, um von der Tanzfläche zu verschwinden.

»Billig? Magst du den Song etwa nicht?«, erkundigte ich mich und legte etwas zögerlich meine Hand auf seine Schulter. Unsere Bewegungen mussten ziemlich hölzern aussehen, was nicht nur an meiner fehlenden Tanzerfahrung lag, sondern vor allem daran, dass ich den Körperkontakt mit Jasper so gering wie möglich halten wollte. Ihm ging es vermutlich ähnlich.

»Ich hasse den Song«, konstatierte er und schnitt eine Grimasse, die mich an Gregorys Kotz-Visage erinnerte. »Und damit wird es zwischen den beiden auch nicht eher funken. Julian wird nur noch mehr in Selbstmitleid versinken. Womöglich trinkt er heute zum ersten Mal in seinem Leben Alkohol und du bist schuld daran.« Er hielt inne und sah sich um. »Siehst du, es passiert tatsächlich nichts. Außer dass Julian gerade Pläne schmiedet, wie er möglichst niederträchtig mein Leben auslöschen könnte. Ich glaube, ich sollte mich besser von dir fernhalten.«

»Hmpf«, machte ich. Als ob mir Jaspers Gesellschaft so viel Spaß bereiten würde. Ich wäre auch schon längst über alle Berge, müsste ich nicht mit diesem Kleinganoven hier auf Tuchfühlung gehen. Aber das war nun mal Teil meines Planes.

Blöd, dass ich nicht schon viel früher darauf gekommen war, Julians Avancen mithilfe von Jasper den Garaus zu machen. Schon gestern, als Jasper aus meinem Zimmer gestürmt war, hatte Julian ein Gesicht gemacht, als hätte man sein Haustier eingeschläfert. Und nun fühlte er sich in seinem Kummer bestätigt, in seinen Hoffnungen ein für alle Mal enttäuscht und setzte dazu auch noch den Blick eines verletzten Fohlens auf, was ihn wiederum für Clarissa interessanter machte.

»Von mir fernhalten?«, brummte ich. »Das wird schwierig, wenn du mich überwachen willst, damit ich gegenüber Tante Gladys keine erbschleicherischen Pläne aushecke.«

Jasper seufzte, zögerte, seufzte erneut. »Ich habe dein Tagebuch gelesen. Nicht, um zu spionieren. Bloß, um irgendwelche schlüssigen Hinweise über dich zu erhalten. Glaub mir, ich habe erst gezögert, doch als ich festgestellt habe, dass da nichts richtig Privates drinsteht, hab ich es doch getan. Sonst hätte ich natürlich nichts gelesen.«

»Das glaubst du doch selbst nicht«, knurrte ich.

»Nein echt. Ich habe kein Interesse daran, Mädchenkram zu erfahren. Mit welchen Jungs deiner Schule du herumknutschst, wie Zungenküsse gehen oder um wie viele Körbchengrößen euer Busen innerhalb eines Jahres wächst. Aber da war nichts. Das heißt, außer einer Menge deiner Antworten auf Briefe, die du erhalten hast. Bist du so eine Art Kummerkastentante, oder wie?«

Ach. Er sprach von Troublepedia.

»Ich schreibe eine Ratgeberkolumne für die Schülerzeitung«, antwortete ich knapp.

»Ich mochte deine zehn besten Ratschläge, um Liebeskummer zu verarbeiten. Blutrünstige Horrorfilme, in denen Jungs den Löffel abgeben, sind ja noch in Ordnung, aber Orangensaft in Spielekonsolen zu gießen, ist nicht witzig. Ich sollte wohl in Zukunft etwas netter zu dir sein.«

»Ich bin nun mal ganz gut darin, Probleme zu lösen«, murmelte ich und dirigierte Jasper etwas zur Seite, sodass ich Julian und Clarissa im Blick behalten konnte.

»Davon gibt es in Ashworth Park genug.« Er lächelte schmal, dann wurde er schlagartig wieder ernst. »Somit gab es nichts in deinem Tagebuch, was mich veranlasst hätte, dir zu misstrauen. Bis auf eine Sache. Du hast gelogen, was deinen Namen betrifft. Du bist gar nicht Tante Gladys Nichte, nicht wahr?«

Ich erstarrte, unfähig, von einem Bein aufs andere zu treten. Natürlich hatte er meinen richtigen Namen entdeckt. War ich wirklich so blöd, anzunehmen, dass er die erste Seite überblättert hatte?

»Abgesehen davon gibt es noch hundert weitere Dinge, die ich an dir nicht verstehe«, fuhr er fort und hob den Kopf, damit er mich ansehen konnte. »Zum Beispiel, woher du diese Sache mit dem vererbten Muttermal der Barrington-Whitleys wusstest.« Er strich über mein Kinn. »Ist das etwa aufgeklebt?«

»Flossen weg. Das ist echt.«

»Bleiben noch neunundneunzig weitere Ungereimtheiten. Aber ich denke, du wirst sie mir nicht verraten, wenn ich dich danach frage.«

Ich biss mir auf die Lippe und schüttelte den Kopf. Zu gern hätte ich mich für alles hier gerechtfertigt, aber Deborah hatte mich ausdrücklich davor gewarnt, mit der Wahrheit rauszurücken. Wegen des fragilen Gleichgewichts zwischen den Welten. Den Wurmlöchern. Der Verschiebung der Realitäten. Den Darstellern, die man im Glauben an die Existenz ihres Mikrokosmos lassen musste. Und wegen der aggressiven Mäuse im Versuchslabor, auch wenn ich inzwischen vergessen hatte, was die damit zu tun hatten.

»Könntest du die Sache mit meinem wahren Namen geheim halten?«, bat ich. »Ich wollte niemanden täuschen. Und ich verspreche, dass ich garantiert nicht vorhabe, Tante

Gladys zu beerben oder mir sonst irgendetwas unrechtmäßig anzueignen.«

»Du meinst abgesehen von den fünftausend Pfund, die Gladys soeben für ihre betrügerische Nichte hingeblättert hat?«

»Das war ein Notfall«, verteidigte ich mich kleinlaut und spähte erneut in Julians und Clarissas Richtung. Nichts. Mist. Clarissa war nicht entgangen, dass Julian nur wenige Meter entfernt mit einem Blick wie eine Kuh vor der Schlachtbank vor sich hin litt, doch sie machte auch keine Anstalten, zu ihm zu gehen und ihn zu trösten.

Mir graute vor dem Gedanken, aber da war leider nichts zu machen: Ich musste die Einsätze erhöhen. Dazu ging ich zuerst sicher, dass nichts und niemand Julians Sicht auf uns trübte, und überlegte mir dabei den nächsten Schritt.

»Du verlangst ziemlich viel von mir«, murmelte Jasper inzwischen, in Gedanken versunken. »Jetzt gerade magst du mir ja ungefährlich erscheinen, aber womöglich bist du weit Schlimmeres als eine Erbschleicherin. Du bist wahrscheinlich aus einer Nervenheilanstalt ausgebrochen. Oder du jobbst neben der Schule für die Jugendfürsorge und ermittelst wegen grober Vernachlässigung gegen Mum. Oder –«

Bevor ich es mir anders überlegen konnte, umschlang ich Jaspers Hals, schmiegte meine Wange in seine Halsbeuge und gab mir Mühe, dabei zu grinsen wie ein verliebtes Schaf. Mein Herz klopfte wie wild angesichts dieser neuen Lage, und ich erwartete, dass Jasper mich von sich wegdrücken würde, doch nichts geschah. Na ja, bis auf eine Sache. Jasper verschlug es auf der Stelle die Sprache.

Einige Augenblicke vergingen, dann schien er sich einen Ruck zu geben, legte beide Arme um mich und zog mich zu sich heran. Immer noch machte er keine Anstalten, das Gespräch wieder aufzunehmen. Ehrlich gesagt war ich ganz froh darüber, weil mir eben eine ganze Wagenladung an Fragen durch den Kopf sauste. Zum Beispiel die, ob ich einem Jungen jemals so nah gewesen war wie jetzt. Ob Jasper auch unter unerklärlich hohem Puls litt. Ob irgendjemand hier drin plötzlich eingeheizt hatte? Ob Jasper tatsächlich nach nichts roch, oder, la grande finale, ob es im Fernsehen zu sehen sein würde, wenn Jasper mich jetzt küssen würde.

Oh Gott.

Daraus ergab sich noch eine zweite Wagenladung an Fragen: ob Deborah zusah. Oder ob sie es geschafft hatte, Mum vom Sofa fernzuhalten. Doch als ich darüber nachdachte, wie die beiden es finden würden, wenn ich Jasper küsste, wurde mir klar, dass ich es in meiner Vorstellung bereits tat. Ich schob den Gedanken schnell beiseite.

»Abby?«, flüsterte Jasper und strich mit seinem Daumen über meine Schulter, beinahe als wollte er mich auffordern, ihn anzusehen. »Würdest du mich mal bitte kurz kneifen? Ich glaube nämlich, ich träume.«

Hm? Was sagte er da? Ich nahm meinen Kopf von seiner Schulter und begegnete seinem Blick. Seine Augen wirkten riesig und die blasse Haut schien aus der Nähe viel rosiger als sonst. Es war, als würden seine Wangen glühen.

Doch dann fiel mir auf, dass er gar nicht mich ansah, sondern dass etwas über meiner Schulter seine ganze Aufmerksamkeit beanspruchte. Es genügte nur ein kurzer Blick, und mir wurde klar, wovon er gesprochen hatte. Warum er glaubte zu träumen. Ich war nicht der Grund, nebenbei bemerkt.

Julian und Clarissa tanzten. Vor lauter Hormonausstoßen, weil sich ein hübscher, wenn auch kleinkrimineller Junge in meiner Nähe befand, hatte ich nicht mitbekommen, was rings um mich geschehen war. Es musste an meinem nicht existenten Liebesleben liegen, dass der nächstbeste Junge aufgeregtes Herzflattern verursachte. Und das, wo ich eigentlich ganz andere Sorgen haben sollte. Wie zum Beispiel die Rückkehr in mein altes Leben.

»Wie ... was? Wie ist das denn passiert?«, staunte ich. Man möge es mir nachsehen, aber ich hatte Julian und Clarissa für einen kurzen Moment tatsächlich vergessen.

»Julian ist vorhin plötzlich schnaubend davonstolziert und hat dabei einen Haufen an Flüchen auf dich losgelassen.«

»Oh nein.« Reuevoll vergrub ich mein Gesicht in meiner Hand. »Ich bin ein schlechter Mensch.«

»Na ja, ein bisschen vielleicht.« Jasper wackelte unschlüssig mit dem Kopf. »Dann hat Clarissa ihn eingeholt, sie haben sich eine Weile unterhalten, anschließend hat Clarissa nach Julians Hand gegriffen, und sie sind gemeinsam aufs Parkett gelaufen«, erklärte er. Dass Jasper das alles so genau mitbekommen hatte, kränkte mich ein bisschen.

Ich musste mir größte Mühe geben, nicht ständig zu den beiden hinzustarren. Julian und Clarissa gaben ein hinreißendes Paar ab. Clarissa hatte genug Zeit mit den Ashworths verbracht, um alle Etikette zu kennen, und bewegte sich auf dem Parkett nicht wie eine Neandertalerin. Julian selbst war ohnehin ein Gentleman, wie er im Buche stand. Er kannte alle Benimmregeln in- und auswendig, was nun mal leider auch bedeutete, dass er es um nichts in der Welt gewagt hätte, den Sicherheitsabstand zwischen sich und Clarissa zu verringern.

Trotzdem war es ein gutes Zeichen, dass sie tanzten. Und als Gregory Petterson im Anschluss Alice Cooper auflegte und mit einem Schlag alle Romantik zerstörte, verkrochen sich Clarissa und Julian nicht wieder auf ihre Plätze, sondern steuerten in Richtung der geöffneten Flügeltür.

Volltreffer.

»Oh Mann, ich fasse es nicht.« Euphorisch legte ich ein kleines Freudentänzchen hin. »Guck dir die beiden an. Sie verziehen sich nach draußen auf euren Knutschbalkon.«

Jasper hob eine Augenbraue. »Knutschbalkon? Wer hat dir das denn verraten?«

»Ist doch egal. Oh, ich hoffe, wir haben heute Vollmond, dann funkt es zwischen den beiden, jede Wette. Julian wird endlich klar, wie unpassend tölpelhaft ich mich in feiner Gesellschaft bewege und wie perfekt Clarissa zu ihm passt. Und das haben die beiden *mir* zu verdanken.«

Mein Werk war vollbracht. Was jetzt geschah, lag außerhalb meines Einflussbereichs. Aber wenn mein Plan aufgehen würde und Julian und Clarissa sich küssten (und das würden sie ganz bestimmt tun, der Knutschbalkon hieß nicht umsonst so), würde jeden Moment die Folge vorüber sein und sich das Wort ENDE in einer kitschigen Schnörkelschrift quer über den Bildschirm spannen und mich erlösen. Endlich. Bestimmt geschah es jeden Moment. Binnen Minuten. Sekunden. Ich würde sogleich beginnen zu flackern, mich dann auflösen und zurückspringen.

Und nie mehr nach Ashworth Park zurückkommen.

Das hieß, nur dann, wenn mein Plan aufgehen würde. Doch was war, wenn mein Plan mit Julian und Clarissa scheiterte und es weitere Folgen geben würde?

Wenn die Serie an dieser Stelle vorbei wäre, machte es keinen Unterschied, wenn ich mich vor Hunderten Leuten auf der Stelle auflöste. Doch wenn sie weitergehen würde – wenn ich für eine Sekunde verschwinden und dann in der nächsten Folge auftauchen würde, vor Jasper und allen anderen Menschen –, dann wäre ich mächtig in Erklärungsnot.

Vielleicht war eine Rückreise inmitten von Hunderten Menschen dann keine so gute Idee. Es war besser, ich suchte mir dafür einen abgeschiedenen Platz.

»Ich muss jetzt gehen«, verkündete ich kurzerhand und hob mein Kleid, etwas unsicher, wie ich mich nun verabschieden sollte. Ich fühlte mich ein wenig wie E. T., der Außerirdische, kurz bevor er auf sein Fahrrad steigt und die Welt für immer verlässt – wohl wissend, dass ich Jasper, Julian und Clarissa höchstwahrscheinlich nie wiedersehen würde.

Der Gedanke stimmte mich merkwürdig betrübt. Aber dann machte ich mir klar, dass nichts hier real war. Ashworth Park war eine Serie. Alle rings um mich herum waren Darsteller. Statisten. Selbst Jasper, der mir gegenüberstand und mich unschlüssig anblickte. Jasper, der mich während des Tanzens an sich herangezogen hatte.

»Du willst gehen?« Jasper warf einen Blick auf eine antike Pendeluhr im Eck. »Es ist doch noch nicht mal Mitternacht. So früh musste nicht mal Cinderella abhauen.«

»Ich bin nicht Cinderella«, murmelte ich und sah in Richtung Balkon. »Die da ist Cinderella.«

»Aber ich habe doch noch dein Tagebuch. Möchtest du es nicht zurück?« Die Art, wie Jasper sprach, machte mir klar, dass er ahnte, dass ich nicht mehr zurückkommen würde. Es war ein merkwürdiges Gefühl, und für einen Moment war ich davon überzeugt, dass mein Geheimnis allen Zweifeln zum Trotz tatsächlich bei ihm sicher sein würde. Nur machte das jetzt auch keinen Unterschied mehr.

»Behalte es.« Dann wandte ich mich um, nahm die Beine in die Hand und lief so rasch, wie es mein Kleid zuließ, über die Treppe in den Flur. Für weitere Verabschiedungen war es zu spät – denn für einen Augenblick glaubte ich, schon ein mysteriöses Ameisenkribbeln zu spüren, doch es war nur der kühle Wind, der mir auf der Außentreppe entgegenblies.

Ich fröstelte. Vielleicht wäre es doch gut gewesen, die Stoffbahnen um die Schultern nicht einfach wegzuschneiden.

»Miss Abby.« Butler Giles stand am Tor und ließ flugs eine Zigarette hinter seinem Rücken verschwinden, als er mich sah. »Sind Sie gar nicht auf der Tanzfläche?«

»Oh, nein … ich äh … ich wollte ein wenig in den Park gehen«, verkündete ich und deutete vor uns ins dunkle Nichts. Der barocke Garten barg eine Vielzahl von geheimen Ecken, wo ich ungestört auf meinen Rücksprung warten konnte. Das Labyrinth aus Hecken zum Beispiel war wie geschaffen dafür.

»Jetzt?« Giles spähte angestrengt in den Himmel. »Es sieht nach Regen aus.«

Und wennschon. Auch wenn es hier ungemütlich wurde und bald regnete, in New York auf unserer Couch war es warm und trocken. Ich konnte es kaum erwarten, endlich wieder daheim zu sein. Ich freute mich auf Mum, Pebbles, Morgan, sogar auf Deborah. Ich freute mich darauf, endlich Klamotten ohne Rosendruck tragen zu können und einen ganzen Eimer Banana-Brownie-Split zu vertilgen. Darauf, auf keine Benimmregeln achten zu müssen, Pommes mit den Fingern zu essen und mir keinen Gedanken um verschmierte Mundränder machen zu müssen. Ich freute mich einfach auf mein Leben.

Ich hatte gerade einige Schritte ins Labyrinth gesetzt und mir dort an einer Weggabelung aus Hecken ein hübsches Bänkchen als Startposition für meinen Sprung nach New York ausgesucht, da erfüllte sich auch schon Giles' Prophezeiung. In weniger als einer Sekunde öffneten sich alle Schleusen und ein massiver Regenguss setzte ein.

Verdammter Mist! Binnen weniger Sekunden klebte das Rosenkleid bleischwer an meinem Körper, und ich begann, mit den Zähnen zu klappern. Es war doch fast Sommer, warum zum Geier war es denn hier so eisig kalt? Und warum setzte dieses lästige Geflacker nicht endlich ein? Ich war bereit. Bereit zum Beamen. Worauf wartete die Serie?

Also huschte ich wieder raus aus dem Labyrinth und spielte dabei schon mit dem Gedanken, wieder in den Ballsaal zurückzukehren, da entdeckte ich einen großzügigen, fensterlosen Geräteschuppen zwischen zwei Trauerweiden. Bingo. Das war meine Rettung.

Ich stöckelte durchs nasse Gras bis zur Tür, doch kaum hatte ich sie aufgezogen, kam mir etwas spanisch vor. Hier drin brannte bereits Licht. Eine Neonröhre flackerte unaufhaltsam und offenbarte mir gute Sicht auf alles, was sich hier drin befand: eine Vielzahl an Gartengeräten, Säcke voller Düngemittel, Schaufeln in allen Größen und mehrere Ballen Heu. Auf einem der Heuballen hockte, mit dem Rücken zu mir und an einer Flasche nippend, die Person, nach der alle hier den ganzen Abend verzweifelt gesucht hatten.

Lydia DeWitt.

☆☆☆

Wo Lydia war, war auch Cooper nicht weit. Der Stallbursche hockte neben ihr auf dem Boden, versteckt hinter einem großen Rasenmäher, weshalb ich ihn auf den ersten Blick nicht gleich entdeckt hatte.

Mann, diese Lydia hatte vielleicht Nerven. Saß in ihrem hübschesten Ballkleid in einem Geräteschuppen und trank Alkohol, während ihr Vater und Blackwood vorhin das halbe Herrenhaus nach ihr abgesucht hatten. Ein Glück, dass sie und Cooper nicht wieder dabei waren, herumzumachen. Ein zweites Mal hätte ich das nicht durchgestanden.

Gut, dass mich die beiden bis jetzt noch nicht bemerkt hatten. Sie schienen in ein Kartenspiel vertieft zu sein. Ich schlüpfte aus meinen Schuhen, um keinen Krach zu machen, schlich um ein Werkzeugregal, ließ mich auf dem Boden nieder und wartete. Ich brauchte mich dabei ja nicht weiter um die beiden zu kümmern. Solange ich nicht Zeuge von … Dingen wurde, die mich nachhaltig verstören würden, konnten die doch machen, was sie wollten. In wenigen Augenblicken würde ich wieder zu Hause sein und alles wäre gut.

»Royal Flush«, lachte Cooper und klopfte sich vor Begeisterung auf seine nackten Schenkel. Als ich ums Regal spähte, erkannte ich, dass er statt eines Anzugs bloß Shorts trug, dazu sein kariertes Flanellshirt, das er immer trug, wenn er nicht gerade oben ohne herumlief. »Ich gewinne. Bekomme ich jetzt endlich meinen Kuss?«

Lydia strich ihm über den Bizeps. »Davon hattest du doch vorhin schon genug.«

Uaaagh. Ekelig. Widerlich. Ein Glück, dass ich diesen Teil verpasst hatte.

»Na und?«, säuselte Cooper mit weicher Stimme und stahl sich einen Kuss, während Lydia kichernd die Unnahbare spielte. »Du bist meine Freundin, davon kann ich gar nicht genug bekommen.« Dann seufzte er. »Wann sagen wir es endlich deinem Vater? Ist doch doof, sich ständig in irgendwelchen dunklen Schuppen zu verabreden.«

»Ich finde es aufregend«, hauchte Lydia mit einer verstellten Stimme, die vermutlich nur für sie selbst sexy klang. Dabei krabbelte sie auf allen vieren auf ihn zu. »Wir verstecken uns hier, während mein Vater und Blackwood die ganze Insel nach mir absuchen, um mich zurück auf diesen megalangweiligen Ball zu zerren. Aber das können sie –«

Die Tür des Schuppens flog auf, eine heftige Windbö fuhr durch den Raum und bremste Lydia mitten im Satz. In der offen stehenden Tür zeichnete sich ein dunkler, großer Schatten ab, der erst einige Momente im Regen verharrte, dann mit schweren Schritten in den Raum kam.

Das Wetter hatte sich keinen Deut gebessert, eher im Gegenteil. Der Regen prasselte immer noch mit heftiger Wucht gegen das Holz der Gartenhütte. Inzwischen war ein heftiges Gewitter aufgezogen und durch die Holzlatten blitzte immer wieder gleißend helles Licht.

Mein Platz bei den Werkzeugen war zwar trocken, doch die Kälte ließ mich mit den Zähnen klappern. Verdammtes England. Unfassbar, dass es im Mai so kühl werden konnte. Ich mochte heißes Wetter und meistens war es mir selbst während der New Yorker Großstadt-Sommer nicht heiß genug. Was das betraf, war ich eher der kalifornische Typ.

»Lydia. Na endlich.« Es war Blackwood, der uns gefunden hatte – das heißt, Lydia und Cooper, mich konnte er unmöglich gesehen haben, dafür stand das Werkzeugregal im Weg. Im Dunkeln wirkten Blackwoods Umrisse gigantisch groß, übermenschlich und bedrohlich. Ich rutschte noch etwas dichter an die Holzwand hinter meinem Rücken und schlang die Arme um meine Knie, ganz vorsichtig, damit mein Rosenkleid kein Rascheln von sich gab.

»Was zur Hölle tust du hier?« Blackwood bahnte sich mit nur drei großen Schritten den Weg durch die herumstehenden Geräte auf Lydia zu. Einige Schaufeln krachten zu Boden. »Ist dir klar, dass dein Vater dich seit Stunden sucht? Er ist aus allen Socken gefallen, als er dich vorhin im Ballsaal nicht gefunden hat.« Er packte sie fest am Oberarm und zog sie unsanft vom Heuballen.

»Lassen Sie sie los!« Cooper war aufgesprungen und stemmte die Arme in die Hüften. Die Arbeit im Stall hatte ihn ziemlich kräftig gemacht, aber gegen Blackwoods hünenhafte Gestalt wirkte er immer noch wie eine halbe Portion. »Wenn Lydias Vater wüsste, dass Sie –«

»Verschwinde, Stallknecht!« Blackwoods Stimme war nicht mehr als ein gefährlich leises Knurren.

Hoffentlich provozierte ihn Cooper nicht. Mit diesem Blackwood war nicht zu spaßen. DeWitts rechte Hand besaß nicht nur mehr Muskelmasse als DeWitt selbst, er hatte außerdem keine Hemmungen, handgreiflich zu werden. Davon war ich nach meinem Erlebnis in der Sattelkammer fest überzeugt.

Womöglich wäre es doch klüger gewesen, im Ballsaal auf den Rücksprung zu warten. Stattdessen steckte ich nun in einer unausgegorenen Nebenhandlung, die sich um Lydias und Coopers heimliche Affäre drehte. Es war anzunehmen, dass diese erst noch geklärt werden musste, bevor sich die Serie in Wohlgefallen auflöste. Mist. Hoffentlich dauerte es nicht allzu lange.

Cooper räusperte sich. »Aber –«

»Hast du Tomaten auf den Ohren, Stallknecht?«, herrschte Blackwood ihn an. »Ich sagte, du sollst verschwinden! Das ist eine Sache zwischen mir und Lydia. Oder willst du deinen Job riskieren? Ich könnte Lord Ashworth erzählen, dass ich dich hier mit einem Bourbon, Jahrgang 1986 erwischt habe.« Er griff nach der Flasche auf dem Heuballen und drehte sie in seinen großen Händen. »Guter Tropfen. Ich nehme an, den hast du aus Lord Ashworths Sammlung mitgehen lassen?«

»Geh, Cooper. Ist schon gut«, forderte Lydia ihn auf.

Cooper funkelte ihn noch einen Moment lang wütend an, dann machte er sich zähneknirschend auf den Weg nach draußen.

»Und du rührst dich nicht vom Fleck, Prinzessin!«, befahl Blackwood und griff in seine Jackentasche, doch zu meiner Erleichterung holte er keine Waffe, sondern bloß ein Telefon hervor. Er rief jemanden an, wartete eine Weile und legte dann wieder auf. »Merkwürdig. Dein Vater hat sich wohl im Erdboden aufgelöst. Trotzdem kommst du gefälligst wieder auf den Ball. Sonst schleife ich dich am Schneewittchen dorthin.«

»Ich … denke nicht daran!«, fauchte Lydia, ein leichtes

Lallen in der Stimme. »Sie können mir gar nichts befehlen. Hauen Sie ab. Ich kann tun und lassen –«

Blackwood starrte Lydia mit eisernem Blick an. »Hast du etwa getrunken?«, fuhr er dazwischen. »Wie dieser Stallknecht? Und dazu mit diesem Dreckskerl weiß Gott was angestellt. Ein … Mechteltechtel. Ich weiß doch, was Mädchen deines Alters so tun.«

Lydias Augen glühten. »Was fällt Ihnen ein, mir so etwas zu unterstellen? Und jetzt gehen Sie weg, sonst –«

»Sonst was? Das Leben ist kein Ponyschlecken, meine Liebe. Wie oft hat dein Vater dir schon gesagt, dass du dich mir nicht widersetzen sollst?«, zischte er und packte Lydia mit beiden Händen fest um die Handgelenke. Ich wusste nur zu gut, wie schmerzhaft sich sein Griff anfühlte. Als würde er die Blutzufuhr abschnüren.

»Wenn Dad erfährt, dass Sie mich auch nur anfassen, war es das mit der Zusammenarbeit!«, schrie Lydia aufgebracht und zappelte aus Leibeskräften, doch Blackwood ließ sich davon nicht einschüchtern. Er griff nach ihren Schultern, packte sie um die Hüfte wie ein aufmüpfiges Kind und hob sie vom Heuballen.

Nun wurde Lydia erst richtig wütend. Eins musste man ihr lassen, sie hatte eindeutig mehr Schneid als ich. Als ginge es um ihr Leben, wehrte sie sich mit Händen und Füßen, boxte um sich und stieß ihm schließlich den Absatz ihres rechten Schuhs exakt in seine Kronjuwelen.

Wow. Der Tritt saß. Auch wenn Lydia eine dumme Kuh war, in meinem Versteck ballte ich vor Freude die Fäuste.

Lydia war ja eine richtige Kampf-Amazone. In Sachen Selbstverteidigung konnte ich von ihr definitiv noch was lernen.

Für einen kurzen Moment wirkte Blackwood tatsächlich außer Gefecht gesetzt. Er stöhnte vor Schmerzen, hielt sich die Hand in den Schritt und fluchte – doch er gab nicht auf. Mit wutverzerrtem Gesicht packte er Lydia an ihrem blonden Haarschopf und zerrte sie über den Betonboden quer durch den Raum bis zur Tür.

Lydia erwies sich als zäh. Sie angelte sich eine Gartenkralle aus dem Werkzeugregal vor mir, holte aus und schlug das Ding gegen Blackwoods linkes Bein.

Blackwood schrie auf. »Du kleines, durchgeknalltes Biest!«, fluchte er. Er zerrte sie hoch und schlug ihr mit voller Wucht ins Gesicht. Ihr Kopf fiel in ihren Nacken, und sie verdrehte die Augen, während ein Rinnsal aus Blut aus ihrer Nase floss.

Ich konnte nicht länger zusehen. Ja, ich hatte mich raushalten wollen. Ja, ich hatte einfach nur auf meinen Rücksprung warten wollen, egal was passierte. Womöglich war es das viele Blut in Lydias Gesicht, das mich antrieb, vielleicht auch die Erfahrung, die ich selbst mit diesem Wahnsinnigen gemacht hatte – aber ich musste mich einmischen.

Wie von Sinnen fuhr ich hoch und stürzte aus der Ecke auf Blackwood zu. Ohne Plan, ohne Waffe, ohne vorher großartig nachzudenken. Dabei knallte ich aus der Dunkelheit mit meinem ganzen Gewicht in Blackwoods Seite. Blackwood verlor das Gleichgewicht und krachte mit dem

Kopf gegen ein paar aufgestellte Eisenstangen, die an der Wand lehnten, und ließ Lydias Körper auf den Steinboden fallen. Dort blieb sie liegen, reglos wie eine Puppe, das Blut aus ihrer Nase tränkte inzwischen ihren blonden Haaransatz.

Ich beugte mich zu ihr hinunter und schlug leicht auf ihre Wange. »Lydia? Kannst du mich hören? Bitte sag doch etwas. Ich bin es, Abby.«

Sie blutete immer noch, doch langsam kam Leben in sie. Sie öffnete die Augen, blinzelte und schenkte mir ein kurzes Lächeln. »Danke.« Sie atmete flach. »Steh sofort auf und lauf weg«, flüsterte sie. »Blackwood ist verrückt. Er wird dir auch noch wehtun.«

Ich half ihr auf die Beine, während ich bemerkte, dass Blackwoods Schatten erneut auf uns zugesteuert kam. Der Sturz in die Eisenstangen hatte ihm zwar einen blutenden Schnitt über der linken Schläfe beschert, ihn aber nicht ausgeschaltet. Der Typ war so unzerstörbar wie der Terminator.

»Na wartet.« Blackwoods wilder Blick ließ mich schaudern. »Wie sagt man so schön? Ich schlage zwei Fliegen mit einer Schaufel«, dröhnte er und griff dabei nach einer Schaufel zu seiner Linken.

Ich brauchte etwas, um mich zu wehren. Schnell. Irgendeinen Gegenstand. Panisch ging ich zu Boden und tastete auf dem Steinboden nach der Gartenkralle. Da lag sie, direkt vor meinen Füßen. Ich griff danach, doch meine Finger schienen sie nicht recht greifen zu können.

»Was zur –« Ein Blick auf meinen Arm reichte, und mir

war klar, was gleich passieren würde. Es ging los. Mein Rücksprung setzte ein, ausgerechnet jetzt. Würde ich verschwinden, bevor Blackwood mit der Schaufel nach mir ausholte? Und wenn ja, was geschah dann mit Lydia? Ich konnte nicht zulassen, dass er ihr Gewalt antat. Und wenn er sie erwischte, wäre die Serie dann tatsächlich vorbei? Das roch schon wieder nach einem üblen Cliffhanger …

Kalter Schweiß kroch mir in den Nacken, als Blackwood bedrohlich die Schaufel schwang. Ich duckte mich und sah im selben Augenblick, wie jemand von außen die Tür aufriss. Der Wind hob sie beinahe aus den Angeln und mit einem lauten Krachen wurde sie gegen die äußere Holzwand geschleudert.

Mein Blick glitt zu der Gestalt, die die Scheune betrat. Es war Jasper, der dunkle Anzug und das Haar durchtränkt vom Regen. Ich hatte keine Ahnung, wo er so plötzlich hergekommen war.

Jasper erkannte zu spät, wo er hineingeraten war. Er fuhr herum, gerade als Blackwood aus dem Dunkeln mit dem Schaufelkopf ausholte.

Panisch schnappte er nach Luft.

»Weg hier!«, zischte er kurzerhand und versetzte Lydia und mir einen unsanften Stoß. Ich taumelte und landete auf einem Sack Blumenerde. Wie in Zeitlupe sah ich den eisernen Schaufelkopf, der die Luft durchschnitt und Lydia und mich nur um Haaresbreite verfehlte. Schwer zu sagen, ob Blackwood gesehen hatte, dass Jasper in die Hütte getreten war. Blackwood jedenfalls blieb keine Zeit mehr, um zu reagieren – er führte seinen Schwung voll aus und donnerte dabei das hintere Schaufelende exakt gegen Jaspers rechte Schläfe. Das Geräusch, als das Holz ihn traf, ließ mich schaudern.

Lydia stieß einen spitzen Schrei aus und stürzte in Richtung Tür.

»Lauf, Abby!«, schrie sie. »Wir müssen hier weg.«

Mein Blick huschte von Jasper zu ihr, dabei hielt ich die Luft an, unfähig, mich zu bewegen. War mir vor einigen Augenblicken noch klar gewesen, dass wir uns in einer Serie befanden, fühlte sich das Ganze plötzlich erschreckend real an. Zum zweiten Mal an diesem Abend stand ich Todesängste aus.

Jaspers Körper krachte erst gegen das oberste Brett des Werkzeugregals und kippte danach bewusstlos auf mich zu. Als ich ihn so sah, kreidebleich, das Haar zerzaust, frisches Blut auf seinem Kragen, breitete sich das Zittern auf jede einzelne Faser meines Körpers aus.

Nicht nur, weil mein Sprung bevorstand. Sondern weil ich Angst hatte wie noch nie in meinem Leben. Lydia hatte inzwischen die Flucht ergriffen, doch ich stand da, schockgefroren wie eine lebende Eisstatue.

Irgendwann rührte ich mich doch. Wie aus Reflex machte ich einen Schritt auf Jasper zu. Dabei sah ich, wie er in sich zusammensackte und mir mit geschlossenen Augen entgegenfiel. Er war nur noch Millimeter von meinem Griff entfernt, aber ich bekam seinen Körper nicht zu fassen.

Ich verschwand einfach.

ZEITGLEICH IN ASHWORTH PARK - AUSSEN -
KNUTSCHBALKON

JULIAN und **CLARISSA** lehnen an der Brüstung des Balkons. Über ihnen scheint der Vollmond, Sterne funkeln am Firmament, aus dem Ballsaal ertönen Klänge der Band Metallica.

JULIAN *(sieht in den Vollmond)*
Oh Clarissa, mir blutet das Herz. Warum muss Liebe nur so wehtun?

CLARISSA
Die Zeit heilt alle Wunden, Master Julian.

JULIAN
Diese nicht, Clarissa, diese nicht. Und bitte lass dieses Master Julian. *(seufzt)* Ich verachte meinen eigenen Bruder. Wie in diesem Film von Shakespeare, wie hieß er noch gleich?

CLARISSA *(verwirrt)*
Hamlet?

JULIAN
Ja, richtig. Dabei sollte ich den entzückenden Abend genießen. Nichts trübt den Ausblick, bis auf DeWitt, der an der Brüstung schläft und vor sich hin sabbert. Er hat wohl zu tief ins Glas geschaut.

CLARISSA
Wie unpassend.

JULIAN
Wie ich immer sage, lass die Finger von alkoholi-

schen Getränken. Ich will ein Vorbild für kommende Generationen sein.

CLARISSA

Das sind Sie, Master … ähm, entschuldige, Julian.

JULIAN *(sieht ihr in die Augen)*

Du bist so liebenswürdig, Clarissa. Vielleicht habe ich aufs falsche Pferd gesetzt. Dieser Gedanke ist mir vorhin durch den Kopf geschossen, als Abby wie ein liebeskranker Vampir am Hals meines Bruders herumgesaugt hat.

CLARISSA

Verzeih, Julian, aber hattest du Tomaten auf den Augen? Sie hat doch bloß -

JULIAN

Das spielt keine Rolle mehr. Ich bin verletzt. Und ich muss eine neue Seelenverwandte finden. Und vielleicht ist sie näher, als ich denke.

CLARISSA *(überrascht)*

Julian, was hast du vor?

Julian spitzt die Lippen und küsst Clarissa zart auf den Mund. In diesem Moment setzt ein Regenguss ein, der beide bis auf die Knochen durchnässt. Die anderen Gäste flüchten vom Balkon, nur DEWITT gibt ein Grunzen von sich und schläft weiter.

JULIAN *(fegt sich eine nasse Strähne aus dem Gesicht)*

Oh nein. Was für ein Pech. Aber nun sag schon, wie fandest du den Kuss?

CLARISSA *(wird rot)*

Nett.

JULIAN

Sei ehrlich.

CLARISSA *(betrübt)*

Na gut. Ziemlich mies.

JULIAN

Mies trifft es ganz gut. Dann hätten wir das ja geklärt.

CLARISSA

Das ist okay. Du wirst deine Cinderella schon noch finden.

JULIAN *(nachdenklich)*

Vielleicht habe ich das schon. Ich weiß, ich war schon oft verliebt, aber diesmal ist es anders. Abby gehört nach Ashworth Park. Zu mir. Sie ist mein Happy End. Meine Cinderella.

CLARISSA *(blickt sich um)*

Nur leider ist es nach Mitternacht und Cinderella ist inzwischen weg. Und, ähm, Jasper irgendwie auch.

JULIAN *(ballt die Faust)*

Abby! Dieses unsägliche Mädchen. Ich hasse sie. Aber gleichzeitig liebe ich sie auch. Ach, ich glaube, ich muss ein Gedicht darüber schreiben.

20

Diesmal fühlte sich die Reise zurück in meine Welt anders an als die Male zuvor. Mir war, als dauerte sie eine Ewigkeit, und ich wertete das als gutes Zeichen. Hatte ich es tatsächlich geschafft, den Fluch zu brechen? Immerhin hatte ich alles getan, was ich konnte, um ein Serienende herbeizuführen. Entgegen aller Irrungen und Wirrungen hatte ich Julian Ashworth zu seiner einzig wahren, großen Liebe Clarissa geführt. Lediglich die Sache mit Lydia, Blackwood und Cooper hätte meinem sorgfältig geplanten Happy End gegen Ende hin gefährlich werden können, doch Lydia hatte sich letzten Endes vor Blackwood in Sicherheit bringen können. Es war doch alles gut, oder nicht? Es *musste* alles gut sein.

Die ersten Geräusche, die ich nach dem Aufwachen in meiner vertrauten Welt wahrnahm, kamen ironischerweise aus dem Fernsehgerät. Es war die Abspannmelodie von Ashworth Park. Gefolgt von einem ohrenbetäubenden Schrei aus der Richtung des Sofas, den man locker drei Blocks weit hören konnte.

Aua, verdammt noch mal. Wie nach jedem Sprung begleiteten mich auch diesmal wieder die altbekannten Kopfschmerzen. Wildes Gekreische machte die Sache nicht besser, und ich war kurz davor, Deborah für den hysterischen Ausbruch gehörig zur Schnecke zu machen.

So langsam mutierte sie wirklich zur Drama-Queen. War sie es nicht inzwischen gewohnt, dass ich nach der Sendezeit einfach so auf dem Fußboden vor dem Sofa auftauchte? Erst jetzt fiel mir ein, was Deborah und ich vor meinem letzten Seriensprung vereinbart hatten. Dass Deborah gar nicht da war. Nicht da sein konnte. Sie wollte Mum doch vom Fernsehgerät fernhalten, weswegen Morgan die Stellung bezogen hatte, um die Geschehnisse in Ashworth Park zu überwachen.

Jetzt endlich dämmerte es mir. Es war nicht meine Schwester, sondern Morgan, die geschrien hatte. Morgan, die sich zusammengekauert in der Ecke des Sofas verkrochen hatte und mich nun mit aufgerissenen Augen anstarrte.

Himmel, was war denn nur mit meiner Freundin los? Eine so überzogene Reaktion fand ich doch ziemlich verwunderlich, denn neulich auf der Kinotoilette hatte sie ganz entspannt reagiert.

Während ich mich aufsetzte und den Kopf rieb, konnte ich mir beim besten Willen nicht vorstellen, was Morgan so in Panik versetzt haben könnte. Außer vielleicht die Tatsache, dass ich komplett durchnässt war, keine Schuhe mehr trug und auch sonst ziemlich hinüber aussah. Und ich ihr blaues Kleid in der Serie vergessen hatte …

Obwohl. Konnte ich doch.

Ich korrigiere. Ich konnte mir doch vorstellen, was Morgan so in Panik versetzt hatte. Sehr gut sogar. Heiliges Kanonenrohr.

Das war nicht möglich.

Ich war nicht alleine zurückgekommen. Neben mir, nicht minder durchnässt, das Gesicht im Teppichflaum vergraben, lag Jasper. Mit einer Platzwunde am Kopf. In Fleisch und Blut. Letzteres tropfte gerade auf unseren Wohnzimmerteppich und bildete dort einen roten Fleck, nicht weit entfernt vom Banana-Brownie-Split-Eiscremefleck.

»Ist er … ist er tot?«, wimmerte Morgan.

»Sein Brustkorb hebt und senkt sich. Bestimmt wacht er gleich auf«, murmelte ich und starrte ihn unschlüssig an.

Blieb die Frage, was ich Jasper erzählen würde, sobald er aufwachte?

Nahmen wir also zu Protokoll (in Deborahs Streber-Sprache): Die Erdplatten hatten sich überlappt. Der Mikrokosmos war zerstört worden. Das Gleichgewicht zwischen den Welten ging vor meinen Augen den Bach runter. Ich hatte es mit einem Schlag zertrümmert.

Eins stand fest. Deborah würde an die Decke gehen.

Danksagung

Zuallererst Danke an Christiane Arold, meine Freundin und tapfere „Entdeckerin", für ihren unermüdlichen Einsatz für unsere Texte und meine Karriere.

Außerdem gilt mein Dank meiner Agentin Christiane Düring, die mir den Weg in die Agentur geebnet hat und mich immer wieder zu neuen Ideen inspiriert. Ebenso Danke an Petra Hermanns für ihre vielen Bemühungen und netten Worte.

Danke an Marliese Arold dafür, so fleißig meine alten, unveröffentlichten Texte gelesen zu haben, auch wenn sie streckenweise wirklich, wirklich langweilig waren.

Danke an das Team des Loewe Verlags dafür, mir gleich zu Beginn so viel zuzutrauen.

Danke auch an meinen Freund, der meine Bücher in einem Rutsch liest, auch wenn er sonst keine Romane, sondern nur ziemlich langweilige, kluge Sachbücher liest, in die ich nicht mal einen Blick riskieren würde. (Schäm dich!)

Danke an meine Schreibgruppe Vera, Petra, Veronika, Sigrid und Sibylle für den Zuspruch, das immer ehrliche Feedback und das gemeinsame Gucken von allerlei Serien.

Danke an Eva Schöffmann-Davidov für ein so wunderbares Cover, auf dem ich auch nach dem dritten, vierten und fünften Blick noch neue Details erkenne.

Danke an meine Klasse 5HTA, speziell denen, die sich an den Titelüberlegungen beteiligt haben.

Danke an meine Familie. Dafür, dass ihr so seid, wie ihr seid.

Last but not least: Danke an alle Serien, die es gibt, inklusive deren Drehbuchautoren, für die Inspiration.